- 国家社科基金后期资助项目"《资本论》的俄国传播史（1867−1899）"（21FKSB051）阶段性成果

- 国家社科基金重大项目"当代俄罗斯哲学研究"（18ZD018）阶段性成果

- 国家社科基金重大项目"21世纪俄罗斯马克思主义研究"（20&ZD011）阶段性成果

ИСТОРИЧЕСКИЕ ПИСЬМА

历史信札

[俄] 彼·拉甫罗夫 著

张 静 译

人民出版社

责任编辑:赵圣涛
封面设计:王欢欢
责任校对:吕　飞

图书在版编目(CIP)数据

历史信札/(俄罗斯)彼·拉甫罗夫 著;张静 译. —北京:人民出版社,2022.1
ISBN 978－7－01－023223－2

Ⅰ.①历…　Ⅱ.①彼…②张…　Ⅲ.①书信集-俄罗斯-近代　Ⅳ.①I512.14

中国版本图书馆 CIP 数据核字(2021)第 039421 号

历史信札
LISHI XINZHA

[俄]彼·拉甫罗夫 著　张静 译

人民出版社 出版发行
(100706　北京市东城区隆福寺街 99 号)

中煤(北京)印务有限公司印刷　新华书店经销

2022 年 1 月第 1 版　2022 年 1 月北京第 1 次印刷
开本:710 毫米×1000 毫米 1/16　印张:17.5
字数:300 千字

ISBN 978－7－01－023223－2　定价:69.00 元

邮购地址 100706　北京市东城区隆福寺街 99 号
人民东方图书销售中心　电话 (010)65250042　65289539

目　　录

中译本前言

彼·拉甫罗夫（Пётр Лаврович Лавров，1823—1901）是俄国著名哲学家、社会学家、革命家和政论家，笔名米尔托夫、阿诺尔迪等。拉甫罗夫的思想遗产主要是三本著作《历史信札》（初版1870，再版1891）、《试论近代思想史》（1888—1894）、《历史观的任务》（1898），此外还有七百多封书信，八百多篇文章，这些文章主要发表在《前进！》杂志和《前进！》报等俄国报刊上。1965 年莫斯科出版两卷本的《拉甫罗夫哲学与社会文集》。《历史信札》收录在第 2 卷第 2—296 页。苏联和俄罗斯学界多次出版《历史信札》单行本。2013 年，俄罗斯 URSS 出版社第八次出版《历史信札》①。

1823 年 6 月，拉甫罗夫生于普斯科夫省，他的父亲拉夫尔·斯捷潘诺维奇是 1812 年卫国战争的参加者，被授予上校炮兵的军职。他的母亲伊丽莎白·卡尔洛夫娜是来自瑞典的家族。拉甫罗夫

---

① П. Л. Лавров. Исторические письма. ［М］Изд. 8 - е. Москва：URSS：ЛИБРОКОМ，2013. ——译者注。

1

获得了很好的家庭教育，从童年起就掌握了法语、德语和英语。1837 年，他考入彼得堡炮兵学校，是数学家 M. 奥斯特罗格拉茨基院士的优秀学生。1842 年毕业后他留校任教，1844 年在获得高级军官级别后，成为数学系的老师，开始了他在彼得堡米哈伊尔炮兵学院的教师生涯。1858 年成为上校和数学教授，后来在康斯坦丁军事学院担任导师。

19 世纪 60 年代，拉甫罗夫在参与解救土地自由社的成员时走上革命道路。1866 年，在卡拉科佐夫刺杀沙皇亚历山大二世之后，拉甫罗夫因"传播有害思想"、"同情和接近与政府敌对的人"等罪名被捕，1867 年 1 月被流放到沃罗格达省。1868 年，拉甫罗夫开始在《星期周报》上连载书信《历史信札》，最初发表在 1868 年第 1—47 期和 1869 年第 6、11、14 期上。1870 年第一次以出版单行本，包括第一封信至第十五封信。1891 年经过修改和补充后重新出版，增加了第十六封信和第十七封信。这十七封信分别研究了人类进步的过程、历史和进步的关系、个人与进步的关系、政党与社会进步的关系、国家与法律的关系、批判与信仰的关系等问题，历史——进步——个人——政党——国家——批判——实践构成了他的思想逻辑进程。

1870 年秋，拉甫罗夫流亡西欧，加入第一国际，并在 1871 年参加了巴黎公社的起义。巴黎起义被镇压后，他在伦敦与马克思和恩格斯相识，并一直保持着良好的私人关系，曾为马克思写作《资本论》第三卷提供了大量俄国土地问题和农村公社的材料。1873 年，拉甫罗夫创办《前进！》杂志，标志着俄国革命民粹主义第二个派别的正式形成。1874 年，在筹备《前进！》第 2 期，彼·

特卡乔夫①与杂志主编拉甫罗夫发生分歧，并于 4 月发表小册子《俄国革命的任务（致<前进>编辑部的信）》，5 月拉甫罗夫在《前进！》第 2 期上发表回应文章《致俄国社会革命青年》，同时在《前进！》第 2 期发表评论国际工人协会的文章，批评国际工人协会内部的斗争，呼吁工人政党内部的团结。1874 年 9 月至 10 月，恩格斯在《人民国家报》上发表文章，即《流亡者文献（三）》，批评拉甫罗夫在第一国际内部斗争中的折中主义立场，并在拉甫罗夫与俄国流亡者特卡乔夫的论战中支持拉甫罗夫，严厉批评特卡乔夫。1874 年 10 月，在洛帕廷的调和下，拉甫罗夫与恩格斯恢复通信。

1875 年，拉甫罗夫创办《前进》报纸，一共出版 48 期，1876 年停刊。在《前进》报纸 1875 年 7 月 1 日上刊登了拉甫罗夫的诗歌《旧世界一定要彻底打垮》，这首诗歌成为革命的颂歌《工人马赛曲》，激发几代俄国革命者参加斗争。1875 年 9 月 15 日，拉甫罗夫在《前进！》报纸第 17 号上发表《社会主义与为生存而斗争》一文，并将这一期报纸寄给恩格斯，请恩格斯提出修改意见。1875 年 11 月 12—17 日恩格斯在致拉甫罗夫的信中详尽地阐述了自己的观点。（1）恩格斯赞同达尔文的进化论，在这一点上与拉甫罗夫是一致的，但是达尔文的生存斗争、自然选择等方法只是对一种新发现的事实所作的初步的、暂时的、不完善的说明，他反对拉甫罗夫把这种方法运用于历史发展的全部内容，因为这种方法不仅在自然领域还有待商榷，而且生存斗争无法包括历史发展的全部内容，

---

① 彼·特卡乔夫（Ткачев, Петр Никитич. 1844—1885）：俄国政治家和文学批评家。——译者注

历史发展是丰富多彩的，多种多样的。（2）他不赞同拉甫罗夫的"依靠情感联系和道义感"的宣传方法，认为这种方法是虚伪的温情主义，是不合适的，应当抛弃唯心主义的最后残余，恢复物质事实的历史权利。（3）恩格斯反对把动物界的规律直接搬到人类社会，因为人类社会和动物社会存在着本质区别。恩格斯从人的生存斗争中看到资本主义生产所隐蔽的问题，生产者阶级从资产阶级手中夺取生产和分配的领导权的斗争就是社会主义革命。因此恩格斯反对那种把迄今为止历史上的一切阶级斗争都看作生存斗争的肤浅理解，也反对拉甫罗夫把"一切人反对一切人的斗争"看作人类发展的第一阶段，认为人类发展的第一阶段是群居。①

1880年春天，拉甫罗夫与普列汉诺夫、莫洛佐夫等人一起出版《社会革命丛书》，包括出版普列汉诺夫翻译的《共产党宣言》，即《共产党宣言》1882年俄文版。拉甫罗夫还请马克思恩格斯写了一篇序言，即著名的《<共产党宣言>1882年俄译本序言》。这套丛书还出版了马克思的《雇佣劳动和资本》，拉萨尔的《劳动者纲领》，拉甫罗夫的《巴黎公社》，舍弗的《社会主义的精髓》等。

1883年3月14日马克思逝世，3月15日拉甫罗夫代表俄国社会主义者写了一篇纪念马克思的挽词。"谨以全体俄国社会主义者名义向当代最杰出的社会主义者告别。一位最伟大的哲人永逝了，一个反抗无产阶级剥削的热情战士与世长辞了。俄国社会主义者正在进行一种残酷的斗争，而且在社会革命原则取得最后胜利以前，我们决不中止这一斗争，在热烈同情我们斗争的愿望的人的墓前，

---

① 参阅《马克思恩格斯与俄国政治活动家通信集》，人民出版社1987年版，第238—242页。

我们表示深切的哀悼。"①

1884 年，拉甫罗夫在《民意导报》第二卷的《在俄国国外》一文中简要评述了各国社会主义运动以及工人组织的活动，报道了恩格斯准备出版《资本论》第二卷、马克思全集以及马克思传记的消息。1890 年 11 月 27 日，拉甫罗夫在致恩格斯的信中以俄国社会主义者的名义祝贺恩格斯七十寿辰："我祝贺全世界的社会主义，它有可能把您的名字列入最有益和精力最充沛的战士的行列。同时在这封信里我不仅以我自己的名义，不仅以您的私人朋友和我们亲爱的马克思的朋友的名义向您致敬和表示最良好的祝愿，——我还以我们的祖国的社会主义者的名义向您致以最热烈的祝贺。他们祝贺您，认为您是唯一的这样一个人，您的名字与马克思的名字一起永远载入社会主义史册，并且不会由于这个伟大的名字而黯然失色。他们期待着您，正是您，把您过去形影不离的同伴的著作和传记搜集起来，建成一座伟大的丰碑。他们希望从您那里，而且也只有从您那里，听到能揭示科学社会主义的真谛和明确地勾划出科学社会主义的轮廓的重要言论。"②

1895 年 8 月 5 日，恩格斯逝世，拉甫罗夫在 8 月 7 日给马克思的女儿爱琳娜的信中称马克思和恩格斯是最光辉的社会主义泰斗。"我刚刚收到邮件，打开《小共和报》一看，读到了《弗里德里希·恩格斯逝世》的噩耗。多么不幸！多么不幸！简直不敢相信，病魔竟能摧毁这位坚强的人，尽管他年事已高，尽管他为了自己的

---

① 《马克思恩格斯全集》第 19 卷，人民出版社 1963 年版，第 376 页。
② 《马克思恩格斯与俄国政治活动家通信集》，人民出版社 1987 年版，第 569 页。

旗帜进行了无数斗争。噩耗使我无比悲伤，无法多写。可是，我想立刻同您分担忧愁，分担的不仅是一个朋友的忧愁，而且是一切坚定不移的社会主义者的忧愁。——而且正是同您，卡尔·马克思的女儿一起分担忧愁。我相信，对您来说，恩格斯是您的第二个父亲，而您则是两位最光辉的社会主义泰斗的继承人。"① 1901 年，拉甫罗夫在巴黎逝世，安葬在蒙特帕里斯墓地。

《历史信札》中译文在国内学界尚未完整出版。1983 年，人民出版社出版《俄国民粹派文选》，该文选在国内学界第一次发表《历史信札》中的"初版序言"、第四封信、第五封信、第六封信、第九封信、第十三封、第十四封信的中译文②。本书译者在翻译时对这几篇中译文有所参考。本译著是国内学界首次完整翻译出版《历史信札》，不完善之处敬请谅解。

译 者

2021 年 2 月

---

① 《马克思恩格斯与俄国政治活动家通信集》，人民出版社 1987 年版，第 769 页。
② 参阅《俄国民粹派文选》，人民出版社 1983 年版，第 53—150 页。

初版序言

当我把过去发表在《星期周报》上的书信全部收集到一起，并以新的形式奉献给读者时，我认为有必要对本版做一点说明。

在我开始寄送这些书信的时候，对于杂志编辑部是否会把信中所探讨的一系列问题全部刊登出来，根本没有信心。由于远离首都，我无法知道事情的进展，并且无从判断，我的这些书信究竟引起了读者多大的兴趣。杂志当然总是希望有人阅读的。在连载这些书信的过程中，我曾不止一次地考虑过：或许我该就此停笔了。只是在全部书信刊载之后，我才确信，这些书信对于杂志的读者来说，可以构成一个具有某种联系的整体。此外，我清楚地知道，杂志的读者往往缺乏耐心去观察较为抽象的思想的发展过程，如果这种发展过程的开端刊载在一期杂志上，而且经过几期连载，到结束时离开端已相隔整整一年。所有这一切使我不能完全顾及这些探讨之间的相互联系，而只能赋予每封信以更为完整的形式。因此，对问题的一系列探讨也就可能缺乏联系，缺乏完整性。加之写作过程时常中断，经过一定时间再回到某一思想上来，思想本身也就显得极不连贯。因此，在修订这些书信时，为了使读者便于掌握全貌，在某种情况下不得不说明书信之间的联系，说明某些探讨之间的从属关系，并对某几点做些发挥，对个别地方做些改动。目前出版的《历史信札》和它最初发表时相比，最主要的差别就在于这些纯属形式上的改动。由于加强了书信各个部分之间的联系，对基本思想进行了说明，我希望信札的这种新形式将会使我的这本著作受到更多读者的关注。

我本来想在这本书中做一些较为实质性的修改，但是在这方面我们的批评界对我毫无帮助。无论在厚本的杂志里，还是在每天的报纸上，无论在内容严肃的历史性杂志里，还是在各派带有明显倾向性的杂志中，至少就我所看到的这些出版物而言，我还没有遇到过什么评论、驳斥、纠正或者指责能促使我去思考：哪里应该说得更明确些，哪里需要进一步发挥；是否在某处我遗漏了重要的问题；是否在另一处我把虚幻的现象当成了重要的东西等。也许我的书信没能引起读者和批评家的足够的兴趣；也许批评家们认为其中所论述的思想过于浅薄，不值得予以注意；最后，也可能正好是我所需要的那些报刊没能到我的手上。无论如何，在这方面，除了考虑一些我所听到的片断的、个人的意见以外，我只好自行其是。这些意见特别集中在一个缺点上：抽象、枯燥、晦涩……遗憾的是这个缺点部分地在于研究对象本身。尽管如此，我还是承认，在我的叙述方法中也确实存在这个缺点。这次出版时，我竭力改正这个缺点，加了一些例子。但是我并不打算重新写新论文，只想把原来的著作加以改善而献给读者。同时，我觉得援引过多的例子会阻碍思想发展的连贯性。所以，整个思想仍然原封未动，只不过某些地方的表述比过去更加明确。

我不想改动我的著作的总标题，然而我认为无须保留我原来使用的书信体裁的某些形式。

我完全不知道，我的这些书信，《星期周报》的读者们究竟读了多少，或许根本没有读过。也许批评界至今仍然对它不屑一顾。我在最后一封信中说，我自己也意识到这部著作存在一些不足，特别是从研究对象的重要性来说更是如此。我只能尽我所有、尽我所能地奉献给读者。

拉甫罗夫

1869 年于卡德尼科夫

再版序言

距这本书第一次出版已经 20 多年了，这 20 多年对我们的国家十分重要。

车尔尼雪夫斯基[1]和赫尔岑[2]的宣传在那时还是新颖的。谢德林的讽刺越来越令人"难以忘记"。皮萨列夫的追随者在理论上过分强调自然科学，在生活上过分强调个人主义，民粹主义者认为刚刚解放的俄国农民已经进入历史生活，但是社会斗争的要求仍然被压制，因此，二者之间产生了争论。那时仅仅是模糊地感到，还没有预见到——以自修为主的分散的俄国青年小组将在马克思和拉萨尔[3]的理论学说的旗帜下[4]，在高昂的口号下，在"平民化"的实

---

① 尼·加·车尔尼雪夫斯基（1828—1889）：俄国唯物主义哲学家、文学评论家、作家、革命民主主义者。——译者注

② 赫尔岑（1812—1870）：俄国哲学家、作家、革命家。被称为"俄国社会主义之父"。——译者注

③ 费迪南德·拉萨尔（1825—1864）：普鲁士著名的政治家、哲学家、法学家、工人运动指导者、社会主义者。德国早期工人运动著名领导者，全德工人联合会的创立者。——译者注

④ 1873 年俄国民粹派还没有接受马克思和拉萨尔的思想，他们认为社会主义的出发点是俄国农村公社。1874 年，拉甫罗夫在《前进！》杂志第 2 期上刊登车尔尼雪夫斯基的《没有地址的信》时，在序言里回应了拉萨尔关于"鼓动比理论更重要"的观点。——译者注

践要求下，三年后热情洋溢地呼吁"到民间去"。

俄国社会从十字军东征的时代起就经历了社会主义。它经历了那场自由主义的陶醉，在整个俄国宣告维拉·查苏利奇①无罪。它经历了短暂的但是危险的历史：80年代初一些年轻人的小组把20年代十二月党人的革命历史传统与俄国知识分子的思想传统相结合，也就是在沙皇尼古拉长期的和压抑的统治时期宣传人道主义和人类尊严的原则，而且这些原则是从自由的假象中产生的，揭示日益成熟的渗透着阶级的历史斗争的社会问题。为了俄国人民的经济和政治解放，"民意党"与俄国专制主义进行长期的斗争，而且不考虑给它的追随者们带来多大的牺牲。但是俄国的自由主义者，专制主义的敌人们在培养思想斗争的传统时，向20年代的先辈们表达了捍卫自己思想的政治决心。

俄国社会为自身的错误付出了惨重的代价。无论现在还是未来，俄国社会革命运动都在我们祖国的历史中具有不可磨灭的特征，但是对它的暂时压制反映了令人痛苦的社会疾病。精神堕落的时代已经来临了。在争取俄国未来的牺牲自我的战士的队伍中那些厌倦的和失望的人开始掉队。在这些以前的战士的名字上不得不加上这样的词："离经叛道者""变节者""叛变者"。俄国文学在埋葬萨尔蒂科夫、车尔尼雪夫斯基、叶利塞耶夫、舍尔古诺夫的遗体时②，也几乎埋葬了最后一批思想斗争的代表。那些仍然活跃在文学舞台上的人是孤独的，是被压制的。80年代的文学"青年"开

---

① 查苏利奇，雅拉·伊万诺夫娜（Засулич，Вера Ивановна，1851—1919），俄国社会民主主义运动的活动家，劳动解放社的创始人之一。——译者注

② 1899年萨尔蒂科夫·谢德林和车尔尼雪夫斯基逝世，1891年叶赛宁和舍尔古诺夫逝世。——译者注

11

始公开脱离别林斯基和杜波罗留夫斯基的传统。"先进的"作家开始承认模糊的唯心主义的形而上学者和基督教神学异端的辩护士是自己事业的志同道合者。"勿以暴力抗恶"（托尔斯泰宗教哲学学说用语）的宣传得到很多人的拥护。利欲熏心的人和冷淡主义者们开始在俄国大学生中大张旗鼓地宣传。没有一个"已经适应的"人为自己越来越多的让步感到羞愧。在俄国，所有人，所有决心反对精神堕落、社会冷淡主义、古老的俄国专制主义和文明世界的资本主义剥削的人——所有保留俄国知识分子伟大思想传统的人，所有明白科学社会主义的伟大实践任务的人被迫转入秘密小组的地下活动，不仅要躲避公开的和暗中的密探，而且还要谨防那些胆小的不知所措的人，不仅要躲避可能的背叛者，而且还要谨防以前的同志们道德堕落，他们在伏特加和风流韵事中丧失了自己的道德，还要远离新的青年代表，他们丧失了斗争的意愿，丧失了自己的思想信念，放弃了自己的政治和社会任务。

在我们社会生活的 20 年后，出版商发现了这本书，它在 1870 年首次出版，也就是 60 年代末在杂志上发表的那些文章。

作者是否同意继续再版这本书，如果他有兴趣再版，那么这个版本以什么形式出版？俄国作家和读者在思想领域面临着一些任务，这本书就属于这个领域，但是这些任务要么在它们提出时就已经被改变，要么被其他任务代替。70 年代初期的读者本身已经变化了，新的一代在这个时代有各种不同形式的经历，但是与他们的先辈们几乎没有区别。新的读者有充分理由问问自己：是否需要重新出版这本以 60 年代末的形式来表达俄国生活和思想任务的著作？如果必须回到这个对象，那么是否应该完全重写这本著作，是否应该向读者提供更加符合俄国思想和生活现状的著作，更加符合作者现在对这个思想和生活，对这种状况的态度的著作？它最终在国外再版，因为任何作家和出版商在俄罗斯帝国都没有这样的出版条件。如果俄国读者要求再版这本书，那么为了反映俄国时代的发展变化是否现在要求完全重写它，如果在出版时完全不做任何修改，也就是按照它1870年的版本再版，这个版本现在只能找到两本了，连作者手里都没有，作者还是在巴黎找到了一本，而且恰好是在德国军队包围巴黎后切断巴黎与外界联系，包括切断与俄国联系的那天的前夕找到的。

作者同意继续再版自己的著作，但是既不能完全重写它，也不打算没有任何改动就再版1870年的版本，作者认为必须向自己的新读者解释清楚。

正如拉丁格言所说，每本书都有自己的命运。这个命运在多数情况下很难预见——即使可以预见——也是作者刚开始出版自己的著作时。《历史信札》首先发表在《星期周报》上，这是60年代末作者的好友①负责的杂志，因此作者可以在杂志上发表这些书信，但是据作者所知，这些书信在那时遭到很多著名的先进文学代表的指责。当然不是只针对这本书，而是一系列与它提出的问题普遍相似的文章。作者在遥远的沃罗格达省写作时还担心，这些书信随时可能被停止刊登，编辑可以"由于某个与它无关的原因"向作者提出转向其他主题。根据作者的观点，这些书信提出的问题不是永远重要的；但是有时候它们在当时占据了整个报刊。作者在不

---

① 即《星期周报》的创立者叶甫盖尼娅·伊万诺夫·康拉迪（1838—1898）。——译者注

同地方从不同方面提出这些问题，因为他从一开始就没想过可以出版一本完整的书；因为他从来没想过这本书会引起极大的关注，尤其是俄国青年对它非常关注。这对于作者是非常意外的，他非常了解自己，经常听到自己比较坦诚的朋友说，他的写作方式有些抽象和晦涩，很难吸引大多数读者。随着书信的数量不断增加，它获得了很高的价值，无论作者是否意识到，它集中讨论两三个主要问题，使作者的思想自然形成这本著作，在读者面前提出问题，无论这些问题是好还是坏，他对某些的问题都提出了一些解决方法。当这些信写完时，作者在沃罗格达流放地得知，一些读者认真地阅读和赞许这些书信；他出版这本书可以获得一定的成功；因为许多人认为出版这本书符合这个时代的读者的要求。作者修改了这些单独的信，使它们更加符合整体的逻辑性，正如他在第一版序言中所说的，1870 年 9 月出版的这本书是 60 年代末在《星期周报》上单独发表的文章组合而成的。

作者不在俄国，与祖国也没有什么联系，根本没有关注这本书的成功、传播以及它所产生的影响。当然也有一些批评。他在《知识》杂志上回应了这些批评①，并且做出了解释，还在《祖国纪事》杂志发表了关于米海洛夫斯基进步公式的文章②。1872 年 3 月，我们向他建议在俄国再版这本著作。他高兴地着手做这件事，并且对之前的批评文章做出了说明，对刚刚提到的在《知识》和《祖国纪事》杂志上的文章进行了比较大的修改和补充。作者对第

---

① 参阅《拉甫罗夫哲学与社会学文集》第 2 卷《关于〈历史信札〉的批评》第 297—328 页，莫斯科，1965 年。——译者注

② 拉甫罗夫的文章《米海洛夫斯基的进步公式》发表在《祖国纪事》1870 年第 2 期。——译者注

二版做出了较大的补充和修改，提出解释进步的任务是自己的目标，而且是以作者在 60 年代末 70 年代初认为可能使俄国读者明白的形式来进行解释，因此，第二版是完全准备出版的，而且是准备在俄国出版；甚至几乎已经开始印刷新版本。但是实际上不可能了，因为它被禁止出版了。很快根据沙皇俄国书报检察机关的命令，第一版也被禁止出版。

10 年过去了。作者知道这本书已经是稀有的珍本了；它在俄国青年中如此成功，令作者深感意外；它提出的问题在俄国青年中引起极大的兴趣；在遥远的祖国有很多支持它的读者和朋友。但是作者那时没有想过再版。他觉得，他在 60 年代末的著作已经不能令人满意了；俄国思想已经向前发展，更加成熟；俄国生活也越来越广阔，越来越清晰；俄国读者不仅需要准备进入社会斗争的时代，而且需要更加明确地说明这个斗争的任务；我们国家在 70 年代末 80 年代初发生了精神高涨的和激烈的社会运动，它们通常要求新活动提出更加明确的和更加有针对性的问题。他有机会在新杂志上发表文章了。他决定用 1881 年的新著代替《历史信札》，在新著里他从他认为在这个时代对俄国读者可能有益的角度研究这些任务。第一篇这样的文章就是《进步的理论和实践》，作为第十六封信收录在现在的版本中。而且它是唯一保留下来的。《俄罗斯语言》杂志已经被查封①。

10 年过去了。去年我们向作者提议再版《历史信札》。与俄国思想和生活在 60 年代，尤其是 80 年代初期的情况相比，我们在这

---

① 据我所知，该杂志被查封不是由于我的文章。——作者注

里简短地说明了它们在现在的悲惨情况。《历史信札》的作者根本不确定，在他已经离开很久的祖国现在是否还有那些他称为"读者朋友"的读者。他不知道，在那里是否还有很多读者对他提出的问题感兴趣，他仍然认为这些问题对思想发达的人，尤其是对俄国思想发达的人而言，是最重要的问题之一。如前所述，第一版《历史信札》已经在市面上消失，可能在俄国的某个地方还能找到石印版，他认为没有必要建议新的出版商用新版本代替第一版，正如他在1881年的想法。他认为没有充分的理由拒绝出版商。他认为可以采用新版本，但是新版本不是1870年的版本，而是已经修改和补充的版本，这个版本其实早已准备印刷，甚至在1872年已经印刷了一部分。作者对这个计划在俄国印刷但是没有在市场出售的版本有很大的补充和修改，也就是读者在这里看到的变化。作者在把自己的著作寄给俄国出版事务管理机构管辖范围以外的地方时，认为需要以语言的形式保留某些说明和掩饰，这对于在管辖范围以内的地方出版的任何著作而言是不可避免的，对于1870年和1872年的《历史信札》同样是不可避免的。在这样的情况下，1891年的版本使用了更加明确、更加准确和更加公开的表述。作者在1870年第一版的基础上增加了一封信，也就是第十六封信，这封信是对《俄罗斯言论》杂志上的文章的重新修改，他还利用这个机会解释他在1881年关于这些问题的著作。作者用了一年的时间完成修改，几乎所有他认为必须在这个新版本中修改和补充的地方都已经标注。

因此，《历史信札》新版本的读者不仅有1872年的版本，也就是那时打算在国外出版的版本，还有1881年的一篇补充文章，以及 1890—1891 年所做出的修改和补充，这些修改几乎已经标注出来。

1870 年作者在印刷出版自己的著作时，根本没有想过俄国读者如何看待它。它获得极高的好评，远远超出他的想象，它获得极高的赞扬，远远超出其他著作。作者在那时遇到了"读者朋友们"。他知道了他们的赞扬，深深感谢"读者朋友们"，因为那是他经历的美好时刻。作者现在还不知道，许多 70 年代的"读者朋友们"现在仍然欣赏这本著作。他不知道，新一代的读者如何看待这个新版本。作者在巴黎很难知道俄国读者的真正想法。

在任何情况下，他都向在遥远的祖国欣赏他的读者问好，无论这些欣赏的读者有多少。让这本书告诉那些不欣赏他的人，哪些至关重要的问题在这 20 年引起读者的兴趣。那些在分散的小组中把生命献给孜孜不倦地争取俄国未来的人，那些用思想和生命作为武器跟随他们先辈的人，那些用现在最合适的武器继续战斗的人，需要的不是提醒一去不复返的过去，而是能够团结地形成历史的力量，清楚地认识思想发达的俄国人所面临的新任务，并且决定牺牲自我完成这些任务。

拉甫罗夫

巴黎，1891 年 10 月 17—29 日

第一封信　自然科学和历史

　　如果读者对现代思想的运动过程感兴趣，那么他会立即要求关注它的两个方面：自然科学和历史。哪一个方面与现代生活更加密切相关呢？

　　回答这个问题并不那么容易，因为它可能是一见钟情。我知道，自然科学家和大多数善于思考的读者毫不犹豫地作出有利于自然科学的决定。实际上，如何轻松地论证自然科学与人的生活时刻相关的问题？如果机械学、物理学、化学、生理学和心理学等一系列规律不发生作用，是不是人就不能转身、观看、呼吸和思考？相比较而言，历史是什么？难道是无所事事的好奇心？最伟大的活动家，无论是在个人生活领域，还是在社会生活领域，不需要记住古希腊主义是何时渗透到亚细亚部落以及马其顿王亚历山大的军队，不需要记住在专制的统治时代所制定的那些成为现代欧洲法律关系基础的法典、规章及增订部分等，不需要记住封建主义和骑士阶层的时代是一个最粗鲁、最本能的动机与热情的神秘主义共存的时代。我们在了解祖国的历史时，问一问自己，许多对现代人的生活有利的变化是不是在俄罗斯民间诗歌壮士歌，在革命纲领《俄罗

1

斯真理》①，在伊凡雷帝野蛮的削藩制，甚至在彼得大帝的欧洲形式与古莫斯科的斗争中？所有这一切都过去了，新的首要的问题是要求关心和思考现代人，保持对紧张局势的关注，保持更加准确地实现人的思想的兴趣……这样看来，在决定我们生活的每个因素的知识和其他解释有趣的对象的知识之间没有可比性，就如同在重要的精神食粮和令人喜爱的甜点之间没有可比性一样。

自然科学是理性生活的基础，这是无可争议的。如果没有清楚地认识自然要求和主要规律，那么人将盲目地对待自己最主要的日常需求和最高的目标。严格地说，完全没有自然科学知识的人没有丝毫权利被称为受过教育的现代人。但是，当他赞同这个观点时，试问一下，什么与他的生活利益最密切相关？是关于细胞繁殖、物种退化、光谱分析和双层星体的问题，还是人的认识发展规律、社会利益原则与公平原则之间的冲突，民族联合和人类统一之间的斗争，大多数饥民的经济利益与少数富人的精神利益之间的关系，社会发展和国家制度形式之间的关系的问题？如果提出这样的问题，那么除了知识的庸人（他们是多数）外，未必有谁会不承认，后面的问题比前面的问题与人更加密切相关，对人更加重要，与人的日常生活联系更加紧密。

甚至，严格地说，一些问题与人密切相关，一些问题对人非常重要。前面的问题与其说是重要的和与人密切相关的，不如说它们是为更好地理解和更深入地为解决后面的问题服务的。没有人对文化的益处有争议，也没有人对文化在人类发展中的绝对必要性有争

① 俄罗斯真理，又译为《俄罗斯法典》，是俄国十二月党人组织南方协会的革命纲领。——译者注

议，但是在文化中未必有如此愚蠢的辩护者，他们在文化中假设某种独立的神秘的力量。也许有人说，阅读和写作过程本身对人是重要的，因为人通过阅读获得思想，通过写作表达思想，但是只有这个过程成为掌握思想的工具时对人才是重要的。从阅读中什么也没有汲取的人丝毫不比文盲高明。"文盲"这一名称就是指基本没有受过教育的人，但是受教育本身不是目的，它只是手段。自然科学在人类普遍的教育体系中也几乎发挥这样的作用。自然科学仅仅是思维的知识；而发达的思维运用这种知识是为了解决纯粹的人的问题，这些问题是人的发展的本质。即使没有读过书，也明白它。思维发达的人也很难准确地理解物理学和生理学的基本规律，也很少对蛋白质的试验和开普勒的规律感兴趣。对于思维发达的人，蛋白质不仅是化学合成物，而且是人的食物的组成部分。开普勒的规律不仅是星体抽象运动的公式，而且是人在掌握普遍的哲学观的道路上的精神发现之一，也就是自然规律的必然性以及自然规律绝不依赖上帝意志的独立性。

以上我们比较了自然科学原理和历史对于实践生活的重要性，我们发现在这里恰恰相反。蛋白质的化学试验和开普勒的数学公式是令人好奇的，而蛋白质的经济意义和天文学规律的哲学意义是非常重要的。关于外部世界的认识为解决人研究的所有问题提供了人必须使用的完全必要的材料。我们为这些问题使用这些材料，但是问题的实质不是外部世界，而是内部世界，是人类的认识问题。食物是重要的，但不是作为供给过程的客体，而是作为消除饥饿感的产品。哲学思想是重要的，但不是作为精神及其逻辑抽象性的发展过程的表现，而是作为人的认识的逻辑形式，也就是对自己较高的或者较低的人格的认识，对自己生存的比较远大或者比较狭窄的目标的认识；为了实现最好和最公正的社会制度，无论作为反抗现状的形式，还是作为满足现状的形式，它们都是重要的。许多思想家发现人类思想的进步在于，人首先认为自己是一切存在的中心，后来认识到自己只是外部世界必然规律的无数产物之一；人类思想的进步还在于，人从对自己的主观认识转向对自然的客观认识。确实，这是极其重要的进步，没有这个进步科学是不可能的，没有这个进步人类的发展也是不可能的。但是这个进步仅仅是第一步，在它之后必然迈出第二步：研究外部世界的必然规律。人类主观地认识到什么是最好的和最公正的，为了达到这样的状态人类必须在外部世界的客观性中研究外部世界的必然规律。在这里证实了黑格尔思想的伟大规律，也证实了人类认识的其他许多领域的规律。第三步看起来与第一步最接近，但是实际上是为解决第一步和第二步之间的矛盾。人重新成为整个世界的中心，但是不是人自身生存的世界，而是人理解的世界，人的思维征服的世界，是以人的目标为方向的世界。

但是这正是历史的观点。自然科学向人阐明世界的规律，在世界中人自身仅仅是重要内容之一；自然科学重新计算机械学、物理学、化学、生理学和心理学过程的结果；在动物王国的最后几个过程的结果中发现痛苦和喜悦的意识；在这个王国与人类最密切相关的部分中发现可能提出自己的目标和试图达到目标的认识。自然科学的这个事实不仅成为动物世界个体发展的唯一基础，而且成为这个世界群体发展的唯一基础。历史作为科学，接受既定的事实，向读者阐明事实；历史作为人类生活的进程，在人试图摆脱痛苦的意识中，在人试图发现喜悦的意识中产生；与此同时，在与痛苦和喜悦相关的概念中，在痛苦和喜悦的分类和等级中，出现了哪些变体；哪些思想的哲学形式和哪些社会制度的实践形式产生这些变体；哪些追求最好和最公正的逻辑进程产生抗议、保守、反动和进步；每个时代在人对世界的理解和实践理论之间存在着哪些联系，这种理解以信仰、知识和哲学认识的形式表现出来，这种最好的和最公正的实践理论在人的行动、社会的形态和人民的生活状态中实现。

因此，历史学家的著作不是否定自然科学家的著作，而是对它们的必要补充。忽视自然科学家的历史学家是不能理解历史的，因为他没有地基就想建造房子，虽然承认教育的益处，但是否认知识的必要。忽视历史学家的自然科学家说明其思维狭隘和没有见识；他不想或者不能认识到，提出目标和实现目标与其说是必然的，不如说是人的自然本性，这就如同呼吸、血液循环和新陈代谢；目标可能是微不足道的或者崇高的，意图可能是卑鄙的或者高尚的，活动可能是非理性的或者合乎目的的，但是目标、意图和活动在过去和将来永远存在；因此，它们既是研究的合理对象，也是光谱的颜色，既是化学分析的要素，也是植物世界和动物世界的种类。只限于外部世界的自然科学家不想或者不能看到，整个外部世界对于人仅仅是痛苦、喜悦、希望和活动的材料；最专业的自然科学家在研究时不是把外部世界作为某种外在的，而是把它作为认识的对象，作为给科学家带来喜悦的认识过程以及激发他的活动和进入他的生活的过程。忽视历史的自然科学家认为人建造地基，但是没有在地基上建造房子；认为人的全面发展受到知识的限制。

　　我反对自然科学在历史面前的两个无可争议的优势，这使自然科学家有些傲慢地对待历史学家著作的学术性。自然科学制订准确的方法，得到无可争议的结果，形成很多不可改变的规律，不断证实和预见事实的规律。历史相对来说是令人怀疑的，它是否建立了一个完全属于它本身的规律；它创造出优美的景象，像天气预报那样进行较为准确地预见。这是第一点。第二个点就是追求最好的和最公正的，无论是在对目标的清楚理解和对方式的正确选择中，还是在选择活动的合适方向中，几乎都是从自然科学的材料中汲取资料，而历史提供几乎没有用处的材料，一方面是由于以前时代进程的意义不明确，它们为那些直接对立的生活理论提供华而不实的论据，另一方面是由于环境随着时代发生变化，因此很难运用现在的结论，即使这些结论是正确的，但是与未来是脱离的。历史学家的著作在理论的科学性上，在实践的有用性上都逊于自然科学家的著作，那么，历史学家的著作是否可以与它们相提并论呢？

　　为了清楚解释这里提出的问题，应该规定在什么范围内我们使用"自然科学"一词。在这里根本不是严格的科学分类，也不是科学所提出的一切有争议的问题。自然而然，历史作为自然进程，如果可以归为自然科学领域，那么以上研究的对立情况就不再存在。我把自然科学这一术语理解为两种科学：现象科学和形态科学。现象科学研究重复的现象和过程的规律，形态科学研究对象和形式的分类，它们决定被观察的过程和现象，而且这些科学的目标是从过程发生的时刻开始追溯所有被观察的形式和分类。我先把各种形态科学放到一边，把注意力转向我如何对待各种现象科学：几何学、机械学、物理学、化学、生物学、心理学、伦理学和社会学。我们使自然科学这一术语具有以上意义，回答我们以上提出的问题。

在机械学、物理学、化学、生理学和心理学的相关研究中不应该怀疑方法的科学性和独立性。但是个人的认识理论和概念理论，个人的伦理学几乎很少使用自然科学的方法。至于社会科学（社会学），也就是社会发展的过程和结果的理论，那么物理学家、化学家和生物学家的几乎所有工具都是无法运用的。这个重要的和与人最密切相关的自然科学领域以它之前的领域的规律为基础，也就是以现成的材料为基础，通过其他方式寻找自身的规律。通过哪个方式？精神的现象学和社会学从哪里汲取自己的材料？从个人的经历中汲取，从历史中汲取。历史学家和传记作家的著作是如此不科学，以至于心理学家在其最广泛的科学领域的结论也可能是不科学的，伦理学家和社会学家在其科学范围内的著作也可能是不科学的，也就是说，以至于自然科学在其与人最密切相关的领域也被认为是不科学的。在这里，科学性成功地制造出这两个知识领域的共同福祉。从对传记和历史事实的外在观察中获得心理学、伦理学和社会学的近似真理；这种近似真理允许更加理性地观察传记和历史事实；它首先更加接近真理，更进一步地完善历史观察等；不断改进工具提供最好的产品，然后最好的产品进一步促使改进工具，又对进一步完善产品产生影响。历史在适当的意义上为自然科学提供非常必要的材料，只有以历史著作为基础，自然科学家才可以清楚地了解人的智力、道德和社会生活的过程和结果。化学家认为自己的专业比历史更加科学，忽视它的材料。用自然科学这个词包罗所有自然进程和结果的人无权把自然科学置于历史之上，应该认识到它们之间紧密的相互联系。

以上是解决实际效用的问题。如果心理学和社会学随着对历史事实的充分理解而不断完善，那么研究历史对于清楚理解个人和社会生活的规律就是绝对必要的。这些规律与其说依据机械学、化学和生理学的材料，不如说是依据历史学的材料。虽然历史学材料不够准确，但是不能取消对它的研究，相反，而是更加广泛地传播它，因为历史学家不会由于结论准确就在大量读者面前增加声望，而化学家和生理学家却可以这样。关于最好的和最公正的现代重大问题要求读者清楚理解精神现象学和社会学的结论，但是这种理解不是通过相信经济学家、政治学家和伦理学家的某个学派的观点来达到的。在这些学派的争论中，认真的读者不得不研究那些以他们的结论为基础的材料本身；研究这些学派的形成过程，也就是说明他们学说的起源以及这个学派的形成情况；最后研究影响他们发展的事件。但是除了这些主要学科之外，所有一切都属于历史。谁把历史研究束之高阁，谁就表明自己漠不关心地对待最重要的个人利益和社会利益，或者表明自己准备相信某个偶尔一次出现在眼前的实践理论。因此，最初提出的问题，也就是自然科学和历史学哪个与现代生活更加密切相关的问题，根据我的观点，可以这样解决：自然科学的主要领域是现代生活完全必要的内容，但它们对于现代生活的意义是间接的。至于自然科学的最高领域，也就是全面研究个人和社会生活的过程和结果，那么这个研究在理论科学和实际效用方面与历史处于同样的水平；毫无疑问，自然科学的这些领域，与历史相比，更加与人的重要问题相关，但是没有历史研究根本不可能认真研究它们，它们对于读者的意义就如同历史对于读者的意义。

因此，可以在现代思想的意义上研究历史问题，特别是那些与社会学任务紧密相关的问题。我将在这些信中研究普遍的历史问题；研究那些决定社会进步的因素；研究"进步"一词对于社会生活各个方面的意义。社会学问题在这里必然与历史学问题交织在一起，尤其是，正如我们看到的，这两个知识领域紧密地相互依赖。当然，这使现在的论断具有比较概括和比较抽象的特征。读者不能亲身处于现场事件中，但是可以接近各个时期的事件，可以对这些事件做出结论。历史故事很多，可能，我后来可以改变它们。但是历史事实仍然还在，对它们的解释可以改变它们的意义。在解释过去时，每一个时代都加入自己时代的关怀，自己时代的发展。因此，历史问题对于每一个时代成为现在与过去联系的纽带。我不能把我的观点强加给读者，但是我向读者表达了我对它们的理解，——对我而言过去反映在现在中，现在反映在过去中。

第二封信　历史过程

现在让我们研究"历史"这个词的另一个意义。

在第一封信中阐述了作为人类知识领域的历史；现在将研究作为过程的历史，也就是成为作为知识的历史的研究对象。作为过程的历史，作为现象的历史在一系列现象中具有自身的真正特征。这些特征是什么？在善于思考的人的眼中，历史现象与石头掉落、液体发酵、消化过程等在玻璃器皿中观察到的各种各样的生活现象之间有什么区别？

我的问题看起来很奇怪，因为任何读者都会想到，历史过程是由人、民族和人类完成的，在这一点上这个过程与其他一切过程有根本区别。但是它不完全是这样。第一，地质学家有权利说地球的历史，天文学家有权利说宇宙的历史。第二，并非所有人、所有民族都进入历史生活的过程。在最重要的历史人物的日常活动中有许多方面连最仔细的传记作者也从来没有描写到，这就如同成千上万的个人生活，从第一个人到最后一个人都不能引起研究者的任何兴趣。在社会生活中，历史学家不是描写每年定期重复的现象，而是指出它们如何变化。许多历史学家从整个人类中区分出民族和种族，并称之为历史的，把其余的部分留给民族学、人类学和语言学，总之，无论是什么科学，反正不是历史学。他们在某个方面是正确的。这些民族的生活问题，这些民族的思维方法与动物学家对某种鸟类或者某种蚂蚁的研究是完全一样的。动物学家描述这些动物的特征和习性，它们筑巢或者建造蚁穴的方法，它们与其他动物的斗争等。民族学家也研究这些问题。确实，人的机能是更加复杂的，需要更多的描述。语言学家不仅了解表达的方法，而且了解语言的意义，但是动物学家只能从鸟的抑扬顿挫的歌声中了解鸟的意思。人类学家描写知识、手艺、工具、神话、习惯，但是他的问题与动物学家一样：根据它们的实际情况描写这些事实。人类学家的研究对象对于我们是更加有趣的，因为我们不仅研究人，而且还同情人。但是在应用方法的科学意义上不应该欺骗我们。人类学家仅仅是把人作为自己的研究对象的自然科学家。他仅仅描述人本身是什么。

但是我认为，把民族和种族区分为历史的和非历史的历史学家在一个方面是正确的。实际上，还有另一个方面，它使这种区分的正确性令人怀疑。也许有这样一个不幸的岛，两个旅行者对岛上居民的描写完全相同，但是这两个旅行者相差一百年。这些居民的生活在两个时代发生了变化。这个变化是如此普遍，以至于科学有充分的权利在没有变化的地方假设变化，因为人类学家总是对自己关于某个部落的研究补充一些假设性的说明，如部落文明在一定时期如何变化，文明如何产生。但是历史学家有义务把这些问题归入自己的领域。在我们的时代已经可以说明整个有机界的历史，因为从变化的角度看，每一个机体形式只有在机体起源的时刻才具有意

11

义，但是机体形式的起源到目前为止还只是科学的解释，而不是观察到的事实。科学仅仅划分机体形式，对它们分类，每一个个别情况只有在普遍过程的研究中才具有意义。个别情况仅仅是研究的手段。只有在研究当前的环境条件和新出现的形式之间的依存关系时，个别形式在某些条件下的产生才具有意义。除此之外，在机体形式的变化中，最值得研究的部分是植物和动物在人的影响下的变化，也就是已经进入人本身的历史领域。

当然，在动物学领域中有一些现象，它们在一定程度上与历史学家的研究相似。这就是动物习性变化和发展的现象。到目前为止可以得出结论，那些现象已经完成、正在完成和将要完成，但是动物学家在完成的过程中没有观察到任何一个这样的现象。很有可能的是，所有人工培育的动物具有某种类似的过程，或者至少它们的人工培育形式有一系列的变化。例如，蜜蜂现在的群居生活是从比较简单的群居中产生的，这是完全合理的。脊椎动物出现了习性的变化，特别是为了适应新的环境条件。但是蜜蜂的"发展过程"，正如所有无脊椎动物以及复杂的微生物的"发展过程"，超出了科学观察的范围。在新的环境条件的影响下，脊椎动物的习性很少发生变化，正如移民虽然被安置到新的气候条件下，但是他们在移民区也很少改变房屋的建筑风格，在服装和食物方面也很少有变化。动物学家的世界，正如科学所说，是不断重复的现象的世界。因此到目前为止，抽象理性只是把人类历史与动物相类比，实际上历史是被人限制的。

研究者在所有其他过程中寻找包罗所有重复现象的规律；只有在历史过程中不是重复现象的规律，而是正在完成的变化本身具有意义。只有外行观察者对这种晶体的形式感兴趣；矿物学家认为畸形的扭曲的形式来源于那些严格服从地质学规律的固定类型。这种反常成为解剖学家建立规律的理由，因为它表明，某个机体的正常结构偏离某些界限。但是人的生活现象，个人或者集体的生活现象具有双重意义。

卡斯帕尔·豪泽尔突然出现在纽伦堡的街道上，五年后被刺杀①。开普勒发现行星运行的规律。北美内战导致美国在人员和金钱方面损失惨重，引发欧洲的经济危机。我们在这些事件中研究什么？

对于心理学家，卡斯帕尔·豪泽尔是一个在成年后才进入社会的特殊个体，一个比其他个体更适合研究心理现象普遍规律的个体。对于传记作家和历史学家，卡斯帕尔·豪泽尔是这个时代的特殊现象，是以前各种奇怪情况的综合结果，这个神秘的人在 17 年之前被剥夺一切社会关系，在 5 年之后又被凶手刺杀。当安塞姆·费尔巴哈假设他是策林根家族的最后一个后代时，他不是研究重复

———————

① 一个朋友对我提出批评时说，任何一个俄国朋友在我们的时代几乎都记得卡斯帕尔·豪泽尔，知道他这个人。这完全是对的，最好举个例子，但是我更倾向修改这个注释。1828 年，一个流浪汉模样的年轻人突然出现在纽伦堡的街道上，他手里的一张字条上说他是一个弃婴，生于 1812 年 10 月 7 日，只会一些简单的词语。他在一生中只见过一个人，这个收养他的人只给他面包和水，让他生活在地牢里，不久前突然释放了他。这个不幸的年轻人成为全城好奇的对象，忍受着各种粗鲁的试验。然后许多人开始参与研究他，包括安塞姆·费尔巴哈。作为一个在社会之外成长的人，卡斯帕尔成为心理学家感兴趣的研究对象。但是最感兴趣的是他的出生问题。所有的寻找都是徒劳的。安塞姆·费尔巴哈发表了一篇关于卡斯帕尔的特殊文章，论证卡斯帕尔可能是巴登的策林根家族的最后一个男性后代，策林根家族被贵族大公卡尔·弗里德里希消灭。卡尔·弗里德里希出生于盖尔·吉伯尔施塔特家族，为了把王位留给自己的儿子利奥波特，试图通过释放卡斯帕尔向他的沽名钓誉的跟随者说明已经没有反对者。1829 年，一个陌生人试图杀死卡斯帕尔。1833 年 5 月 29 日，安塞姆·费尔巴哈逝世。1833 年 10 月 17 日，卡斯帕尔被刺死。——作者注

的历史现象，而是研究唯一的历史现象。

对于逻辑学家而言，开普勒的发现过程是科学思维普遍规律的范例。密尔和惠威尔①争论的地方在于，这个过程是否是真正直觉的范例。但是对于历史学家这些发现是一次完成的事件，没有重复的可能性，因为它是由以前各种极其复杂的科学发现、17世纪初期的社会发展、德国当时的各种特殊事件以及开普勒的特殊经历决定的。但是这个事件一旦发生，它就成为智力发展的新因素，它的过程不能再次重复，因为它是科学、哲学、宗教、政治、经济和偶然的个人经历等各种因素交织的结果。

在与美国内战相关的一系列现象中，社会学家为社会生活各个领域的普遍规律寻找一系列实例，历史学家把这些复杂的现象视为特殊的、一次出现的现象，视为在整体性和复杂性上不再重复的现象。

与其说历史现象为确立个人的心理现象、经济现象、政治形式的必然更替提供材料，或者为确立人的理想的普遍规律提供材料，不如说历史现象引起对心理学、社会学、个人或社会精神的现象学，某一种自然科学及其在人类的运用的兴趣。但是对于历史学家，它们不是不可改变的规律，而是偶尔一次发生的变化的特征。

可以从两个方面反驳以前的观点。历史理论家说，我不明白作为科学的历史的要求：它与其他科学一样，寻找不可改变的规律，历史进步的事实对于历史学家是如此重要，以至于他们可以清楚解

---

① 惠威尔（1794—1866）：英国哲学家，先后出版了《归纳科学史》和《归纳科学哲学》，奠定了他在科学哲学领域开创者的地位。他的名字也被译为休厄尔、华威尔等。——译者注

释这一过程的普遍规律；事实本身不具有任何意义，而是它们被赋予意义——意味着历史成为各种各样的千变万化的悲剧或者喜剧，这对于平庸的历史学家而言就是历史的理想。读者有权利认为以上所说都是重复以前的老生常谈的思想，但是他们将在这里发现，只有人具有历史，只有事件在历史中不会重复，而是不断组合成新的事件。

最后我要指出，我不会把自己的思想冒充为新思想；但是有时候不妨想一想旧思想，而我想起这个旧思想，这是因为最近在"历史规律"这个词的意义上出现了一些概念的混乱。例如，巴克尔的许多追随者说，他发现了一些历史规律。我在这里不是想证明或者否定他的发现是否准确，无论这些发现是什么，它们都不属于历史规律。他仅仅是通过历史确立了一些社会学规律，也就是通过历史资料确定哪个因素在社会发展中占优势，如果重复这种优势，它将如何发挥作用。这根本不是历史进步的规律，如何理解维科①、博须埃②、黑格尔、康德等所确立的规律。

至于历史理论家，我认为他们在两个方面赞同我。第一个方面——有些思想家试图像维科那样把历史归结为重复现象的过程，一旦对两个不同的时期进行比较研究，他们的尝试就失败了；因此历史就是一个过程，在过程中确定现象之间的逻辑联系，也就是那

---

① 乔瓦尼·巴蒂斯塔·维科（1668—1744）：17世纪末18世纪初的意大利哲学家。近代历史哲学之祖和精神科学原理奠基者。——译者注

② 雅克-贝尼涅·博须埃（1627—1704）：法国主教、神学家，以讲道及演说闻名，拥有"莫城之鹰"的别名。他是路易十四的宫廷布道师，宣扬君权神授与国王的绝对统治权力，被认为是法国史上最伟大的演说家。主要著作有《哲学入门》《世界史叙说》等。——译者注

些在每个时刻仅仅一次出现在历史学家面前的现象。第二个方面——历史逻辑的规律在整体上还没有找到，但是正在寻找。如果这样——我们将继续寻找。

首先应该清楚解释问题的意义：历史规律是什么？在以上提到的两种自然科学中，"规律"一词具有完全不同的意义。在现象学中，现象的规律是阐明现象按特定的顺序不断重复的条件。因为历史现象不会重复，那么这个词的意义根本不适用于历史。这个词在形态学中还具有完全不同的意义，即表达形式和对象的分类，也就是把形式和对象划分到密切相关的类别中。例如，在天文学中，当说到天体在天空表面的分布规律时，或者在有机体的系统学，当说到有机体的分类规律时，在这个意义上"规律"一词是"发现"的意思。"规律"一词在这个意义上被用于历史，因为它的意思是对事件的分类。

但是找到或者发现某种分类规律意味着什么？我们唯一的答案来自形态学，也就是我们对形式分类的理解。这就是单个机体的形态学。当胚胎学和发展理论在研究中深入考察组织、机体和机体系统的形成过程，以及最小的卵细胞从萌芽、果实到幼仔等所有阶段一直到我们观察到的阶段时，我们将明白机体解剖的标准结构和畸形结构。我们研究解剖形式的分类，因为它对于我们是一系列完整的逻辑分类的一个方面，这个完整的系列分类是由机体的发展过程决定的，它不是别的，正是机械的、物理—化学的和生物的现象的总和。

在另一种形态学中，我们的知识还没有大的进展，我们的理解还不够清楚，但是我们正是以同样的方式理解我们所理解的东西。

我以地质学为例。岩石和山脉的层系分类对于我们而言是地球的历史痕迹和地球的形成过程，也就是说，机械学规律、物理—化学规律是在我们星球连续不断地发生作用的一系列结果之一。

在其他形态的学说中，对分类规律的理解也不是别的，正是清楚解释形态的形成过程，即使我们只知道这个过程。在最后一个条件还没有完成时，到目前为止我们只有通过认真的观察更加清楚地解释分类规律，也就是纯粹经验的规律，但是我们还没有理解它。随着望远镜的发明，在天空表面可以观察到新的天体，它们的分类规律不断改变或者越来越准确。随着机体形态学知识的不断增加，它们的分类规律越来越准确。但是只有当我们充分了解世界物质的形成过程时，只有当我们认为观察到的天体是来源于这一过程的某些阶段时，我们才能说我们理解天体分类的规律。在天文学中甚至不打算这样做，因为星座的分类到目前为止仅仅是经验描述的对象，而不是科学解释的对象。对于机体的分类，科学解释的时期是从第一次试图揭示有机界的形成过程时开始的：达尔文的理论在这一方面迈出了重大的一步，现在机体的分类规律仍然是科学的任务：理解这个规律——意味着从机体的形式转向它们的形成关系。在以上这两种情况中，分类从一开始就是无序的、几乎任意的，很容易在原始人的思想中产生生命体任意行动的认识，它分布在星体中，似乎是各种奇怪的机体形式。科学解释把不可改变的现象学规律作为这一分类的起源；与此同时，现象连续不断地重复；但是在某个领域发生作用的现象学规律在世界空间中产生越来越新的物质分类，在地球表面产生越来越新的机体分类形式。物质的形态学是指物质分类的逻辑变化的规律，也就是物质在空间（机械）和不同成分（化学）上的分类。机体的形态学，正如海克尔①对它的解释，是在永远发生作用的生物学规律的基础上，把发现机体分类的逻辑变化的规律作为自身的任务。

比较这些科学可以得出结论，即什么是发现历史规律，什么是科学理解历史规律。在这里我们有一个好处是从一开始就已经确定形成过程，正如肤浅的观察者从一开始就把形形色色的各种事件看作是星座和星云的无序排列或者机体形式的多样性；但是无论在别处还是在这里，开始非常迅速地根据形成关系和事件意义进行分类。

在解释现象的关系时，在解释形式、对象或者事件的分类时，第一步永远是区分最重要的和不重要的。在现象学中自然科学家容易这样做：重复不可改变的关系就是比较重要的，因为这就是规律；那些与偶然变化有关的东西不仅是微不足道的，而且只是对未来的可能想法。即使在相同的折射环境也没有一个研究者可以找到完全相同的光的折射角度，也没有一个研究者可以找到完全相同的化学分析结果，除偶然的经验偏差以外，他发现了不断重复的现象的规律。这是唯一重要的。

事实的意义在形态学中由什么决定？正如我们已经看到，在形态学中对形式分类规律的解释与对现象学规律的连续作用的解释是一致的，因为现象学规律决定分类的形成过程。显然，这个促使更好地理解形式分类规律的因素，也就是现象学因素，在这里最重要的是：天文学家把太阳系分成不同的类别，因为组成它的物体与遵

---

① 恩斯特·海克尔（1834—1919）：德国博物学家，达尔文进化论的捍卫者和传播者。——译者注

循万有引力规律的机械现象相关；由此分出两层或者三层星体体系；正如在分析化学中，由于钾、钠、氯的化学作用相似，我们使它们相互接近；由于化学成分和结晶现象相似，我们使矿物质互相接近。现象学规律明确指出，哪些在形态学的分类中是比较重要的，哪些是不太重要的。为此必须考虑所有在这种分类中发生作用的现象学规律，特别是那些影响分类本身及其形成过程的规律。

哪些现象学规律影响人类历史事件的分类及其形成过程？机械学、化学、生物学、心理学、伦理学和社会学的规律，也就是说，所有现象学的规律，必须科学地思考它们。其中，哪些规律对于理解历史特别重要？为什么需要思考生命体的特征，这个生命体是历史的唯一工具和唯一对象，也就是人。特殊的发电现象不能从动物类别中区分电鳗①，正如特殊的化学产物不能决定植物分类；在这两种情况中，生物现象成为最重要的说明。一切与人有关的科学分类应该根据人的特征使用最重要的标准，而且不可避免地根据他的主观评价决定这些特征，因为研究者本身，也就是人任何时候也不能脱离他所特有的过程。

在普遍的世界体系中，认识现象可能（甚至是很有可能）是非常次要的现象，但是对于人它具有如此重要的意义，以至于他永远把自己的行为分为有意识的行为和无意识的行为，永远区别地对待这两类行为。有意识的心理过程，是根据信念或者违背信念的有意识的活动，是对社会活动的自觉参与，是政党之间对历史变革的

---

① 电鳗，裸背电鳗科的鳗形南美鱼类。能产生足以将人击昏的电流，是放电能力最强的淡水鱼类，输出的电压可达 300—800 伏，因此电鳗有"水中的高压线"之称。——译者注

有意识的斗争，与在这些情况下的无意识活动相比，对于人永远具有完全不同的意义。因此，意识的影响在历史事件的分类中应该占首位，因为它们逐渐有人的意识。

根据这个意识，哪些过程对事件的形成具有首要的影响？人的需要和本能。如何根据人的意识对这些需要和本能进行分类？可以把它们分为三类：第一类需要和本能是源于人的身体和心理结构，是不可避免的，只有当它们成为人的活动的准备因素时才可以被认识到。第二类是个人无意识地从他周围的社会环境中获得的，或者从先辈们的习俗、传说和传统，从已经确立的法律、政治分类和文化形式中获得的；这些文化需求和本能也是成为人的活动的准备因素时才被认识到；它们对于个人是给定的，虽然不是完全不可避免的：它们在文化形式的起源中具有一定的意义；研究者寻找和猜测这个意义；但是对于每一个生活在这个时代和这种文化形式的人而言，它是外在的，独立于个人意识的。第三类需要和本能是完全有意识的，对于每个人而言是在个人中产生的，是不受任何外在的强制的，是人的意识的自由和独立的产物：第一是活动领域，也就是以对利己利益和与他人密切相关的个人利益的精打细算为基础的活动；第二，对历史进步更加重要的是对"更好的"状态的需要，是增加知识的本能，是提出最高目标的本能，是根据自己的愿望、自己的理解和自己的道德理想改变外部给定的一切的需要，是根据真理的要求重建思想世界的本能，是根据公正的要求重建现实世界的本能。后来科学研究使人确信，这一类需要和本能在个人中是不自由的，不独立的，而且是受到周围环境和个人发展特点的复杂影响；虽然他在客观上坚信这一点，但他终究不能消灭主观幻想，因为这个幻想是在他的意识中，为他明确两种活动之间的重大差别，第一种活动是他树立目标、选择方式和批判地审查目标和手段的优点，第二种是机械的、激情的和习惯的活动，他在这种活动中认识到自己是外部给定的工具。

在所有与人相关的科学中，对人最重要的是现象学过程，根据这个过程，以上三类需要和本能之间是相互独立的，这些类别是科学地确立的，它们对于历史事件分类的意义是源于它们对意识过程的态度。第三类是最有意识的，对于人的历史而言，应该在这个历史的本质上是最重要的，因此它必然对历史学家，也就是在个人本性上的人，具有最重要的意义。有目的的意识活动在提出问题时提供中心线索，人的其他活动围绕着线索进行，这就像人试图达到的各种目标是一个隶属于另一个的，对于大多数人——是根据个人的最大利益，对于思想最成熟的人——是根据他们对道德尊严的认识。理论的科学性在这里源于两个主观过程的一致，一个是在历史学家的思维中完成的过程，另一个是对历史个人和团体观察的结果。从这个观点看，历史事件进程的规律实际上是明确的研究对象；必须在每个时代抓住智力和道德的目标，也就是思维最发达的个人在这个时代建立的目标是最高的目标，是真理和道德理想；必须建立产生这个世界观的条件，必须建立培养它的批判的和非批判的思维过程和它的逻辑变体；必须对在它们的历史和逻辑联系中出现的各种不同的世界观进行分类；必须根据原因和结果、作用和反作用、实例和例外来排列它们周围的所有其他人类历史事件。从各种形形色色的事件中研究者不可避免地转向历史逻辑规律。

在这个理论中，所有主要的研究对象和工具属于客观世界。个人和团体在这个时代追求的各种目标是主观的；他们的同时代人用来评价这些目标的世界观是主观的；历史学家对这个时代的世界观的评价是主观的，为了从它们当中选择那个他认为在一切世界观中最高的最核心的世界观，为了确定人类历史的进步过程，必须说明进步的和倒退的时代，说明历史运动的原因和结果，向同时代人说明可能的和现在希望的。但是主观性的来源在这些情况是不同的，消灭错误的方式也是不同的，虽然这些错误可能是这一方法的后果。个人目标及其道德评价的主观性在这个时代的是完全必然的、完全科学的事实，它得到全面的观察和研究：为避免错误，历史学家在这个时代应该以最谨慎的态度汲取文化环境和个性发展程度；他在这里收集事实，正如在任何其他科学中，他的个人观点极其少地参与这些事实的确立。如果他允许塞索斯特里斯①或者帖木儿②使用路易十四或者俾斯麦的复杂的外交策略，那么他就不了解他所写的时代。如果他赋予赫拉克利特的思想以黑格尔的辩证法，那么他没有充分地理解时代的差别。如果他使文化现象、国家扩张和民族斗争在历史中具有主导意义，那么他就不清楚人的本质特征，不清楚如何认识人自身。在所有这些情况下，科学资料的准确性、丰富性和多样性是消灭错误的最好方法。但是客观评价这个时代的各种世界观或者历史学家确立的历史进步理论完全是另一回事。如果作者确立错误的理想，那么，即使学问最渊博的人也不能消灭错误；在这里显示出历史学家个人的发展；他在对自身发展的关怀中

---

① 塞索斯特里斯：古埃及第十二王朝的国王。有塞索斯特里斯一世、塞索斯特里斯二世、塞索斯特里斯三世。——译者注
② 帖木儿（1336—1405）：帖木儿帝国的创建者。——译者注

找到使自己的理论更加正确的唯一方法。人自觉地或者不自觉地把他自己获得的道德培养运用到人类的全部历史中。第一类人在人类的生活中寻找建立或者破坏强大国家的因素。第二类人主要关注民族之间的斗争、强大和灭亡。第三类人试图使自己和他人相信获胜的一方永远比失败的一方正确。第四类人只对事实感兴趣，无论这些事实是否实现了他们作为人类绝对幸福的思想。他们全部根据自己的道德理想主观地评论历史。

读者不要以为，历史学家在考虑某个事件对人的影响范围时，为了讨论事件的重要性可以接受客观的标准。我认为，对于奥古斯丁或者博须埃而言，影响巴勒斯坦人民的事件远远比成吉思汗或者马其顿国王亚历山大的军队更加重要，正如对于现代历史学家而言，蒙古人对庞大的中华帝国的入侵并不比瑞士的几个州与哈布斯堡王朝的斗争更有意义。当然，在这里可以确定大多数人的标准，如果不仅考虑这些事件直接影响的所有个人，而且考虑几代人的思想和生活都是由这些事件决定的。但是历史学家和思想家在这样的情况下常常处于幻想的影响下。那些他根据自己的主观道德观认为最重要的东西，在他看来实际上间接影响大多数人的未来命运。一位作家在新欧洲的精神文化中发现从加利利①传来的布道的普遍影响，他坚信古希腊哲学学派的影响并不显著；另一个历史学家非常坚定地坚信完全相反的命题。

这样就自觉或者不自觉地把主观评价应用于历史过程中，也就是根据自己的道德发展程度理解某个道德理想，根据历史事实促进

---

①　加利利是指巴勒斯坦北部地区，古代的加利利可能还包括今黎巴嫩南部的一些地方。史学观点认为耶稣生于加利利的拿撒勒。——译者注

或者阻碍这个道德力量来确定它们在历史中的位置，这种促进或者阻碍在这些事实中最鲜明地表现出来，根据重要性把它们置于历史的首要位置。但是在这里有两个重要情况。第一，在这个观点中所有现象被孤立起来，它们是有利的或者有害的，合乎道德要求的"善"或者"恶"。第二，从我们确定历史前景的道德理想来看，我们成为这一过程的终点；以前的一切在追求某个目标的准备阶段中成为我们的理想。因此，历史在我们看来是有益原则和有害原则的斗争，有益原则在不可改变的形式中或者在不断的发展中达到终点，这个点对于我们而言就是人类的最高幸福。无论如何有益原则必然获得胜利，无论如何下一个时期必然更加接近我们的道德理想。可是，一些观察者完全清楚地认识到，退步的时代在历史中是十分常见的；另一些人总是抱怨"恶"在人世间占上风，抱怨新的一代腐坏堕落；还有一些人直接断言，最好的未来对于人类是不可能的。如果这些人开始观察历史事件，那么他们不可避免地根据他们的价值观确定以前的一切在历史中的位置。只有那些促进或者阻碍实现他们理想的事件被置于首要位置。如果思想家相信现在或者未来可以真正实现自己的道德理想，那么全部历史对于他都是围绕着那些准备实现理想的事件。如果他把自己的理想转向神话，那么历史仅仅是培养这个与未来世界的幸福相关的信仰。如果他放弃实现最高理想的任何可能性，那么他的理想成为历史在人的思想中培养的最高的内在信念，毕竟以前的一切，无论是重要的还是不重要的，在他看来都是培养道德信念，这个道德信念在现在没有实现，在未来也无法实现，但是在人的认识领域被作为人的发展的最高点。对于历史的唯一意义而言，历史事实与我们的现实道德或者理想道德的这种接近，我们的道德理想在人类过去生活中的这种发展成为历史事件分类的唯一规律，成为进步的规律，我们是否认为这种进步是连续不断的或者易受动摇的，我们是否相信可以真正实现进步或者真正认识进步。

因此，在历史的过程中我们不可避免地认识进步。如果我们拥护在我们的时代胜利的原则，那么我们把自己的时代看作以前时代的最高成就。如果我们不再拥护那些原则，那么我们相信我们的时代是批判的、过渡的和病态的，在它之后是另一个时代的胜利，也就是我们的理想在现实世界或者在神话未来或者在人类最优秀代表的认识中的胜利。相信世界末日即将到来的人——而且世界在他们看来充满邪恶——相信虔诚的人应当幸福。相信史前完美的人随后提出进步理论。甚至演化论的拥护者在历史中（而且我们现在还没有发展）不由自主地服从人类思维的这个普遍规律。根据这个思维的不可避免的必然性，历史过程对于人永远是争取进步的斗争，永远是进步趋势和进步观点的现实发展或者理想发展，只有那些影响进步的现象在这个词的严格意义上是历史的。

我知道，很多人不喜欢我对"进步"一词的理解。客观公正是自然过程固有的，一切希望历史也具有这种客观公正性的人会对我的观点气愤不已，因为对我而言，进步取决于研究者的个人观点。一切相信自己的道德世界观是绝对正确的人试图使自己相信，只有与这个世界观的原则最接近的东西在历史过程中不仅对于他人，而且对于自己都是更加重要的。但是，当善于思考的人理解一件简单的事情时：重要的和不重要的，有利的和有害的，好的和坏的之间的差别仅仅是对于人而言才有的差别，而且是与本质和

"物自身"完全不同的差别，对于人而言，把人的（人类的）观点方法用于一切是完全必要的，对于物而言，在它们当中遵循与人的观点没有任何共同之处的过程也同样是必要的。对于人重要的是普遍的规律，而不是个体的事实，因为他只有概括对象时才能理解对象；但是科学和现象的普遍规律是人所固有的，而且在人之外仅仅是各种事实在时间和逻辑上的复杂联结，这些事实如此微小，以至于人未必可以掌握它们的所有细节。对于人而言，人（或者人的团体）的思想、情感和活动在传记和历史中从长期的庸俗生活中突显出来，因为它们是最重要的，最具有理想意义和历史意义的；但是这种突出只有人才能完成；无意识的自然过程产生万有引力的思想，产生人的团结一致思想，这完全就像甲虫脚上的绒毛，或者像小店铺老板想赚取顾客的多余戈比的想法；加里波第、瓦尔兰[①]和19世纪与他们在本质上完全相同的那类人，就像拿破仑三世的一位元老，德意志小城邦的一位市民，一个把基辅大街的人行道弄脏的人。公正的研究者是否有权利把自己对普遍规律、天才或者英雄的道德评判从人的理解和希望领域转向无意识的和无感情的自然领域，对此科学没有提供任何根据。

与此同时，我不得不论述两个杰出思想家的进步概念，虽然他们不同意我以上提出的定义。蒲鲁东说，"进步——是确定普遍的运动，因此，是否定任何不变的公式……否定任何施加到生命体的公式；是否定除世界的体系之外的任何没有被破坏的体系；是否定

---

① 路易斯·欧仁·瓦尔兰（Louis Eugene Varlin，1839—1871），法国早期工人运动活动家，法国革命者，第一国际巴黎支部联合会主席，1871年巴黎公社领导人之一。1871年3月18日参加了巴黎公社起义，3月26日当选巴黎公社委员；5月28日被俘，不久后牺牲。——译者注

任何没有变化的经验的或者超验的主体或者客体"。这似乎是完全客观的观点，把自己的信念置于世界变化过程的殿堂上。但是进一步阅读伟大思想家的著作，您将发现，对于他，各个领域的进步——是自由、个人、正义等思想的同义词，也就是说，他认为进步就是那些达到对物的最高理解的变化，那些达到个人和社会的最高道德理想的变化，蒲鲁东如何培养这个理想。对于蒲鲁东而言，有绝对最好的，正如对于任何思想成熟的人而言，过去和将来都有最好的；这个最好的对于蒲鲁东而言就是真理、自由和正义，这种绝对最好的在这本书里成为进步的目标和本质，这种主观强制就像千年王国对千禧年主义信仰者一样。而且，蒲鲁东在另一本书中也论述了进步概念，即他的重要著作《论革命与教会的正义》。在这本书里他的观点在许多方面与在我的信中所阐述的观点相近。他说："进步比运动的范围广，运动表明事物在运动，但我们丝毫不能说它在进步"；他认为进步"不是我们的制度在某些危机和当前秩序中的必要条件，进步不是独立于人的意志的社会变迁"。对于他，"进步——就是正义和自由，如果我们研究它们：（1）它们活动的时间；（2）它们的影响力，它们从属于并且随着自身的前进运动不断改变这个影响力"（1868年版，布鲁塞尔，第244页）。蒲鲁东甚至要求"完全正确的进步理论"，要求论证进步不是注定的。他后来又说，"我们不可避免地相信进步"（Ⅲ，270）。

斯宾塞指出："为了正确地理解进步，我们应该研究这些变化的实质，对它们的研究与我们的兴趣无关……把次要情况和进步的有益结果先放在一边，我们问问自己，进步本身是什么。"（《论文集》第1卷、第2卷）。然后他把从单一向多样的转变称为有机界的进步，论证这是任何进步的规律。在这里看来，我们完全客观地看待现象。但是请认真理解斯宾塞对行为的研究，您将发现，他完全从主观的角度出发。他把条件当作进步的日常概念，如人口数量的增加，物质产品数量的增加和质量的改善，已知的事实和规律的数量的增加，总之，一切与提高人类幸福直接或间接相关的条件的增加。他在这些概念中仅仅找到进步的模糊痕迹，而不是进步本身。他想清楚解释这些变化，他想找到这一过程的本质，他以为可以在有机体发展的类比和分化中找到它，因为他把有机发展称为进步。但是有机发展是否包含现象的特征，作者正是从这些现象中借用进步概念，这是令人怀疑的。人口数量的增加，物质财富和精神财富的增加具有普遍的特征，我们把这些看作是最好的，是更合乎人的愿望和更符合人的要求的。但是新出生的动物在哪些方面比孕育它们的胚胎或者卵细胞要好？为什么成年的动物比新出生的动物更好？如果"动物的进步发展"是正确的说法，那么"自然的目标""植物的愿望"和"太阳系的国家"等这些说法也是正确的了。最好要知道，斯宾塞本人是否把人类社会从单一向多样的转变称为进步，如果这种分化达到每个人都用特殊语言说话的程度，那么是否有关于真理、正义和美的特殊概念呢？——斯宾塞的思想一般来说是正确的，因为经验表明，个人和社会在大多数情况下与斯宾塞的道德理想的接近是通过分化进行的；但是这个概念不能包括所有进步现象，甚至不能排除完全反对进步，也就是反对培养这个道德理想的过程。在思想正确的情况下，它仅仅说明进步的原因，而进步本身始终在思想家的主观认识中，也就是什么对于人或者对人类是最好的或者最坏的。我们看到，斯宾塞在自己的著作《第

一项原则》的第一版中已经认识到过于宽泛地使用"进步"一词
是不准确的，他在大多数情况下用"发展"（进化）一词代替进
步，并为此提出了公式："发展是通过连续不断的分化和整合，从
不确定的不连贯的同质向确定的连贯的异质转变的过程"（《斯宾
塞全集》第 7 卷，第 233 页）。这个公式的反对意见比较少，一部
分是由于其真正的广泛性，另一部分是由于其不够准确，并且在这
个公式中还允许异质的情况，虽然这些情况未必符合它的直接意
义。而且，这是发展的公式，不是进步的公式，因此，它与这里研
究的问题没有直接关系。

　　总之，我认为，我以上列举的两位思想家仅仅在语言上对进步
观存在着分歧，但是在本质上他们与所有人一样，都处于人的思维
本质所决定的同一个基础上。他们自己提出或者借用他人的某个道
德理想，在历史事件中认识争取最高幸福的斗争，认识这个不断接
近的幸福。所有人都是这样做的。

第三封信　人类的伟大进步

　　当然，上一封信要求我在读者面前明确地指出，我把什么作为人类进步运动的目标。我现在将这样做。但是在这之前我不得不消除一种反对意见，因为看起来它要破坏我全部论证的科学性。

　　我发现，如果历史仅仅被理解为进步的科学，如果进步本身仅仅是我们根据道德理想对事件的主观认识，那么历史的科学性取决于科学培养道德理想的可能性，而道德理想不可避免地被确定为人类的唯一科学真理。我承认这个推论，可以反驳我，人的道德理想到目前为止仍然是极其多样的，在本质上，它作为纯粹主观的现象永远是复杂多样的；我们在这里不是处于科学的领域中，而是处于信仰的领域中；一种信仰对另一种信仰不具有任何约束力；他人的道德理想对任何人几乎不具有约束力；每一个人有充分的权利培养自己特殊的道德理想，因为对于纯粹主观的观点而言，没有科学真理的标准；因此，不能科学地确定进步的评价标准和进步的观点；那么进步的科学理论，历史的科学理论也都是绝对不可能的。我不认为这些反对观点是合理的，我将详细阐述。

　　如果人与人之间确实永远存在差别，那么不得不反对道德理想的唯一性，不得不反对科学真理的唯一性。在 1400 万人当中，绝大多数人不仅不具有浅显的科学知识，而且没有养成科学认识的原则，甚至没有超过人类发展的第一阶段。原始部落没有很多的人，也不是抽象的词语。对辟邪物和占卜的盲目崇拜，对神奇现象的迷信不仅统治着野蛮人和欧洲没有文化的阶层，而且一再重复地出现在所谓的少数文明人当中。是否得出科学不存在确定不移的真理的结论？是否应该研究欧洲学者得出的结论，即思考并不比预见和预言具有更多的见解？与此同时，如果物质在世界持续这种状态，也就是我们现在观察到的状态，那么具有科学思维的人将永远压倒相信预见和预言的人。我认为，与科学真理的唯一性相比，道德理想的唯一性可能是更加令人不信服的理论。那些想批驳它们的人的理由是，它们要求个人的专门发展，但是大多数人过去和现在都达不到。虽然有些人认为少数智力发达的人的科学是唯一必要的真理，但是他们未必有权批驳少数道德发达的人的理想是唯一完美的理想。

所有科学结论不是一次得到的，而是通过培养思想和批判事实得到的。在他有能力理解和掌握科学真理之前，必须做好提高才智的准备；因为大多数人一直到我们的时代仍然处于科学运动之外，大多数了解科学批判结论的人仅仅是作为信念重复这些结论，正如他们重复那些奇怪的事。对于研究者，只有当事实经受住一系列方法检验时才能成为科学的；没有矛盾，与观察一致，允许那些与现实相似的假设，消除任何不符合经验的假设——这就是任何新理论的要求，它以成为科学真理而自居。这些要求很难完成，因为在人类知识的历史上出现过一系列错误，准确的科学正是从这些错误中逐渐产生的。没有矛盾的要求是阻碍知识的重要原因之一，因为不得不把新的理论与那个公认的毫无争议的真理作比较，只有比较的观点本身被批判地确立时，这种比较才有可能是富有成效的；从大量的哲学思考中产生专门的科学，这是非常必要的，最简单的科学真理成为最复杂的科学的基石，这也是非常必要的。因此不难理解的是，最有才能的人在与这些真理没有矛盾的基础上，过去和现在一直批驳某些科学理论。与观察一致的要求是不太难的任务；但是必须学会观察，而这是不容易的；古代最伟大的智者和新的时代最著名的学者留给我们许多错误观察的论据，关于在某种情况下的观察是否准确的争论到现在还没有停止。我们不打算传播确立合理假设的困难，当它们对于推动科学的前进是如此必要时，很难说明科学假设在形而上学思考中的界限；这在最普及的著作和最受人尊敬的学者中是常见的例子。

　　所有这些困难说明科学认识的缓慢进程，应该使具有批判思维的研究者相信，根本没有理由认为在那些杂乱的意见占主导地位的领域中以及在古代的自然科学领域中不可能运用严格的科学思维。古希腊世界形成了对演绎法、数学和几何学真理的逻辑认识；但是到目前为止仍然有人找到无法解决的问题。17世纪确立了在客观的现象学中检验真理的方法；但是到目前为止仍然有专家把导致矛盾结果的不同实验过程相互对立。心理观察的意义也成为争论的对象。社会学在不久前才开始建立自己的一些理论。在所有这些领域中不同意见的人相互反对，坚决否定对方的科学合理性，不能达成一致的问题有：哪些观察在这些领域是毫无争议的，哪些假设是被允许的，哪里存在矛盾，哪里没有矛盾。尤其是，研究者在所有这些领域中寻找毫无争议的普遍的科学真理；大多数批评家认为这个真理存在，并且可以找到真理。为什么在道德理想领域存在永恒的自相矛盾？为什么把充满本能和冲动的人与分析道德现象和揭示其规律的人置于同一水平？为什么从思想家关于道德问题的争论中可以断定从来没有达到科学结论？根据亚里士多德（毫无疑问是伟大的人）的运动理论，可以否定任何变化存在的可能性。

因此，不可能通过科学方法培养道德理想，随着人类的发展，道德理想不可避免地成为日益扩大的个人团体必须履行的真理。与此同时将有可能建立科学的进步观和科学的历史观。

无论如何，每一个人都没有和几乎没有令人信服的证据证明科学方法不能用于道德领域，尤其是对于每一个积极关心人类最重要的问题的人，每一个尽力批判地培养最合理的道德理想的人，每一个在这个理想的基础上尽力建立进步科学和历史科学的人。我在以上全部论述的基础上提出明确的观点说明我对人类进步的认识。我认为，个人在体力、智力和道德方面的发展；真理和正义在社会形式中的实现——这就是包括一切进步的简要公式，我补充一点，我不认为这个公式完全是我个人的意见，至少有一些内容是准确的和全面的，它是最近几个世纪所有思想家的共识，而且在我们时代成为真理的表现，甚至被那些在行动上与它不一致的人重复，被那些有另外想法的人重复。

我认为这个公式的概念是完全明确的，而且对于认真的人而言没有不同的解释。如果我错了，那么在任何情况下确定这些概念，论证这个公式的理论，以及对它的充分发展都成为道德的标准，而不是进步的理论。化学真理不能在生理学论文中论证；伦理学真理在用于历史过程中时也不会有任何发展。我认为，以上提出的公式是非常简要的，可以进一步丰富发展，我们在发展这一公式得到个人道德和社会道德的全面理论。在这里我们把这个公式作为以后的根据，并且直接着手研究在以上这个意义上实现进步所必要的条件。

只有当个人得到一定限度的卫生和物质保障时，个人在体力方面的发展才是可能的，否则痛苦、疾病和长期担忧的可能性远远超过任何发展的可能性，而且发展也只是少数特殊的人的发展，其余大多数人注定时时刻刻为争取生存而斗争，没有任何希望改善自己的处境。

只有当个人产生批判一切的需求时，只有当个人相信支配现象的规律是不可改变的，只有当个人明白正义在其结果上与个人利益的要求是一致时，个人在智力方面的发展才是可能的①。

————————————

① 为了防止误解，我认为必须清楚解释最后这几句话，俄罗斯帝国公开出版的书籍不可能对此详细解释。

在充满普遍竞争的现代社会，正义与个人利益的一致似乎是毫无意义的。实际上，现在的人只有当获得财富和不断扩大财富时才可以享受到文明的好处。但是资本主义的财富进程实际上是故意减少工人工资的过程，交易所不诚实的投机过程，以及用自己的智力和政治及社会影响力进行市场交易的过程。最高明的诡辩者把这条道路称为正义，但是他坚信，当个人寻找个人利益与正义一致的可能性时，个人的智力发展还远远不够。他提出一个理论：生活就是斗争，真正的智力发展在于全面武装起来争取长久的胜利。当把这个胜利与良心的不安进行比较时，当把这个胜利与斗争的危险进行比较时，当把这个胜利与社会蔑视和社会憎恨进行比较时，所有这些论据很容易被享受现代生活的理论家推翻：当良心的不安成为一种习惯时就会相信可以通过合法的方法获得财富，就会相信法律；如果绝大多数人在合法的基础上取得和扩大财富，那么大多数人就不会蔑视和憎恨胜利者，而是为他高兴，崇拜他，尽力效仿他，向他学习；如果在长期的斗争中获得战胜失败的机会，那么首先是充分的财富在一定程度上可以保证这些机会，第二是保证个人享受短暂的生命。

这样，应该同意，在现有的社会制度下个人利益不仅与正义不一致，而且与它直接对立。为了得到更多的享受，个人必须阻止正义；为了得到更多的享受，个人必须把自己的全部能力用于剥削他周围的一切东西和一切人；必须记住，如果他听从正义的想法或者听从真诚情感的影响，那么他自身将成为他周围的人的剥削对象。企业主不得不挤压工人，不然工人将偷盗他。顾家的人不得不疑心重重地监视妻子和孩子，不然妻子和孩子将哄骗他。政府不得不建立很多警察局，不然其他人将夺取它的权力。积累财富，保持警惕，因为在期待更大的回报时，朋友给你造成牺牲；情人给你的吻是买来的吻。到处都是战争，拿起武器时刻准备反对一切。

只有当社会环境允许和支持个人发展独立信仰时，只有当个人具有捍卫自己信仰的机会和尊重他人信仰的自由时，只有当个人认识到他的尊严就是他的信仰以及尊重他人的尊严就是尊重自己的尊严时，个人在道德方面的发展才是可能的。

真理和正义在社会形式中的表现首先要求学者和思想家有机会表达那些他们公认的真理和正义理论；然后要求社会提供最低程度的普遍教育，以便使大多数人可以明白这些理论和评估对他们有利的论据；最后，当这些社会形式不再是真理和正义的表现时，它要求可以改变那些形式。

当个人的体力发展是可能时，当个人的智力发展是可能时，当个人的道德发展是可能时，当社会组织具有充分的言论自由、最低程度的中等教育以及完全允许改变社会形态时，——只有那时社会进步在整体上或多或少是有保障的，只有那时才可以说进步的所有

因此，正义与个人利益一致的理论是毫无意义的，现有的社会制度是病态的制度。如果读者认为，最后的是错误的以及一切应该这样，那么请合上这本书：它不是为他所写。但是出现一些问题：读者自身是否发展了批判地认识周围一切的要求？他是否有法律不可改变的信念：以一切人反对一切人的战争为基础的社会是任何合法性和任何警察都不能巩固的社会；这是一个不断瓦解的社会，一个要求激进变革的社会？如果读者无意识地和有意识地反对这样的社会制度，也就是必然地注定地要相互不信任、相互剥削的社会，如果他在辉煌的现代文化中认识到病态过程的存在，而且这个过程在其目前的理由下不能保留这个制度，那么批判地认识周围一切的要求应该使他得出一系列其他问题。是否必须治疗这个社会制度的病症，是否必须寻找这个病的源头和采取反对它的行动？如果这个病的源头是现代社会生活的基础，那么激进地改变经济、政治和人与人之间的社会关系对于这些关系的原则而言是否要求其他的表述？在重建病态的社会制度时是否可以不采用一切人反对一切人的战争，不采用普遍的竞争，而是建立尽可能紧密的和尽可能广泛的个人团结？社会成员之间没有团结是否可能成为一个健康的和稳固的社会？什么是社会团结？难道不是认识到个人利益与社会利益的一致？难道不是认识到个人尊严只有通过保持所有与我们团结的人的尊严才能达到？如果这是批判地认识周围一切的要求所能达到的结果，那么这个结果与本文的观点——健康社会的正义在其结果上与个人利益的意图是一致的——有什么区别呢？（1889）。——作者注

条件已经具备并且只有外部的灾难可以阻止它。在所有这些条件还没有达到之前，进步只能是偶然的、局部的，不能给最近的未来任何保证的。在整个社会最不利的条件下，其他人由于有利的环境可能远远超出自己周围的发展水平。这些有利的情况对于个人组织是存在的，但毕竟是转瞬即逝的现象，那时整个社会将陷于停滞或者反动。大多数不可改变的规律永远没有证明，一些小人物在特殊的条件下具有多少历史意义。大部分社会处于各种可能的发展条件中，可以说社会是在不断进步的。

我根本不相信读者同意以上我所说的进步条件，无论我多么希望他们无条件地接受我最初提出的简要公式，但是这是它的普遍命运。许多人在它们还没有被充分解释时非常赞同；但是一旦开始解释，以前接受它们的人就开始猜测，他们拥护这个公式，但是不能完全相互理解。这些条件对于我来说是必要的，我允许不同意我的观点的人保留意见和提出其他条件。

但是，我在提出这些条件时要问一问读者，我们现在是否有权利说人类的进步？是否可以说，在1400万现代人当中，进步的最初条件对于大多数人已经实现？甚至是否已经实现一部分条件？在这1400万人当中，对于哪部分人已经实现？是否可以毫不畏惧地想一想，对一些被历史学家称为文明的代表的人而言，进步的实现是否值得牺牲成千上万不幸的人？

如果时刻质疑读者如何回答"进步的最初条件是否已经实现"的问题，那么我认为这是在侮辱读者。在这里可能只有一个答案：进步的所有条件对于一个人是不能实现的，对于大多数人也是不能完全实现的。只有一些小组或者单独个人有时处于完全有利的情况，为了争取进步，为了把斗争的传统传给其他同样处于最有利状况的小组。那些获得某种进步的个人永远到处与数不胜数的障碍进行斗争，为这场斗争耗费自己的大部分精力和生命，只是为了捍卫自己的体力和智力发展的权利。只有在特别有利的情况下他们才会成功。只有在个人的特殊情况下，才没有争取生存的斗争，时间和精力都用于扩大享受的斗争中。还有一个例外的情况，一些人为了自觉发展人道原则和实现这一原则的社会形态而斗争，利用其他人争取享受的斗争。在所有这些情况下，斗争需要一定的力量和生命，但是如此少地实现斗争目标，因此不难理解的是，即使一部分人得到最好的发展，人类也如此少地达到。令人吃惊的是，在如此不利的情况下，一部分人竟然有权不实现进步，而仅仅是为正确的进步做准备。但是成功的人为何如此少？值得其他人这样做吗？

　　人类在个人体力发展条件方面有了很大的进展；与此同时，一些人在这方面已经实现了必要的卫生和物质保障！在1400万人当中，只有极少的人享有充足的健康的食物，拥有基本符合卫生要求的服装和住房，可以在生病的时候去医院就诊，可以在饥饿或者突发不幸时得到社会救济！绝大多数人几乎整个一生都在为必要的生活资料操心，都在为争取自己卑微的生存而斗争，但是也不能永远保护自己！——这个斗争到目前为止还没有使民族摆脱这种状态，请算一算有多少民族几乎与其他动物没有任何区别？请算一算，饥饿、流行病使多少民族失去一切文明成果？请算一算，在文明的欧洲有多少人在争取明天的面包的斗争中失去生命？请想一想，工人在最发达的欧洲国家生活的卫生条件是多么可怕。请看一看，在死亡单中哪些数字与面包涨价的比例是一致的，如何改变穷人和富人的生活际遇。请想一想，欧洲绝大多数人的工资是多么低。——当这些数字在您的面前成为可怕的现实时，可以问问自己，有多少人真正享有现代文化在工厂、医学院和穷人委员会中所提供的那些生活便利和那些人的体力发展的必要条件？人类科学和人类慈善事业在我们的时代对于大多数人的生活，对于大多数人的发展具有多大的实践意义？与此同时，不得不承认，欧洲物质生活水平的提高是引人注目的，毫无疑问，有机会享有健康的食物、舒适的住宅、医疗救助服务和意外安全保障的人的数量在最近 100 年大大增加了。这一部分摆脱贫穷的人在我们的时代承载着人类的全部文明。

　　人类在实现智力发展条件的道路上还处于很低的阶段。对于大多数捍卫自己的生存反对时刻危险的人而言，就不用说培养批判的物质观，理解自然规律的必然性和正义的实际意义了。但是少数人或多或少地摆脱了这些沉重的负担，他们成为一小部分习惯批判思考、掌握现象规律的意义和清楚认识自身利益的人。在列举风气、习惯、传统和权威在少数文明人当中占主导的例子时引起太多的人嘲笑和愤怒，因此我必须普及这个例子，重复已经成千上万次重复过的真理：可以养成批判思维习惯的人是极其少的。有一些人习惯概括任何一个比较广泛的领域的现象，但是这样的人很少。在这个领域之外他们就像其他大多数人一样，毫无意义地重复他人的意见。——至于理解支配现象的规律的不变性概念，那么只能在严格从事科学的少数人中寻找它。但是在他们之间并不是所有人在口头上宣传自然规律的不变性，并不是所有人真正掌握这个原则。最新的流行病术——催眠术、精神蛊惑术、招魂术——可以列出很多人沉湎于这些流行病，遗憾的是，在这些人当中有科学家。在这些流行病之外，特别是在生命危险和精神动荡的时刻，科学家不止一次地求助辟邪物和咒语（当然是在广泛使用它们的基督教形式中），这表明，关于现象过程是不可改变的信念，关于自然进程不可能偏离它们的必然性的信念在他们的头脑中是如此地不坚定。基督教的辟邪物和咒语在 19 世纪欧洲的璀璨文明中发挥着如此有效的作用，正如非洲沙漠上的辟邪物和咒语在我们的同时代人或者几千年以前在我们的先辈中所发挥的作用一样，这奇怪吗？自然科学占领了奇迹的世界，我们时代的文化在生活琐事上提出各种各样合理的和偏颇的方法，在这个合适的理由下，相信奇迹将唤醒大多数受过教育的阶层。

我甚至不敢提出理解正义的实际内容的问题。在现在的社会制度中，普遍竞争的条件将直接否定正义行动的实际意义，因此，期待加深与主导思潮相矛盾的概念是不可能的。人对日益激烈的占主导地位的竞争非常吃惊，这是人的本能，而且这一切迫使人崇拜正义的假象。但是这是事实。我们周围的几乎每一个无耻的剥削者不仅想在他人面前表现出正义，而且经常在自己面前表现出正义。这是不由自主地承认以上提出的理论是真理的征兆，即使在其中有对这个理论的否定。但是自然而然，目前在理论和实践上掌握这个真理的人是非常少的。——甚至在不用为生存而直接斗争的少数人当中也几乎不能达到智力进步的条件，但是，毕竟这些条件已经部分地完成。一部分人在个别知识领域中培养自身批判思维的习惯。现象规律的不可改变性在理论上被大多数学者承认，但很少成为个人的信念。正义的实际意义即使在理论上也很少被认识到。

但是个人道德发展的条件是什么？因为只有培养自身批判思维

能力的人才具有信念，那么道德发展的条件对于这部分人而言是具备的。但是在这部分人当中只有一些人处于法律保护而不是惩罚个人信念的国家里。在这部分人当中还有一些人生活在一个不重视独立信念而重视道德缺陷的社会环境中，一个从童年就处于培养顺从的教育而不能根除道德缺陷的社会环境中，一个通过各种方式没有去除损害社会秩序的道德缺陷的社会环境中。当一部分人养成信念时，这部分人在道德发展的条件方面比另一些人幸福，那么只有这一小部分人宽容地对待他人信念，还有更少的一部分人认识到，人的尊严在于他的信念中。因此请评判一下，在每一代人当中，哪一小部分人可能有道德进步？在道德进步中，每一代人重复这样的活动，因为信念的力量和独立以及对信念的培养不能从一个人传到另一个人，而是每一个人独立地养成。进步仅仅在于掌握强大的和独立的信念的人的数量。对于少数人这个信念是可能的，因为在他们看来，没有任何方式可以确定这个进步是否存在。可以假设，由于领土的扩大进步是存在的，尤其是在法律保护思想自由的地方，不过最好的行政监督方式也比以前那些压制立法的地方更加限制思想自由，因此未来面临着解决这个问题。但是现在它对于这部分人没有特别的重要性。我发现，伯克利在否定人类的道德进步时，指的完全是另一种。

我们转而研究对于在社会形态中实现真理和正义所必要的条件。第一个条件——是阐述自己的科学知识和哲学信念的可能性——至少在欧洲和美洲的大部分地方已经实现，这是人类历史最真实的进步，虽然对于立场坚定的人而言没有这个条件是不能将就的：路德维希·费尔巴哈在德国的命运，以前的罗舍福尔、马罗

托、埃姆别勒①在法国的命运，甚至布雷德洛②在议会发言时所遇
到的困难，说明在这条道路上已经争取到了许多进步。但是第二个
条件——是充分的社会教育——正如我们看到的，仅仅对于摆脱生
存斗争和养成批判思维的少数人而言已经实现；其余所有社会成员
或者是受到日常生活负担的压制，或者是习惯跟随权威。第三个条
件——是讨论和改变过时的社会形态的可能性——看来，在宪法使
立法和执法合法化的地方已经实现。但是在我们时代社会意见对于
这些合法机关不抱什么希望。它们是否可以准确地代表社会意见，
也就是一个国家大多数成年人的社会意见？我们看到，体力发展的
条件对于大多数人是没有充分满足的，而智力和道德发展的条件几
乎对于所有人都没有充分满足。在这种情况下是否允许，立法和执
法会议无论如何都可以在辩论和决议中表达真正的社会意见？因为
生活资料的重负使大多数人不可能完全参与各种复杂的立法形式，
这些形式被强加给他们，甚至强加给那些偶然有机会发展智力的少
数人，现在的社会制度在大部分情况下产生各种各样的障碍，那么
现有的社会形态只能被少数生活富裕的代表决定和改变。因为这些
少数人几乎没有批判思维的能力，也几乎不能理解正义的实际意
义，那么正义的结论在这种情况下具有偶然性，而普遍的规律是以
少数人的利己主义利益为基础的结论和决定，这些少数人是立法机
器的推动者。根据这些少数人的认识，根据他们对个人利益最好或

---

① 罗舍福尔（1830—1913）：政论家和政治活动家，反对拿破仑三世，同情巴黎公社。马罗托（1848—1875）：新闻记者，报纸出版商，反对法兰西第二帝国，在巴黎公社时期出版报纸《山》和《社会拯救》。埃姆别勒（1814—1876）：政务活动家，拒绝对拿破仑三世宣誓。——译者注

② 布雷德洛（1833—1891）：英国议会议员，因拒绝宣誓被驱逐。——译者注

最坏的理解，他们在立法中或多或少地全面地实现这些利益，但是在最有利的情况下，立法尝试满足大众的最低需要，预先防止革命暴动。大部分统治阶级或者少数统治者在立法中实现这样的社会斗争，它促使资本占有者为了自己的财富仅仅把大众看作经济剥削的客体，促使政府官员把国民仅仅看作警察监督和惩罚措施的客体。

不仅少数人的利益阻碍社会形态的完善；根深蒂固的习惯，流传已久的传统也阻碍它。在最发达社会的少数人看来，只有一些政治形式和一些不重要的经济形式永远可以讨论和合理的改变。其他所有形式将成为不可改变的圣物，在许多不得不容忍它的人看来，尤其是在那些感觉不到它的负担的人看来。自由共和国的每一个政治演说家都在说消灭奴役的时候到了。宽容异教徒的时候到了。但是在我们时代在欧洲和美洲的议会可以平静地讨论税率和债务，但是不可能根本讨论财富分配的问题。关于部长责任的讨论是被允许的，但是一个王朝对另一个王朝的替代或者君主专制向共和制的转变只能通过革命的方式进行。家庭关系的经济方面被重新审视，但是还没有触及这些关系的实质。在许多情况下不能说，触碰这些圣物被法律直接禁止或者违反者遭受惩罚。如果在立法者中间有批判思维和勇敢的个人，就有可能说出意见。但是习惯和传统不允许大多数立法者和大部分人讨论它的主题，哪怕是小声地讨论。意见没有被听取，没有被认识到，不是因为它的反对者的论据多么薄弱或者他们的利益同时被触及，而只是因为这个意见在他们的眼中根本不值得讨论。在少数富有的人和立法的人缺少批判发展时，在这个少数人的利益较少因不可侵犯的圣物受损时，后者实际上已经长期成为圣物，甚至在它们已经在思维领域失去自身的不可侵犯性之

后，在绝大多数人已经感受到它们的压迫但还没有认识到必须改变
这些不可侵犯的形式之后。不满日益增长。痛苦成倍地增加。发生
地方暴乱，但是很快被镇压。为了减轻公开的苦难，政府和统治阶
级采取临时缓解的方法和不彻底的办法，采取减少警察监督和惩罚
的措施。当少数有批判思维的人重复自己的改革要求时，他们遇到
无法战胜的阻碍。当这些形式（当然还有信仰）不适用的意见没
有传播到更多的人那里时，当不满的人没有认识到和平改革的道路
对于社会而言是不可能时，所有的一切仍然是这样。当腐朽的形态
被破坏，但是已经不是通过和平立法改革的道路，而是通过暴力革
命的道路，因为与和平的立法改革相比，革命在历史进程中是更加
客观的社会进步工具。政府当然永远尽力防止革命。革命也几乎永
远是要求改革的政党所反对的和不欢迎的。但是占统治和领导地位
的个人和组织在智力和道德发展中的不足在这种情况下通常不可避
免地导致血腥的冲突。革命的痛苦是众所周知的。对于遭受压迫的
群众来说，绝大多数革命造成的痛苦使他们对历史进步的方式无比
悲伤。但是大部分进步在社会极其不利的情况下不可能通过其他方
式获得，有时甚至可以直接说明，群众在保持以前制度中的长期痛
苦有时候远远超过在革命时期可能经历的所有痛苦，于是和平的但
是真诚的改革者不得不转变为革命者。痛苦是不可避免的，只有对
革命引起的真正变革进行理性的讨论才有可能减少痛苦，那时正如
我们在历史中经常看到的，革命只是一个统治阶级被另一个阶级代
替，虽然真诚的革命者尝试改善群众的状况，虽然革命通过群众的
力量进行，但是群众很少在变革中获益。

　　有些作家长期以来重复地抱怨人类的痛苦和历史文明的脆弱，

我们不再为他们的悲伤腔调吃惊，虽然我们发现，人类的进步条件是很难达到的。正如在我们时代，绝大多数人注定是永不停歇的体力劳动、愚笨的头脑和精神，可能注定是饿死或病死，大多数人永远处于这样的状态。人类的劳动机器是永恒的，经常挨饿和永远担心明天，在我们的时代也根本不比其他时代好。对于劳动机器而言，没有进步。文化及其宫殿、议会、教堂、书院、画室都是高高在上的，是劳动机器永远不可触及的。在以前少数人统治的时代，把劳动机器与古老的习俗和宗教的圣物相联系。后来劳动机器相信宗法长老和遥远的沙皇对他们的关心。然后他们又寄希望于"人民的"部长，寄希望于在议会和集会上的"激进的"演说家，听到这些人热情地高喊"人民"。但是历史破除了一个又一个幻想，文明十分出色地成为少数人享受而大多数人长期痛苦的手段。尤其是，在社会面前重新产生一个问题：为了巩固文明，是否必须确立利益和信念的一致，是否必须确立统治阶级和大多数人之间的关系。如果这种关系在没有财产的群众和文明的少数之间不存在，那么他们的文明永远不会持久。与外国侵略者的冲突，新的宗教宣传者，饥民的瞬间暴动都可以在最短的时间消灭璀璨的文化，尽管它看起来在物质、精神和道德上占有优势。文明更加持久的唯一方式——就是把自身的存在与大多数没有财产的人的物质、精神和道德的利益相联系，把物质生活的便利、不断发展的科学影响、个人人格的认识和更加公平的社会形态的积极影响扩大到更多的人。只有更加合理地大量的福利资本，智力和道德发展的资本，文明的少数人才有可能巩固自身的发展。

古代东方的王国以及墨西哥和秘鲁的王国，还有那个在帕伦克森林地区①建立了宫殿和教堂但是没有留下名字的王国，与它们的全部文明一起被第一次社会风暴毁灭。这不是偶然的，完全是这些文明形式的自然结果。当精神发展被神权政治垄断时，当生活富裕和文化进步被少数财产继承者或者皇室宫廷的人垄断时，当一个人的宫殿和少数人的教堂是绝大多数人全部劳动的结果时，当大多数人没有看到保留当地的社会形态对生活有任何改善时，当大多数人没有看到外来侵略者的占领有任何害处时，那么什么可以把大多数人与文明真正结合起来？与那个对于他们仅仅是奇怪的、遥远的和虚幻的景象的文明结合起来？外来侵略者入侵时容易毁灭少数文明的社会最高阶层。尼尼微②向巴比伦臣服之后，它的富丽堂皇的宫廷和教堂空旷无人，破败不堪、杂草丛生；劳动和资本涌入苏萨和波斯波利斯③之后，巴比伦衰落了。大多数人失去五光十色的舞台，他们为辛那赫里布④劳动，也为尼布甲尼撒⑤劳动；他们的思

① 帕伦克：墨西哥文化名称，1750 年发现古代城邦的遗址和玛雅文明的遗迹。——译者注
② 尼尼微：西亚古城，是早期亚述、中期亚述的重镇和亚述帝国都城，最早由古代胡里特人建立，其址位于现在的伊拉克北部的尼尼微省，底格里斯河的东岸，隔河与今天的摩苏尔城相望，意为"上帝面前最伟大的诚实"。——译者注
③ 古波斯帝国建立之前，苏萨就已成为波斯的都城。居鲁士大帝时期，苏萨是帝国四大都城之一，并开始在城内修建宫殿。苏萨的宫廷建筑是在大流士大帝时全面展开的。波斯波利斯，又称塔赫特贾姆希德，是波斯帝国大流士一世即位以后，为了纪念阿契美尼德王国历代国王而下令建造的第五座都城。希腊人称这座都城为"波斯波利斯"，意思是"波斯之都"，伊朗人则称之为"塔赫特贾姆希德"，即"贾姆希德御座"。——译者注
④ 辛那赫里布（？—前 681）：亚述政治家、军事家，新亚述帝国皇帝，前 704—前 681 年在位。发起多个征服战争，不断扩大帝国版图，具有高超的政治手腕和军事才华，是新亚述黄金时期的一位明君。——译者注
⑤ 尼布甲尼撒二世（Nebuchadnezzar II，约前 630—前 561 年），是位于巴比伦的伽勒底帝国最伟大的君主，他曾征服了犹大国和耶路撒冷，并在他的首都巴比伦建成著名的空中花园。——译者注

想生活和利益与阿玛西斯①以及大流士②几乎不相关；他们在居鲁士大帝③的军队中像机器一样死亡，正如在克罗伊斯④军队中一样。完全不公正地分配体力、智力和道德的发展条件，使所有这样的文明极其不稳固。

这样的现象在古希腊—罗马崩溃时再次重复。但是在这里文明传播的范围更加广泛，文明的形式更加公正，因此古希腊—罗马的文明更加持久，因此在外部和内部力量的破坏下它不容易被毁灭；因此它在人类历史中的痕迹比较深刻和丰富。大多数公民的经济利益与它相关，那些有机会进入思想和政治生活的城邦中心的人的精神利益也与它相关。个人的专横暴虐被国家和法律所理想化的专制代替。精神发展的垄断与神权政治一起消失。精确的科学，独立的哲学思维，公民对政治的自觉参与扩大了体力、智力和道德发展的实现条件。尤其是大量的奴隶阶层处于自由公民阶层之下，他们提供了全部的手工业劳动，但是他们与公民的政治生活几乎完全无关。专制政体的城市扩大了领土，服从专横和剥削，与科学和哲学的发展格格不入。科学和哲学思维的教育活动是薄弱的，取而代之

---

① 阿玛西斯（Amasis）也称雅赫摩斯二世，古埃及第二十六王朝法老。前570—前526年在位，他是埃及被波斯征服以前最后一位伟大的统治者。——译者注

② 大流士是波斯帝国的伟大君主，也是世界历史上的著名政治家之一。他在继位不到一年的时间里，前后进行了18次战役，终于平定了叛乱，使波斯帝国重归统一。大流士功成名就，踌躇满志，并巡行各地。在巡行至一个叫贝希斯敦的小村庄时，他让人在附近的石壁上刻上了著名的《贝希斯敦铭文》，为自己歌功颂德，以便流芳百世。他自称为"王中之王，诸国之王"，后人尊称为"铁血大帝"。——译者注

③ 居鲁士大帝（前550—前529年在位）：古代波斯帝国的缔造者、波斯皇帝、伊朗国父。居鲁士大帝以伊朗西南部的一个小首领起家，经过一系列的胜利，打败了3个帝国，即米底、吕底亚和巴比伦，统一了大部分的古中东，建立了从印度到地中海的大帝国。——译者注

④ 克罗伊斯：吕底亚最后一代国王，以财富甚多闻名。——译者注

的是扩大有文化的人的范围，哲学家在学院的大门上写着禁止文盲进入。古希腊的思想快速发展，但是不理解社会的学者们，与日常生活利益格格不入的哲学家们在这样的高度上越来越离群索居。他们不能一直等待不可避免的命运。大多数公民没有把自己的利益与手工业者—奴隶和被统治者的利益联系起来，没有保卫自己城邦的自由免受外部的暴力。保留公民传统的城邦人在长期的斗争中和大量的与这个传统格格不入的外邦人混合在一起，古代政治生活的中心失去自身的意义。少数学者和先进的思想家没有把自己的教育思想与大多数人的思想结合起来，没有捍卫自己批判大众盲目崇拜的权利和方法，没有捍卫自己批判少数富有的智者懒惰和毫无逻辑的权利和方法。在马其顿亚历山大大帝的后继者们的动荡时代的影响下，在罗马入侵的影响下，具有批判思维的少数人淹没在与批判格格不入的大多数人当中；荒谬的信仰需要压制了深思熟虑的信仰需要，物质保障的需要压制了公民生活的需要。古希腊人关于正义生活的理想被罗马人关于法律形式的理想代替。城邦—统治者的范围不断缩小，起初是一个统治世界的城邦的执政官①，然后是一个统治世界的人的亲信。当古罗马被外部敌人入侵抢占后，它在他们的手中瓦解，因为没有人珍惜帝国的金库，也没有人可以忍受帝国的沉重压迫。当新的基督教圣灵向阿里斯托杰利、阿尔希梅德和埃皮库尔的后代提出思考的要求时，批判已经消失，科学已经被废弃，哲学已经成为奴隶，因为它们的代表是离群索居者，或者他们受到与精神利益格格不入的群众的影响。古代文明的不充分的正义破坏

---

　　①　执政官在这里是指罗马共和国两个最高职位的人。在古罗马"执政官"一词有两个意义：一是以前的领事，一是省的总督。

了文明的持久性，尽管它与以前的生活和思维形式相比取得了显著的成功。

只有当少数人及其所代表的物质、精神和道德利益在经济上与大多数人的福利相关，在教育上与他们的思维相关，在生活上与大多数人的信念相关，也就是他们的优势与当前的文明一致时，欧洲的新文明才可以考虑自身的持久性。谁发现这些条件在当前的社会制度中不能完全实现，谁发现在社会占主导地位的不是一致，而是社会纠纷，那他就不可避免地寻找这样一条道路：通过这条道路这种病态可以转变为健康，可以转变为更加公平的制度，在这条道路可以建立各种不同的社会组织的利益的一致。文明在自身的分布中成为最公正的和最持久的。

但是文明的持久性有时是由它的发展能力决定的。如果地理条件以某种方式从外部保障文明，那么它还可以通过阻碍具有批判思维的人的发展从内部防止危险，因为这些具有批判思维的人不能太多，否则当他们出现时无法压制他们。有一些人比那些遵守习惯和风俗的人更加固执，可能在大脑的结构上就不具备批判思维，最终在几代人中形成习惯于重复不变的思维结构，正如蜜蜂的蜂箱和白蚁的蚁房。那时在社会中可能产生宫廷政变，血腥的战争，王朝的更替，甚至文化的变革，但是它的文明没有改变，而且它的历史生活停止了。不过，不应该认为，最高级的人种可以完全摆脱陷入停滞的危险。拜占庭越来越远离这条道路。莫斯科公国已经向它俯首称臣。但是更加发达的国家形式也最终将走向终结。

因此，任何文明都通常面临两种危险。如果它仅局限在极少的少数人中，那么它面临着消失的危险。如果它没有在文明的少数人中培养具有批判思维的活跃的个人，那么它面临着停滞的危险。

在防止文明停滞和动荡时，在防止文明反动和变革时，不充分满足进步的主要条件，在任何时候任何地方都不能使进步成为任何文明的固有特征。停滞使一切文明面临危险；如果这样的例子在历史中是罕见的，那么仅仅是因为长期的停滞不能消除那些造成社会不稳定的原因；外部的敌人和内部的病症没有使社会成为蚁穴。因此，人类可能永远都不存在持久的进步，尽管有不利的条件，尽管不可能达到，但是对于极少数人而言，进步的科学和历史可以在某些地方积累一些资料。个人和组织在某些地方获得体力、智力和道德的发展，他们获得某些真理，在组织中实现更多的公正，把争取进步的成功方式留给其他人。如果社会进步的条件没有实现（也就是说，稳固的不受阻碍的进步在这个社会所必要的条件），那么单独个人的进步活动条件通常俱在：对当代文化的批判态度，坚定的信念和不顾危险实现它的决心。这些条件不是很难达到，因为它们实际上存在，即使考虑到社会进步完全缺乏实现的条件。个人的智力发展如果不持久，那么就不能永远阻止个人批评现状，有时甚至不能阻止个人认识到正义与发达个人的利益的一致性。道德发展无论在现有的社会制度是多么不可能，但是已经在最落后的环境里表现出来。在最困难的情况下思想家表达了自己的真理和正义理论，遇到了同情和理解。坚决反对进步的社会生活形式不止一次地在革命的暴动中瓦解，如果它们在思想发展的压力下不做出让步。在最敌对的条件下进步实际上是可能的。它真正地发生了。由于文明不稳固，当一个地方的成就与文明的毁灭一起消失时，它们的大部分传统将在另一个地方复活，发芽，然后夺回一些新土地。但是人类从来不能以全部牺牲和全部历史斗争为代价，获得持久的渐进发展的充分条件。与此同时应该记得，这仅仅是进步的条件，它的目标包括更加广泛的要求。如果我们把以上所说的持久的社会进步的主要条件与这个条件的最终目标进行比较，那么这一切很容易认识到。

最低的卫生和物质保障——这是进步的必要条件；生活有保障的劳动和人人都能享有的舒适生活——是这个条件的最终目标。需要批判的观点，相信自然规律的不可改变，理解正义与个人利益的一致——这是智力发展的条件；系统的科学和公正的社会制度——是它的最终目标。对独立信念有利的社会环境，对信念的道德意义的理解——这是道德进步的条件；发展及实现理性的、清楚的和坚定的信念——是它的目标。思想和言论的自由，最低程度的教育普及，进步的社会形态——是社会进步的条件；每个人可能达到的最高发展，每种社会形态可能取得的进步结果——是社会进步的目标。

由于这些目标，以上条件成为社会发展的低级阶段。与此同时，它们在任何地方任何时候都没有得到满足。大多数思想家认为进步的真正目标是乌托邦。尽管这样，尽管完全缺乏持久的进步条件，但是历史终究在人类中存在，进步也在不断地实现。

但是人类为进步付出了多少？

第四封信　进步的代价

在漫长的生存过程中，人类造就了一些天才人物，历史学家骄傲地称他们为人类精英，英雄豪杰。为了使这些英雄豪杰能够发挥作用，甚至单是为了使他们能够出现于以其为荣的社会之中，就需要培育出为数不多的这样一批人，他们自觉地竭力在自己身上培养人的美德，追求渊博的知识，锤炼明睿的思想，造就坚强的性格，渴望建立一个更加适合于他们的社会制度。为了培育出这样一批数量不多的人，就必须在时刻为自己的生存而斗争的多数人当中分出不必为生活的重负而操劳的少数人。为了在那些为最低的生活资料、容身之所和蔽体之衣而斗争的多数人中培养出人的精华、文明的优秀代表，就必须使多数人能够生存下来，而这决不像初看起来那样轻而易举。

在最初为了自己而和自己的同类——动物进行的斗争中，人的处境是并不美妙的。他没有像其他动物那样具备有力的进攻和防御的天然工具，而其他动物正是依仗这类工具，在同各种敌人的斗争中生存下来的；因此，在凭体格进行的斗争中，更为强大的动物往往把人吃掉。人不具备爬、跳、飞、游等器官，因而不易逃脱危险，而其他较为弱小的动物可能由于具备这些器官而得以幸存。人必须学会一切，适应一切，否则他就不能生存。据某些著作家的意见，人的幼儿平均在自己生命的五分之一时间内，对双亲是无可奈何的负担，而对其他动物来说，这个时间则不会超过二十分之一。即使假定在原始人当中，这种数字上的差别比较小，但对于人来说毕竟是不利的。可见，人类能在动物界生存下来一般而言是极其困难的。

有一种逐渐发展的器官能够使人在斗争中取胜，替代其他动物的长处并超越后者。这就是思维器官。或许在产生能够比那些敌人更好地思维的个别幸运者之前，在产生能够想出保卫自己生存手段的个体之前，已有大量的、数不胜数的双足个体在和自己的敌人——兽类——的无望搏斗中归于死亡。他们保存了自己，以其他个体的死亡为代价，而这个最初的、天然的双足个体中的特殊阶层则创造了人类。继承下来的能力或模仿能力，把这些原始天才人物的发明转交给处于最有利于环境的为数不多的人。人类的生存巩固下来了。

如果说在过去，人与人之间，也和人与其他动物之间一样，为了夺取食物或将对方吃掉而进行斗争，那么现在，对未来具有重大意义的斗争则只限于在人与人之间进行。在这里，斗争双方是势均力敌的，因此，斗争也必然会更激烈、更持久。无论在身体的灵巧方面，在使用进攻及防御武器方面，还是在模仿最初那批兽类方面的任何改进，或是某个个体获得成功的任何发明，都引起了许多个体的死亡。被弃之不顾的幼儿死亡了，怀孕的或者刚刚分娩的母亲死亡了；较弱小的、不够灵巧、不够机敏、不太谨慎、模仿能力较差的死亡了。有的幼儿，由于身体结实，可能比其他幼儿更早地不需要照看，或者由于幸运的环境可以更久地得到照看而生存下来了；在体格和思维方面最有才能的生存下来了，具有同等才能中的幸运儿也生存下来了。他吃得较好；他睡得安稳；他知道的东西较多；他有时间更好地思考自己的行动。这些幸运者是人类当中能以所有同伴们的毁灭为代价而使自身生下来的第二个特殊阶层。个体为了共同防御或共同劳动而结成巩固的联合体，这对于人类的精神发展来说，可能是首要的，也是最重要的事情。人从自己的动物状态中带来了最初的、最古老的家庭；这种家庭团聚在长久哺育自己婴儿的母亲周围。人类个体在成长过程中，以猛兽或某些猿类为榜样，也熟悉了另一种社会生活，即为了防御或进攻而暂时组合起来。在原始的母系家庭的基础上，形成了最初的、分布极广的人类联合体——母系氏族。在争取生存的艰苦斗争中，人创造出这种密切联合的形式，它以共同事业为基础，并使个人利益从属于自己。当代许多学者研究的共同成果向我们表明，几乎普遍存在的人类共同生活的最古老形式是一种具有共同的妻子、共同的儿女、共同的财产、彼此紧密联系的原始人群。这就是最初的人与人之间的牢固联系，一种建立在自发起支配作用的习俗基础上的联系，而在这种联系中，人为了未来逐渐掌握一系列经过考虑的行动能力，即计划生活的能力。这是人的最初经验，它使人懂得，当他加入某个联合体时，他在争取生存的斗争中就会得到很大好处；为此，个体必须牺牲自己的利益，然后从中获得更强大的力量，获得联合体所有成员的共同经验和共同思维成果以及世世代代的传统。后来，由这个基本的人类联合体又形成了家长制氏族、父权制家庭、各种形态的家庭联合，发展成部落和民族。在同这样的氏族联合体作斗争时，所有较为弱小的集团都遭到必然的灭亡，或者也结合成某种联合体。在这些团结起来的力量面前，那些没有及时想到以某种形式联合起来，或者由于某种原因没有仿效这种发明的个体，根本无法保护自己，因而死亡。斗争双方越是具有更大的力量，原始人群的经济需求越大或是储存的物品越多，从而他们彼此之间对可以满足需求的贫乏物资的争夺越是不可调和，那么氏族联合体之间毁灭性的斗争也就必然越激烈。以多数人被消灭为代价，人类换来了文化不断进步的可能性；而通过一代又一代地传承，换来了社会生活和个人爱好的习俗以及知识和信仰的传统。

后来，社会生活的形态更趋复杂，出现了公社的、氏族的、家族的、部落的以及个人的所有制形式，形成了等级的、阶级的和国家的关系以及奴隶制度，氏族、部落、民族之间的斗争也不断延续下来了。当仅仅是为了生存而进行斗争的时候，被击败的敌人总是被残忍地消灭掉；然而，别人的生命能给自己的生活带来舒适的经验不可能白白地丢掉。想增加自己享乐的愿望促使人们考虑：有时不把战败者杀掉，是否更有利呢？如果战胜者只从事培养自己身体和思想的灵巧，而把为获取生活必需品所进行的劳动转嫁在他人身上，是否更有利呢？那些想到了这种实利主义原则的史前时期人类的天才人物，在人类中奠定了尊重别人生命和个人尊严的基础。他们也因此不自觉地给自己以及后代提出了发展体力和智力的要求，发展文化和科学的任务，并且以此为道德的理想境界。他们使自己和后代有了闲暇，以求得不断的进步。他们在人类中间创造了进步，正如他们的聪明又幸运的前辈在兽类中间创造了人类，在人的个体同处于半动物状态的集团的斗争中创造了人类社会和人类家族，创造了未来进步的可能性一样。可是，这种少数人的进步，是以奴役多数人为代价换来的，剥夺了多数人达到体力和思维灵巧的可能性，而这种灵巧则是文明代表的优势。一方面，少数人在自己身上发展了智力和机体，并在军事活动以及其他各种各样的、穿插着空闲和休息的暂时性活动中，机体系统得到了全面的发展；另一方面，多数人则注定要为别人的利益不停地从事单调的使人疲倦的劳动，他们没有闲暇去进行思维工作，在灵巧方面也不如自己的统治者，因此一直没有能力用自己的力量为自己争取发展和实现真正的人的生活权利。

由于认识到文化和科学是一种力量，具有享受的重大意义，自然就产生了垄断这种力量和享受的愿望。直接的强制、社会的组织、法律的制裁、宗教的恐吓、从褓褓时代起就被灌输的传统习俗，把那些高贵的、有学识的、发展良好的少数人同其他所有人分离开来。以所有这些其他人为了生存而不停地工作和斗争为代价，少数人就有可能为自己挑选更美好的女性，生下更优秀的后代，给后代以更好的供养和教育；就有可能把时间用于观察、思考、判断，而不必为食物、住所和最简单的生活条件操心；就有可能去探求真理，分辨正误，摸索技术改进，寻求更好的社会制度；就有可能在自己身上不断发展对真理和正义的热爱，随时准备为之牺牲自己的生命和幸福，决心宣扬真理，实现正义。

对真理和正义的传播，起初是一些具有坚定信念和良好理解力的人传播给一小部分把获得学识当作乐趣的人。这种传播把这些人当中接受能力最强的拥护者组织起来，同时一部分生活上有保障又信仰宗教的少数人也参加到他们的行列中来。通过暴力或协商，关于真理和正义的学说逐渐被纳入法律和习俗。就像有教养的人出于内心的需要力求实现正义和传播真理一样，善于思考的少数人为了自己的利益，觉得最好把一部分生活用品分给多数人，在某种程度上扩大了有知识的人的范围。我已经说过，文明的发展有赖于对这种扩大的必要性的认识。然而，这种认识发展得很慢；精细的算计经常使得分给别人的物品尽量地少，并且尽可能限制别人接触知识的范围。由于不愿意思考，结果把时代的这些新要求，看成是某种和社会制度敌对的东西，看成是某种犯罪和罪恶的东西，因此，垄断知识的少数人千方百计地反对这种进步。他们把自己的知识紧紧地禁锢在传统的理论之中，禁锢在权威教义之中，把这些知识同神秘的传说，同超自然的启示混为一谈，从而力图把自己的知识变为不容许进一步批评的东西。后来，当知识变成世俗的，不能再用神圣的神秘性来防护自己的垄断者时，就出现了一帮御用学者，他们头戴闪闪的冠珠，手执博士、教授、院士的赫赫证书。这些人也同样竭力使自己摆脱进一步的思维活动，尽力把自己与一般人隔绝起来，排挤并扼杀那些无比勇敢地亮出科学批判旗帜的新生力量。垄断知识的人力图把御用科学变成像过去神圣科学那样的习俗和传统。被公认的知识经常成为批判的对象，成为科学进步的敌人。这种进步的弱点不可避免地引起对人类尊严和各种正义的不良看法。由此产生了文明的长期不稳定；由此造成了文明经常趋于停滞；最后，也使人类的进步极其微小，但是为了在几千年中产生几个伟大人物，为了极少数人的进步付出了无数人生命的代价，使世世代代的人们血流成河，历经千辛万苦和无穷无尽的劳作。

　　为了使几个思想家能够在自己的书斋里谈论人类的进步，人类付出了高昂的代价。为了几个规模不大的培养教育家的学校，人类也付出了高昂的代价，而这些教育家至今也未给人类带来多大好处。如果计算一下当代有教养的少数人的数量，计算一下过去在为他们的生存而进行的斗争中牺牲了多少人的生命，估计一下世世代代的人们为了维持自己的生命和别人的发展而进行的劳动价值；同时，如果计算一下丧失了多少人的生命，以及现在过着体面生活的人平均耗费多少劳动价值，——如果做到这一切，那么我们的同时代人一想到为了他们的发展花费了多少血汗和劳动的代价时，很可能会大吃一惊。他们之所以能够心安理得得，是因为这种计算实际上不可能做到。

　　然而，应该吃惊的还不是为少数人的进步付出了高昂的代价，而是为它付出了如此高昂的代价而做出的事情却如此之少。如果少数人更早更努力地在自己周围传播文化和思想学识，那么未必丧失如此多的生命和耗费如此多的劳动；我们每个人平均分摊的份额就会少一些，并且也不会一代又一代地增加。我们对于自然界的必然规律无能为力，因此，每个通情达理的人都应该听命于这些规律，平心静气地去研究它们，并尽可能地为了自己的目的去利用它们。我们对历史也无能为力，过去的一切只给我们提供有时可供我们作为将来借鉴的事实。对于父辈的过错，我们应负的责任只是在于我们继续这些过错、利用这些过错而不设法去消除其后果。我们只是对于将来在某种程度上具有影响力，因为我们的思想和我们的行动是构成未来真理与正义的全部内容的材料。每一代人对于后代人应负的责任仅仅在于他们能够做什么和没有做什么。因此，面对后人的评判，我们必须解决这样一些问题：在我们称之为历史的进步这个响亮字眼的过程中，有多少灾祸是不可避免的，是自然而然的？我们的祖先给了我们这些文明的少数人以享受这种进步成果的可能性，但他们在多大程度上毫无必要地加重并延续了那些从未享受过进步好处的多数人的苦难和辛劳？在我们后代的心目中，我们在什么情况下应该对这些苦难负责？

生存斗争的规律在动物界是普遍存在的，所以，在人们没有认识到互相团结的意义，没有产生对真理和正义的要求以前，这一规律在原始人类当中也起作用，我们对此没有丝毫理由加以谴责。在人们只知道相互残杀，还没有达到用剥削代替杀戮以前，这种认识难以产生，所以我们只能把在人的个体、组织、氏族、部落和民族之间不断斗争的漫长时代看作是动物界的现实。

知识的积累，也就是关于权利和义务的思想的发展，很难想象最初不是在处境特别优越的少数人中实现，这样的一些人，他们靠别人而有闲暇，并得到更好的饮食和受教育的条件，而别人则以越来越繁重的劳动，甚至以自己的生命或巨大的苦难为代价，给他们提供闲暇、饮食和受教育的机会。为了学习，必须先有教师。多数人只有靠有教养的少数人对他们的影响才能得到发展。因此，在人类中，要么是根本没有任何发展，要么是多数人承担最幸运的少数人的重担，为他们劳动，为他们受苦和牺牲。这看起来也是一个自然规律。有鉴于此，我们只好说，我们完全不想要以如此代价换来的发展；或者把这也看作是人类的现实。可是，我在前一封信的开头已经把全面发展包括在进步的公式中，因此，如果根本拒绝发展，就将陷入前后矛盾。我们还是面对现实吧：人类为了自己的发展，必须以非常高昂的代价来建立师范学校，来培养有教养的少数人，以便使科学和生活实践，思维和技术在这些中心积累起来，然后逐渐扩展到越来越多的人当中。

在进步过程中不可避免的自然灾祸仅限于上述这些，而超出这些规律的范围，就要由世世代代的人，尤其是文明的少数人来负责了。历史上除了直接为争取生存而进行的斗争之外，在对于人的生活权利多少有了明确认识的时代所流淌的全部鲜血都是罪恶的结果，要由那些流血的一代人负责。任何文明的少数人，由于他们不愿意成为广义上的文明人，而要对他们同代和后代人的一切苦难负责，因为如果他们不是只去充当文明的代表者和保存者的角色，而是担负起文明的推动者的角色的话，他们本来是能够消除这些苦难的。

如果我们从这个观点来评价迄今的历史画面，那我们可能就会承认，即使排除为争取生存而斗争的辩解，人类的世世代代都是血流成河的，同时，几乎在任何时候和任何地方，那些以文明自傲的少数人，为了传播这种文明都做得甚少。少数人关心在人类中扩大知识的范围；更少的人关心树立健康的思想，寻求最合理的社会形态；而在文明的少数人中力图把这些合理形态加以实现的就更是寥寥无几了。有许多辉煌的文明，由于不善于把自己的存在同更多的人的利益结合起来而归于消亡。在所有文明社会中，绝大部分享有文化利益的人根本不去考虑没有享受并且不可能享受文明的那些人，更不去考虑为了获得生活和思想的利益曾经付出了多大的代价。然而经常也有不少这样的人，他们生活在文明的各个阶段，认为这个阶段就是社会发展的极限，因而愤怒地反对批评这个阶段，反对把文明的利益扩展给更多的人，减轻那些没有享受文明的多数人的劳动和苦难，使思想具有更多的真理，使社会形态更为公正。这些鼓吹停滞的人非常害怕一种思想，即全部历史是确定不移地追求更好事物的赛跑，在这里，谁落后了，谁马上就会脱离历史活动家的行列，消失在无名的观望者的人群之中，作为一个野蛮的、微不足道的人死去。不善于进行这种赛跑的人想说服别人停下来，休息一下享受一下平静的乐趣，似乎如果他还想做一个人的话，这样做也是可能的。这些鼓吹停滞的人们极少有可能给社会进步设置不可逾越的障碍，但是他们却往往能够延缓这一进步，并且加重多数人的苦难。

因此，我们应该承认，为现代文明的好处所付出的代价，不仅有不可避免的灾祸，而且还有大量的完全不必要的灾祸。对于这些灾祸，文明的少数人的先辈们是要负责的，部分是由于漠不关心，部分是由于直接对抗传播文明的活动。我们不可能去消除以往的那些灾祸。世世代代受苦受难的多数人已经死去，他们没有减轻自己身上的劳动。现代文明的少数人正在享受着他们的劳动和苦难。更有甚者，他们还享受着自己同时代的许多人的劳动和苦难，并且影响到加重他们子孙后代的劳动和苦难。由于这后一种情况，我们对后代承担了或将要承担道义上的责任，因此，历史地研究已经完成的进步所付出的代价，将导致这样一个实际问题：现在这一代人有什么办法来减轻自己的责任？假如具有不同教养程度的活着的人都给自己提出一个问题：为了不在后人面前对人类新的苦难负责，我们应该做什么？即使他们清楚地明白自己该做的事，那么，答案当然也是各不相同的。

像自己的祖先在人类初期进行的斗争那样，那些每天为了自身生存而斗争的大多数人会这样对自己说：尽你所知，尽你所能去斗争吧；捍卫你自己和你所爱的那些人的生存权利吧！这是你的父辈所遵循的准则；你的境遇不比他们好，这也是你唯一可以遵循的准则。

这些多数人中更为不幸的人（文明在他身上虽唤起了对人的尊严的意识，然而也仅限于此）会这样对自己说：尽你所知，尽你所能去斗争吧；捍卫你自己和别人的尊严吧；如果需要，就为它去死！

少数文明的人（仅仅希望增加自己的享受并巩固自己的享受地位，而且更多地是追求舒适的生活，而不是追求精神享有）对自己说，只有在团结合作或多或少地起支配作用的社会里，你才能得到享受；你要在自己和别人身上反对那些与团结合作不协调的东西；当你意识到当代社会的不协调是一种社会病态，你自己就会因这种不协调而感到痛苦；努力改善多数人的处境来减轻你自己的痛苦吧：你为此目的而牺牲的一些眼前利益，在你意识到你使这种给你自己也带来痛苦的病态有所减轻时，将会得到补偿。你要去研究自己的实际利益；去减轻自己周围和自己本身的痛苦，这对你是最有益处的。

少数文明人当中的小部分人（他把自身的发展，探求真理和实现正义当作自己的享受）对自己说：我所享受的每一种舒适生活，我有闲暇去获得或形成的每一个思想，都是用千百万人的鲜血、苦难或劳动换来的。过去的事，我无法去纠正；我所得到的教养无论付出了多么昂贵的代价，我也无法拒绝；这种教养正是促使我去从事活动的理想。只有软弱无力和没有学识的人，才会被肩负的责任所压倒，而跑到菲瓦达①或坟墓中去躲避灾祸。应该尽可能地消除灾祸，而这只有在生活中才能做到。如果我用自己的学识去减少当前和未来的灾祸，那我就能解除自己对于因这些学识而付出的血的代价的责任。如果我是一个有教养的人，我就有义务做到这一点；这个义务对我而言是非常轻松的，因为它正好和我所享受的东西相吻合：探索并传播更多的真理，弄清什么是最合理的社会制度并竭力实现这种制度，这样，我就增加了自己的享受，同时，也就为现在和未来的饱经苦难的多数人做了我所能做的一切。因此，我只是遵循这样一条准则：按照一个有教养的人给自己提出来的理想去生活！

如果所有的人都明白事理的话，所有这一切都应该是很容易，很简单的。但糟糕的恰恰在于只有极少数的人才懂得这个道理。遵循上述准则的只有第一类人中的一部分，以及其他类中的一些为数不多的一些人。为了自身生存而斗争的另一部分人没有坚定地捍卫；不是因为不知道该怎么做，或者不会做，而是由于决心不大，由于消极。第二类人大部分是为了最起码的生活资料而丧失尊严，自惭形秽，结果仍然不能摆脱自己的处境。第三类人大部分不懂得自己的实际利益，因循守旧，哪怕在很小的程度上也不会抵制每个人，因而也给他们自己带来痛苦的社会病态，也就是说，在力求避免苦难的同时，他们不会去减少由于社会的不协调而给自己造成的苦难。最后一类人大部分或者把真理和正义当成偶像，或者局限于

---

① 上埃及的一个沙漠地带，第一批基督教徒曾在那里过禁欲生活。——译者注

头脑中的真理和正义，而不是生活中的真理和正义，或者不愿意看到那些微不足道的少数人享受文明进步的利益。

　　为这个进步付出的代价在不断增长……

第五封信　个人的作用

我在以上两封信的结尾中得出同一个结论。如果社会摧残具有批判思维能力的个人，它就会面临停滞的危险。如果社会文明变成纯粹是为数不多的少数人的财富，那么这种文明无论怎样都将消亡。因此，无论人类的进步多么微小，但已经取得的进步完全是靠具有批判思维的个人取得的：没有他们，肯定不会有进步；没有这些人传播进步的愿望，进步也是极不稳固的。由于这些个人通常都认为自己有权把自己看作是有学识的人，由于正是为了他们这些人的学识，付出了我在上封信中讲到的那些巨大的代价，因此，正是这些人在道义上有责任偿还进步的代价。这种偿还，就像我们已经讲过的，在于尽可能使大多数人享有生活上的福利，使大多数人达到智力和精神上的发展，使社会形态具有科学和正义的形式。我们来谈谈这些作为人类进步唯一工具的个人。无论什么样的社会进步都离不开他们。社会进步不会像莠草那样自然成长。社会进步不会像纤毛虫在腐败的液体中那样繁殖，也不会像空气中浮动的胚胎那样繁衍。社会进步不会作为某些神秘思想的结果而突然出现在人类当中，关于这些神秘思想，40 年前就有过许多议论，而现在也仍有不少人在谈论。它确实是思想，但不是神秘地存在于人类中的思想；这种思想产生于一个人的头脑中，并在其中发展，然后从这个人的头脑传到其他人的头脑；随着这些个人在智力和精神上的成长，它在质量上不断提高，随着这些个人在数量上的增加，它的数量也不断增长；而当这些个人意识到他们志同道合，并且决心采取一致行动时，它就变为一种社会力量；当这些个人把这种思想融入社会形态之中时，它便取得胜利。

如果一个人仅仅谈论自己是如何热爱进步，而不愿以批判的态度思考一下怎样去实现进步，那他实际上就是从来不希望进步，甚至根本不是真心希望进步。如果一个人认识到进步的条件，然而袖手旁观，坐等其自行实现，自己则不去花费力气，那他就是进步的最坏的敌人，是进步道路上最可憎的障碍。应该向所有那些埋怨岁月的蹉跎、世人的渺小、社会的停滞和反动的人提一个问题：你们自己，你们这些盲中之明者，弱中之强者，你们为促进进步做了些什么呢？

在回答这个问题时，他们中的多数人力量薄弱、缺乏才干、无用武之地、敌对的情况、敌对的环境、敌对的人等。他们说，"我们算什么活动家呀！教也没把我们教好，给杂志写篇文章也写不出来，老天也没赋予我们预言家的辩才，同时，职位卑微，有时还根本捞不到，祖先也没留下财产，而挣的钱只够混个半饱。假如既有财产，职位又高，又有才干，那我们就会大显身手"。

我说的不是那些一辈子都为生计而挣扎的人。我在上一封信里谈到过这些人，他们不应受到任何非难。如果进步与他们毫不相干，使他们得不到任何发展，那么他们只不过是进步的牺牲品。如果智力的发展触及他们，如果对美好事物的意识点燃了他们对谎言和罪恶的怒火，而环境却压制了这种意识的任何表现，并使他们的生活局限于为谋生而操劳；如果在这种情况下，他们依然保持了人的尊严，那么他们以自己为榜样，以自己的生存为榜样，他们仍然是进步的最坚定的活动家。在这些没有做出辉煌业绩的人类的平凡英雄面前，就历史意义来说，那些最伟大的历史活动家也显得黯然失色。如果没有前者，后者也就永远不能实现自己的任何一项创举。正当那些出众的英雄们为争取美好的事物进行斗争，并且常常在斗争中牺牲的时候，平凡的英雄们，尽管条件不利，却在社会中保持着人类尊严的传统，维护着对美好事物的意识；而当一百个伟大活动家中有一个得以实现自己的想法时，他会忽然发现，在自己周围有一批坚强的、在劳动中经受了锻炼、对自己的信念坚定不移的人高兴地向他伸出了自己的双手。在任何伟大的历史时刻，正是由于这些平凡的英雄构成了改革的基础。他们在自己身上保存着未来的全部可能性。如果社会上没有这些人，任何历史进步就会马上中止。这种社会如果继续生存下去的话，在精神方面就会和其他社会性动物的生存毫无差别。

然而，这些坚定的活动家仅仅包含着进步的可能性。由于十分简单的原因，实现进步的任务永远不属于也不可能属于他们：他们中的任何一个人，刚一着手去实现进步，就会饿死或者丧失人的尊严，而在这种情况下，他都将从进步活动者的行列中消失。实现进步的任务属于那些摆脱了谋生重负的人，这些人当中的任何一个具有批判思维能力的人都能在人类中实现进步。

是的，任何一个。请不要再说什么缺乏才干，缺少知识。为此既不需要特殊的才干，也不需要渊博的知识。如果你们的才干和知识足以批判地对待现存事物，认识进步的需要，那你们的才干和知识就足以把这种批评和这种认识加以实现。只是不要放过生活确实为此提供的任何一个机会。即使你们的活动是微不足道的，可是所有物质都是由无限微小的粒子构成的，最巨大的力量也是由无限微小的动力集成的。由于你们的活动而带来的益处，无论你们自己还是其他任何人，都不能做出正确的估价：它取决于成百上千的各种情况，取决于难以预见的大量巧合。最美好的意愿往往导致极恶劣的结果，正如乍一看极不重要的行动可以发展成无可估量的后果一样。然而，我们能够不无根据地预期，如果我们给予一系列行动以同一趋向，我们得到的结果将不会与此趋向完全相反，尽管只有当某些行动恰好遇到合适条件时，才会显现出这一趋向的明显效果。也许，我们看不到这些效果，但是如果我们能够尽力去做，效果一定会有的。耕种土地和播种的农夫知道，许多种子会死去，同时，他也无法使田地免受践踏，免除歉收，以及夜晚免受猛兽的侵扰，但是即使歉收，他仍然继续播种，仍然期待未来的收获。如果每个具有批判思维能力的人始终积极追求美好的事物，那么无论他的活动范围多么狭窄，无论他的生活领域多么狭隘，他仍然是一个能起作用的进步推动者，他将能够偿还为了他的发展所付出的那一份巨大代价。

难道真的存在什么微不足道的和极其重要的活动领域吗？人类在哪些领域有权垄断进步呢？文学家？艺术家？还是科学家？

请看这位进步派文学家，他以华丽的辞藻论述社会的福利，而同时却更加巧妙地剥削自己的同伴，或者说，他通过自己，使他似乎为之服务的思想遭受敌人的凌辱。更不要说各种各样的"忧郁的一帮"，对他们来说，文学是最丑恶地糟蹋人类思想和人类尊严的工具，是造成社会停滞和腐化的工具。

请看这位进步派文学家，他歌颂言论自由，虽然他全然不拒绝参加书报检查机关；他在自己的艺术工作室之外从来不想一想坏事和好事的区别。更不要说所有那些人——简直是数不胜数——他们沿着诗歌、音乐、绘画、雕刻和建筑的创作阶梯往上爬，以求得到养老金、勋章、高官和宅邸。

请看这位进步的教授，他准备根据情况把自己的渊博学识变成随便某个学派的武器。还有多少麻木不仁的只知道提出论据和进行实验的人类仪器，他们一辈子只是观察化学代换和分解，观察细胞繁殖和肌肉收缩，只知道研究希腊词语的变格和变位，研究梵文和波斯古经的语音间断，考究亚历山大·涅夫斯基[①]和伊凡雷帝时代的器皿特征；他们从来不想一想，他们的智慧和知识是以多少代人的苦难为代价换来的一种力量，是他们理应偿还其代价的一种力量；这种力量使他们负有义务提出论据和进行实验，这既可以把一个科学家推到他的时代的人类美德的顶峰，同样也可以把一个人降低到蜘蛛那样的水平。

无论是文学、艺术，还是科学，都不能解救不道德的冷淡主义。它们本身不包含也不制约进步。它们只是为进步提供工具。它

---

① 亚历山大·涅夫斯基（1220—1263）：13世纪俄罗斯人的领袖，诺夫哥罗德大公。因在涅瓦河打败瑞典人被称为涅瓦河英雄，在冰上之战打败利沃尼亚骑士团而名声大振。他在13世纪击退了欧洲的一系列侵略者，对待蒙古征服者时，他采取了怀柔政策，成功保持了俄罗斯的统一。1547年被东正教追封圣徒。1942年7月29日，斯大林宣布亚历山大·涅夫斯基为民族英雄。——译者注

们为进步积蓄力量。但是，只有这样的文学家、艺术家或科学家，当他尽一切可能把自己获得的能力用来传播和加强自己时代的文明，与丑恶进行斗争，并把自己的艺术理想、科学真理、哲学观念和政论思想体现在和时代共命运的作品之中，体现在和自己力量大小完全一致的活动之中，才是真正地为进步服务。谁做得较少，谁出于私心而半途停止，谁为了女祭司的美丽头像，为了观察纤毛虫的乐趣，为了和文学对手进行妄自尊大的争论而忘掉了应该加以反对的丑恶和愚昧，那他可以随便当个什么东西：优雅的艺术家，出色的科学家，卓越的政治家，然而，他自己把自己从历史进步的自觉活动家中勾掉了。从道德意义上看，作为一个人，他比一个无才华的、但一生孜孜不倦地向同样无才华的读者反复重复要同丑恶和愚昧作斗争的陈词滥调的小作家更为低下；比一个一知半解的、但始终热情帮助无知的孩子们去理解那些似懂非懂知识的教师更为低下。这些人做到了自己会做和能做的一切；从他们身上不可能再要求更多的东西。如果在几百个读者当中，有一两个聪明些的、感受能力强些的人，他们能把从小作家那里明白的道理运用于生活之中，那么这就是进步。如果教师的热情哪怕在为数不多的学生中燃起了认真思考的渴望，自修的渴望，追求知识和从事劳动的渴望，那么这也是进步。我不再去说，比起我在上面谈到的那些在自己身上保存着未来进步全部可能性的、进步事业的平凡活动家来说，这里提到的先生们——不管他们有多大的艺术才华，有多么渊博的学识，在政论界有多高的声望——更是低下得无可比拟。

可能有人会说，我对待艺术和科学的态度是不公平的。一个连艺术家都不能理解的美好作品，竟然会增加人类不断增长的财富；

且不论艺术的其他作用，人从庸俗状态转到真理和正义领域，大都只能通过这些美好的事物。它能引起注意，增强感受能力，因而它本身就是一种进步的工具，而不管鼓舞艺术家的是什么思想。同样，知识领域的任何一个新的事实，无论它对于当代各种实际问题来说是多么细小，多么微不足道，都会增加人类思维的财富。只要对自然界的所有物质都按其本来面目进行分类加以研究，人就有可能从对人类的福利，从对多数人的利害的角度来对这些物质加以分类并进行研究。今天，一个昆虫学家可能由于在他的收集品中增加了两三个过去未曾发现的小甲虫而感到高兴，而过些时候一看，对这些小甲虫中的某一只所进行的研究，会给技师一种新的方法来降低有益于健康的食品的价格，因而也就部分地增加了多数人的生活福利。后来，另一只小甲虫则成了某个科学家探索动物形态和功能发展规律的出发点，这些规律也是人类从原始状态发展起来，并且由于这种状态不可避免地把许多不幸的经历带到自己历史中的规律；这些规律向人表明，只有为了自己的发展进行斗争，人才能在自己身上培养出能够使其成为进步活动者的除了不可避免的动物性因素之外的其他因素。今天，一个语言学家兴高采烈地提出一种古代元动词变位的特点；明天，这种特点可能把迄今互不相关的几种语言联系起来；后天，通过这种联系可能会弄清许多史前时期的神话；而那时你再看，出现了探究这些神话对基督教义影响的可能性，少数人更加了解了多数人的思想体系，从而更好地找到不断发展进步活动的途径。艺术和科学的产物是进步的工具，这与艺术家和科学家的情绪和意愿毫不相干，甚至与他们的愿望相反。只要艺术作品是真正艺术的，只要科学家的发现是真正科学的，那它们就是属于进步的。

我并不是想说，艺术和科学不是进步的工具，艺术作品和科学发现作为事实不为进步服务。然而，无可争辩的是，地下蕴藏的金属和蚕茧吐出的丝也是进步的工具，对进步来说也是事实。单纯追求艺术、从来不想一想艺术对人有什么影响的艺术家可以具有巨大的美学力量。他的作品优美，他的影响很大，甚至极其有益。然而，他的力量，就其精神价值来说，肯定不会超过那个把自然铜矿分布于各地，把铁矿置于沼泽和湖泊之中的巨大力量；而关于金属对于人类文明的益处，任何人都不会争辩。美学力量本身根本不是一种精神力量。它只是在受了优美作品的鼓舞而更接近幸福的人的头脑中，在受了艺术家的作品的影响而变得更为完好、更有感受力、更有教养、更坚强、更积极的人的身上，才成为一种精神的、文明的、进步的力量，而这是不以艺术家为转移的，就同金属只是在那个想出了用它制造第一件有用工具的人的头脑中才变成为文明的力量一样。艺术家作为一个艺术家，与任何一种完全没有人道意义的，强大的物理的或有机的过程完全一样。无论是声音，还是血液循环，都能成为思想、善良愿望、坚定决心的来源，然而它并不就是思想、善良和决心。为了使艺术家本人成为文明的力量，他应该自己把人道主义纳入作品之中；他应该在自己身上培育进步的源泉和实现进步的决心；他应该着手进行充满进步思想的工作；那时在创作过程中他将会毫不勉强地成为一个自觉的历史活动，因为透过他所追求的美好理想，对真理和正义的要求将对他也永远闪耀着光芒。他将不会忘记反对丑恶的斗争，这一斗争对每个人都是必需的，而对于他，他的禀赋越高，也就越加如此。

关于科学家可以这样说。知识的积累本身丝毫也不比蜂房里蜂蜡的积累具有更大的精神意义。但是蜂蜡在养蜂人手中，在技师手中则成为文明的工具。他们非常感激蜜蜂，非常爱护它们；他们知道，没有蜜蜂就没有蜜蜡。然而，蜜蜂毕竟不是人；不能把蜜蜂称作文明的活动家，蜜蜂由于自身的需要而分泌蜂蜡，这只是进步的材料。收集甲虫的昆虫学家和研究动词变位法的语言学家，如果他们做这些事只是出于自己观赏甲虫搜集或通晓动词变位的乐趣，那他们丝毫也不低于——不过也不高于——分泌一团蜂蜡的蜜蜂。如果这团蜂蜡落到技师手上，技师把它变成蜡制药膏，或者落到化学家手上，化学家利用它发现了新的概括性规律，那么，这团蜂蜡就成了文明的材料；如果它在日光下无益地消融了，那蜜蜂的劳动对进步来说也就白费了。可是，这两种情况都与蜜蜂毫不相干；它满足了自己的需要，把食物转化为一团蜂蜡，把这团蜂蜡按动物习性放进蜂房，然后就飞去寻找新的食物。与此相似，知识领域的事实变成文明的工具，只能通过两条途径。首先，在那个把事实用于技术或概括性思维的人的头脑中；其次，在这样一些人的头脑中，他得出了科学事实，但不是出于把这个事实当作一团新的蜂蜡加以观赏的乐趣，而是抱着事先预定的目的，把事实作为一种为了某种技术上的应用或进行某种科学或哲学概括的材料。科学和艺术是强大的进步工具，但是我在这封信的开头已经说过，进步只能通过个人实现，只有个人才能成为进步的推动力；而在这方面，艺术家和科学家作为个人，不管他们多么有才干，多么有学识，却可能同那些没有精神的无意识的金属或动物一样，不仅不是进步的有力的推动者，甚至可能完全置身于进步运动之外。另外一些真正的人，可能他们的才干和学识都差一些，却能够赋予由伟大的艺术家和伟大的劳动者积累起来的材料以人道的意义，不过他们是以自己的观点去赋予这些劳动成果以人道的意义。他们将把这些劳动成果纳入历史进步之中。

我有意把科学和艺术作为文明最有力的因素加以论述，为的是表明这些领域本身并不构成进步的过程；无论是才干，还是学识，它们自身还不能把人变成进步的推动者，而才干和学识较差的人，如果他竭尽全力，却能做得更多。我再重复一遍：任何一个具有批判思维能力并决心实现自己理想的人，都可以成为进步的活动家。

第六封信　文化和思想

假设一个具有批判思维能力的人意识到自己是人类进步的可能的或必然的活动家，试问，为了自己这个认识，为了成为真正进步的工具，他应该怎样去做？

当然他首先应该批判地对待自己：对待自己的学识，对待自己的能力。对于自己学识不足的领域，他应该进行研究，而不是弃之不顾。对于自己不能胜任的事情，在没有积累足以完成此事的力量之前，最好不要触及它们。这并不是说，因此整个一个活动领域，某个人就不能涉足其间；而是说，当一个人面向某一个领域时，他应该明确地提出并解决这样一个问题：以我所具备的学识和能力，我究竟能在这个领域做些什么？只有解决了这个问题，才可能合理地给自己提出切合实际的任务。

然而，当个人开始接触某一领域时，他会遇到一些彼此似乎相反的论点。熟悉路易·勃朗①关于个人主义和社会性或博爱的著名观点的读者，可能由于看到我所赋予的个人在历史上的重要意义，

---

① 路易·勃朗（1811—1882）：法国思想社会主义者、历史学家。——译者注

而怀疑这些书信的作者倾向于这位名噪一时的法国社会主义者所赋予的那种意义上的个人主义。我不会过多地谈论这个问题，因为在我看来，这与其说是一个实质问题，还不如说是一个字面问题。

路易·勃朗说（见《法国革命史》1847 年版第 1、9—10 页）："个人已认为人可以脱离社会而存在……它使人过多地考虑自己的权利，而不去想到自己的义务，使人只相信自己的力量，主张自行其是，而不要任何政府。"接着他又说：个人主义"通过无政府主义导致压制"。关于"博爱"，我们从路易·勃朗那里可以找到的与其说是确定的概念，不如说是响亮的词句，不过在给此原则所规定的"人的事业就是按照上帝所创造的人体的式样，去组织未来的社会"这一意图中可以看出，在博爱原则支配下，个人被勃朗视为社会的一种从属因素，如同个别的无意识的人体器官从属于有意识的个体一样。个人主义，按照路易·勃朗的理解，企图把公共的利益从属于个体的个人私利，如果社会性倾向于以社会的利益吞噬具有自己特点的个人一样。然而，个人只有在这种情况下才会把社会的利益从属于个人的利益，即他把社会和自己看作是同等现实的，为了各自的利益而互相竞争的两个因素。同样，只有在设想社会不是通过个人，而是通过别的什么东西能够达到自己目标的条件下，才会出现社会吞噬个人的情况。然而，这两者都是幻觉。离开个人，社会就不包含任何现实的东西。被清楚地意识到的个人利益，要求个人努力去实现公共的利益；社会的目标只有通过个人才能达到。因此，真正的社会理论所要求的不是使社会因素从属于个人因素，也不是社会吞噬个人，而是把社会利益和个人利益融合起来。个人应该充分理解，社会的利益也就是他的利益；他应该使自己致力于把真理和正义纳入社会形态之中，因为这不是什么抽象的愿望，而是他的最符合心意的、利己主义的利益。处在这种高度上的个人主义，会使公共利益在个人努力的推动下得以实现，而公共利益也不可能通过其他途径实现。社会性将使个人目的在社会生活中得以实现，而个人目的也不可能在其他环境中实现。

所以，个人的切身任务，如果他是一个具有批判思维能力的个人，不是把自己的利益同社会的利益对立起来。然而，也许可以设想，进步的这两方面条件能够各自单独地实现。可以把个人的发展同个人在社会形态中体现真理和正义这两方面从思想上独立开来，同时，也出现不同的思想家会以不同的方式去解决的任务。于是出现了这样的问题：一个人是否应该主要致力于自我修养，不顾其周围的社会形态，而以个人完善作为自己的目的，并且只是在社会形态完全符合自己要求的限度内去参加社会生活？还是他应该使自己主要致力于从现存的社会形态中为现在和将来培育出尽可能良好的成果，尽管他活动于其中的社会形态是极不令人满意的，他的活动也是极其微小的？

这两种做法，如果各自走向极端，都会导致对个人及其活动的曲解。在树立自己的精神理想时，个人永远不能考虑到社会生活的全部的、各种各样的历史条件；因此，个人的理想始终将是也应该是远远高于历史现实的；这样在多数情况下，个人也就似乎有理由脱离社会活动。个人越是有学识，越是完善，他就越是不得不这样做，越是不得不带着枉然的嘲讽神态袖手旁观一切都按常规进行，也就是让具有较低精神水平的人去任意处置。这样的自我完善将等于是社会的冷淡主义。其实，这对其自身也将是矛盾的。当个人能够哪怕是部分地救治社会恶事，而他竟然对此漠然置之，这样的人除了似是而非的思想力量，以及烦琐哲学的、毫无用途的、脱离一切现实的一堆响亮的准则或神秘主义的自我提高以外，不可能在自己身上培养出更多的东西。况且如果这个人所生活的环境，能够使他发展到以批判的态度对待周围的一切，那么，这种环境就还不是坏到无药可救的；在这种环境中可以成长起来第二个人、第三个人，直至更多的人，只要使他们具有同样的条件，就是说，只要消除那些束缚人的、令人窒息的环境。在这种环境中，可能出现更好的事物，而如果个人看不到这点，那就说明他没有使自己获得充分的学识，只不过是自己觉得有学识罢了。

然而，如果完全适应现存的社会形态，就很容易不知不觉地转向完全把自己从属于这些形态。如果满足于自己活动的越来越少的效果，最终可能会满足于完全没有效果。结果，社会活动家就会降低到令人鄙视的水平，就像在空无一人的屋子里发表激昂演说的雄辩家。如果把要求在自己的活动中不降低到这样的水平之下的个人品德抛在一边，那么个人不仅不能达到自我完善的目的，而且会使自己没有能力去判断，他给社会带来的究竟是利益还是危害，他生活在社会上是作为一个生产者，还是作为一个寄生者。

上述两方面的要求之间有着不可分割的联系。个人只有通过对现实的批判才能获得全面发展。对现实世界，即对自然界的批判，向人表明自己和他人生活的不可逾越的范围，表明那些若加以反对必将陷于荒谬的必然规律。对现实的过去，即对历史的批判，使人充分认识到他和其他所有同时代人立足于其上的必然基础，一个容许实行变革的基础必须具备一个条件：按其本来面目去认识这个基础。对现实社会的批判，使人学会把对进步具有独立意义的人与靠别人思想生活和拥护反动的人区分开来，使人学会区分主要的恶和次要的恶，区分今天的问题和可以留待明天解决的问题。对"现实的我"的批判，可以使人充分估量自己的力量，并且在既不自我贬低也不妄自尊大的情况下确定自己的活动。然而，所有这些批判不是别的，正是个人自身的发展。同时，如果个人不是最迫切地关心社会问题和社会疾苦，如果他的批判不仅仅是从事有益活动的开端的话，这些批判就成为不可能或者不切实际的。

另一方面，只有在自我发展的情况下，在经常检查自己，检查自己的能力、知识、信念以及自己捍卫这些信念的才能和决心的情况下，社会活动才具有人的意义。能力在活动中受到锻炼并且不断增长；生活的经验和生活中的各种问题使知识不断增加信念在斗争中逐渐变得牢固，捍卫信念的能力不断增长。意识到自己应该参加社会事业，这已经是发展崇高事业的开端。个人只有在与社会生活的相互影响下才能健康地发展，同样，只有在参加社会活动的个人自我发展的情况下，才会有有益的社会活动。

正是这点规定了一个界限，如果个人不愿有损于自己品德的话，在参加社会生活时，他就不能超越这个界限。凡是还有可能提高社会利益的水平并使之欣欣向荣的地方，凡是还有希望把人性纳入生活机制之中，唤起思想，加强信念，激起对日常丑恶现象的憎恨和厌恶的地方，——凡是在这样的地方，个人就可以而且应该站到社会进步活动家的行列当中。然而，如果他意识到，在他的周围，庸夫俗子们已经形成单独的个人无力撕破的帷幕；如果一个人为了事业需要别人的帮助，而那些人却根本不考虑社会的需要而寄生于社会；如果文牍主义、形式主义和卑躬屈膝压制官吏们对于国家利益的任何考虑；如果在操练和检阅中由于一致的步调和整齐的队列，军人完全忘记了自己是一个人，一个公民；如果社会的集团，去除个人的仇恨、个人的友谊和极其琐细的利益以外，对其他一切都置若罔闻；如果丑恶现象在社会上有增无减，而懦夫鄙徒对之熟视无睹或屈膝逢迎，——那么，一个理智的、有觉悟的，但无能为力的活动家就只好躲开这个帷幕……如果可能的话。为了制止哪怕是极小量的社会的丑恶，他的力量也是不够的，（不过）他至少可以不把自己的力量用来承袭或增加丑恶。在社会的愚钝之中，他必将加入我在前一封信中提到过的那些平凡的进步传统保存者的行列。也许会有一天他将有可能参加社会生活。如果这一天永不到来，那他就把真理和正义的传统转交给下一代，这个传统对他来说只不过停留在他未能或不善于将它实现的意识领域之中。在这种情况下，单是他没有向普遍存在的丑恶现象屈服，没有变成丑恶现象的工具这一点，就已经是一种功绩了。另一个具有更好的理解力、更坚强的毅力、更大的能力的人，即使在这样的情况下，也许会成为一个积极的活动家，也许会进行斗争，即使不能取胜，至少也给别人做出斗争的榜样。人的能力有大有小。即使在同一时代，同样环境中成长起来，有时也会有人构成例外，他们有本领避开普遍存在的丑恶，以批判的态度对待丑恶，保持纯粹的个人生活。

但是，一旦出现了活动的可能性，一旦在社会中有了斗争和生活的因素，有学识的人就没有权利逃避这个斗争。尽管在泥泞的洼地中寻找道路是多么令人厌烦，可是仍然需要去寻找。尽管在千百个半开化的拥挤的人群中，从 100 个人当中发现一两个能够接受生活召唤的人是多么使人劳累，不过还是必须去发现。可以预料，会有很多挫折。甚至那些看来能够接受新鲜思想的人，在多数情况下，也往往屈服于懦弱和猥琐的动机，而去追求一块肥肉，或是沉溺于响亮的词句而牺牲事业。许多人落伍了，许多人溜掉了，还有更多的人，有时在斗争最激烈的时刻，由于个人之间的争吵，而放下了旗帜。先进思想以及为了先进思想必须进行坚决斗争的鼓吹者们，当他们在激烈的现实环境中看到了这些思想之后，反而对那些在字面上显得如此美妙、如此温良、如此无害的东西害怕起来，背弃自己的过去，与过去和自己志同道合的人、与过去自己的追随者分道扬镳，变成滑稽可笑的、孤独的、爱发牢骚的人，变成平淡的、怯懦的、微不足道的人。也会有因个人利益而背叛自己过去的赤裸裸的厚颜无耻之徒。斗争取得成功的可能性会起变化，有时，进步保卫者的队伍似乎越来越壮大，越来越不可战胜，但是，可能忽然会发现，这不过是假象，只要击溃两三个先进的活动家，就足以使那些进步的假卫士们躲藏到各个角落里，背叛或者抛弃旗帜。所有这些，当然都非常令人憎恶，令人愤慨，然而，倘若进步的斗士只是凯旋，那他们的事业也就过于容易了。为了斗争的成功，终究只能在现实历史进程所赋予每个人的环境中进行活动。人们只能用这样的武器即在这个环境中，对目前面临的这种战斗最适用的武器来武装自己。只有认识到自己无能为力的人，才有权退到一边。如果谁感到或认为自己没有能力，当他有某种可能去扩大活动范围的时候，他在道义上就没有权利把自己的能力消耗在细小的个人活动的范围内。有学识的人，随着自己学识的增长，应该更多地偿还人类为了他的学识所付出的代价；因此，他负有道义上的责任去选择只有他才能从事的广阔的社会活动范围。

由此产生了使自己弄清下列问题的必要性：在复杂的社会结构中，哪些因素是行动的基础，哪些因素是活动的工具？哪些是有些活跃但是实际上已经死亡的形态？哪些是活生生的力量？

需求决定着有机界的各种发展过程，决定着植物的生长和动物的繁殖。它是人的生理学和心理学，以及社会学的最重要的问题之一。它也是解释任何历史现象的必然的出发点。凡是意志起作用的地方，在其作用的基础里就存在着需求；因此，历史现象的一切因素都可以归结为个人的各种需求。需求是人群所共有的事实，不过，由于不同的个体有着各种不同的生理特点和心理特点，结果，需求所引起的欲望也是各不相同的。这里，可以指出两类不同的需求。

第一类需求是一切有生命的物体所共有的，它引起无意识的或微弱意识的反射活动，引起适应环境的简单技能，发展动物的各种本能，在人类社会里则引起所有那些我们称之为习惯的行为，所有那些在人的生活中属于传统的东西，所有那些机械行为的东西。人在这样做的时候，根本不考虑或者很少考虑，为什么他这样做，而不是那样做；对于这些做法，他只能做出这样的解释："我习惯这样做""就该这样做""过去都是这样做的"，或者"通常都这样做"等。我已经说过，这一类生理的和习惯的需求，使各种动物互相接近，在这方面，人和其他脊椎动物或非脊椎动物之间，没有什么区别；甚至在非脊椎动物中也有表现这类需求的最令人吃惊的例证，比如在蚂蚁和蜜蜂的社会，以及在其他与它们相近的动物中。这些需求是社会生活中最牢固的，甚至可以说是最自然主义的因素。它造成作为人类历史基础的那些经济的和统计学的不变规律，以及国家的自然条件与其文明的相互制约。它引起最初的技术，从而也形成最初的知识；在它的影响下，如同其他动物一样，发生了人们最初的互相接近。来源于此的社会生活已经是文化的生活，于是，离开需求就难以想象的人，如果离开任何文化，也就更不可思议了。与昆虫和脊椎动物的其他某些同类一样，人属于文明的动物之列。

随着最初的个性化爱好的出现，第二类更复杂、更多样、不太普遍的需求也进入有机界。这类需求只是以某种程度上的固定形式在高等脊椎动物（鸟类和哺乳类）出现的；即使在这些动物中，也仅仅是在某些科、某些属、某些种类的生物中才完全形成；这类需求显然是在任意的选择之中，在各种各样的由喜好或厌恶引起的激情之中，这些激情不可能简化为对变化无常的爱好的共同需求，这些爱好，在完全相似的情况下，可以从完全的冷漠态度转为不可遏制的热情，而这种热情则可以使个体忘记保全自己，压倒其他一切需求，有时引起完全是疯狂的举动，有时是处心积虑的狡猾行为，在人身上则表现为英雄主义或犯罪行为。第二类需求在个人的隐秘生活中起着广泛的作用，但在整个人类历史上起的作用却是微不足道的，这是因为个人短促的生命使个人即使处于极有影响的地位，也不可能在社会生活中留下自己明显的激情，何况激情因人而异，变化无常，在同时并存的许多个人的各种激情中，这些影响大都互相抵消了。

生理的和习惯的需求可能会把任何文化变为永远不断重复的蜂巢或蚁蛭的形态。激情上的需求可能会引起个人的悲剧，然而却不能创造历史。历史只有在思维活动的影响下才会产生。历史还取决于一种新的需求，这种需求只有在人身上，只有在世世代代的苦难所培养的卓越学识的、为数不多的个人集团当中，才能产生。这就是进步的、历史的需求，发展的需求。

最初的技术和最初的利益考虑就已经表现为思维活动，不同社会的文化随着社会思想的发展而变得多种多样。在思维活动的影响下，需求不断增多，爱好不断变化；各种考虑引起一系列排斥直接爱好的相应行动；以激情和热情形式出现的爱好本身，不是直接满足爱好，而是针对爱好本身。于是，思想便将各种爱好进行比较，满足激情活动。最后，出现了这样的情况，即思维的批判不是把它们按思维批判所具备的优点加以分类。另一方面，思想本身则变成心爱的目的，唤起激情；设法满足这种为了把思想成果的激情变成一种新的、纯属人类的、最高尚的需求。使思想作为引人入胜的目的，作为未知的真理，作为一种希求的精神财富而日臻完善的过程本身，则变成个人发展的需求。在不断进行批判的情况下，面对作为一般目的的发展，所有的需求和爱好分为好的爱好和坏的爱好、高尚的需求和低级的需求，并具有各不相同的前景。产生了不计得失的对真理和正义的需求：创立了科学和艺术的原理。产生了给自己提出生活理想，并且通过精神生活使之体现出来的需求。人逐渐变得能够抵御自己的爱好、自己的需求，完全醉心于思想、观念、生活目的甚至幻想，为此可以牺牲自己的一切，而且往往甚至连想也不想去批判它。一旦思维活动在文化的基础上以科学、艺术、精神方面的要求来制约社会生活，文化就转变为文明，人类历史也随之开始。

一代人的思想成果，并不只是以思想的形式传递给下一代。这些思想成果可以转化为生活习惯，转化为社会传统。对于以这种形式获得这些成果的人来说，起源如何是无关紧要的；对于人类来说，最深刻的思想，如果是习惯性地或按照传统不断重复的话，那它比起海狸和蜜蜂的习惯性动作对于所有的海狸和蜜蜂来，并不是更为高级的现象。第一把斧头、第一个烧制陶罐的发明，是原始技术思想的巨大成果，然而，现代人类使用斧头和陶器，就像小鸟筑巢那样自然。第一批新教徒远离五光十色的、富丽堂皇的天主教堂，聚集在自己的传教士周围，在明确意识到的思想的影响下进行活动；但是现在他们的大部分后代在天主教堂做礼拜，这是因为他们的父辈、祖辈是在这样的教堂听同样的布道，正如鹳雀迁飞归来时，仍旧落在去年它曾落过的屋顶上一样。甚至在人类思想更高级的领域，也是重复着同样的现象：今天的教师和今天的学生重复着阿基米德关于平衡和杠杠定律的思想、牛顿关于万有引力的思想、普鲁斯特关于化学定比定律的思想、亚当·斯密关于供求规律的思想；而这在很大程度上更多的是依据教育传统，就是说，过去这样教，现在也这样教，并且应该这样教，而不是由于从实际出发的、独立的智力上的需求，这种需求在现阶段必然把人引向这个问题，对这个问题正好得出这样的而不是别样的答案。应该设想，海狸把树木放倒，剥去树皮，流运树木并构筑巢穴，这也是由于类似的教育和技术的传统。一般说来，以习惯和传统形式出现的父辈文明，不过是其后代生活中的动物性文化的因素，新的一代的思维应该批判研究第二个发展阶段的习惯文化，以便使社会不致陷于停滞，以便从继承下来的习惯和传统中，识别出那些能够提供在追求真理、美好和正义的道路上进一步开展思维活动可能性的习惯和传统，而把其余那些陈腐的东西抛弃，以便创立一种因思维活动而生气勃勃的，作为新的文化体系的新的文明。

在人类的每一个世代中都重复着这种情况。每一代都从自然界和历史得到在很大程度上取决于文化习惯和传统的需求和爱好的总和。每一代都以继承下来的社会设施、手工工艺以及陈陈相因的技术来满足这些日常生活的需求和爱好。所有这一切构成这一代的文化，或人类生活中的动物性因素。但是，在从任何一种文明继承下来的习惯中，都包含有批判的习惯，而正是它引起历史的人道因素，引起发展的需求和由这种需求导致的思维活动。对科学的批判可以使世界观包含更多的真理；对道德的批判可以在生活中更广泛地运用科学和正义；对艺术的批判可以更完善地掌握真理和正义，使生活更加和谐，使文化更富于人的优雅。在社会中，在多大程度上文化因素占优势，而思维活动受压制，社会就在多大程度上接近于蚂蚁和蜜蜂的组织，尽管它的文化多么灿烂；这不过是需求和爱好在程度和形式上的差别而已。在社会中，在多大程度上具有强有力的思维活动和对自己文化的批判态度，社会就在多大程度上更为人道，更独立于低等动物，即使由思维活动，由对现存事物的批判所引起的斗争造成了可悲的情景，采用了社会革命或思想革命的武器，破坏了社会的安定和秩序：只有通过暂时的骚动和混乱，只有通过革命，才能取得对大多数人未来安定和秩序的更好保证，这是屡见不鲜的事情。当色拉西布洛斯①率领雅典逃亡者返回雅典去发

①　色拉西布洛斯：雅典著名的统帅，公元前 411 年和公元前 410 年把雅典从三十僭主的统治下解放出来，他在公元前 388 年科林斯战争领导一支雅典海军部队时被杀。——译者注

动祖国暴乱，起来推翻三十僭主的寡头政治时，他无疑掀起了骚动和混乱。当15世纪的人文主义者和18世纪的现实主义者发动了反对经院哲学的斗争时，他们在学校中引起了极大的骚动，在思想界造成了惊人的混乱。当北美的英国殖民地脱离宗主国时，这显然是一场暴乱。当加里波第率领他的千人红衫志愿军来到西西里岛沿岸时，根本看不到对秩序有丝毫的敬意。当达尔文推翻了物种不变的偶像时，他打乱了植物界和动物界的分类，破坏了它们的基础。然而，为了雅典的自由，为了欧洲的新科学，为了北美共和国的政治思想，为了推翻那不勒斯的波旁王朝，为了对有机界发展的辉煌的总结，付出某些混乱和骚动的代价是值得的。

社会的文化是历史为思维活动提供的媒介物，它必然制约着思维活动在现时代的可能性，其必然性与任何时候自然界的不变规律给思维活动造成的限制一样。思维是使社会文化具有人的美德的唯一活动者。受文化制约的思维的历史，与在思维影响下不断变化的文化的历史相互联系，这就是文明的全部历史。只有那些能够在相互作用中阐明文化和思维历史的事件，才能写进合乎情理的人类历史中。

需求和爱好由自然界或者由文化产生，并引起社会形态的形成。把真理和正义纳入社会形态之中，这是思维的任务。自然界赋予社会形态的东西，思维无法加以改变，只需注意就是了。思维不能剥夺人对食物和空气的需求，不能消灭性欲，不能不让小孩和大人一起生活，不能改变人是传播思想的必要工具。然而，一切由文化带进社会形态的东西，则应该受到思维的批判。在进行思维活动时，文化应该作为一种历史产生的媒介物，而不是作为一种不变的规律来加以考虑。如果我们比较一下不同时代的文化，那就不难发现，文化的最基本的因素是如何变化不定。然而，对于那些生活在某种文化统治时代的人来说，这种文化提供了任何人都只能在其中进行活动的环境，任何人都没有可能把自己活动的环境改变成另一个样子。天然的需求和爱好在思维批判的作用下可以产生出现有文化所允许的最大限度的真理和正义的社会形态。

这样，我们就面临一项进步的任务：文化应该由思维来加以改造。我们面前就出现一个唯一的、现实的进步活动者：衡量了自己的能力并且确定了自己所能承担的事业的个人。思维只有在个人身上才是现实的。文化只有在社会形态中才是现实的。因此，具有一定能力和要求的个人和社会形态仅仅是相对并存。

第七封信　个人和社会形态

　　假定个人解决了一个极其重要的切身问题，他估计自己的能力，确定自己的事业。在他面前有各种各样的社会形态。可能会有这种情形，即这些形态，就其本质与广度来说，符合个人关于真理和正义的信念。于是，他怡然自得：他可以在这些形态中进行活动，不必与之斗争，也不会受其压制。不过在这种情况下，他也就谈不上把自己算作进步的活动家。他作为一个具有批判思维能力的个人，并不比那些没有批判思维能力的个人有更大的贡献，他们都只能在进步的浪潮中随波逐流。他只是对发生的一切比别人理解得更好些罢了。

　　然而，这是天方夜谭式的神话！哪里会有完全满足科学性和正义性的社会形态？如果个人在自己周围看到的都是良善，都是幸福，都是理智，那可以确信，他没有以批判的态度深入思考很多事情，或者由于疏忽，由于天生的精神上的"近视"，使他无法清楚认识许多事情。他缺乏决心或者缺乏能力去做一个完全具有批判思维能力的个人。

　　具有批判思维能力的个人，不是极其热情地寻找现存的良善，而是寻找良善和丑恶的界限，这种丑恶是和进步相对抗的力量，是庸俗下流和因循守旧。让所有那些没有个性的人去欣赏美好的人如何创造美好，社会生活如何保持平静，快乐的酒宴如何欢乐吧。他们不是有个性的人，对他们来说，独立斗争是不可能的。

对于美好的人，具有批判思维能力的个人在他们的思想和行为中寻找他们的不美好，评价他们的缺点和优点，指出他们的弱点，希望他们能够看到并且改正。对于身心疲惫的人，具有批判思维能力的个人给予他们鼓励，使他们有勇气更快地前进。对于迷失方向的人，具有批判思维能力的人引导他们重新从事原先的活动。对于不能从自己身上去除那些消耗他们一部分精力的弱点但是可以把其余精力用来促进进步的人，具有批判思维能力的人为了他们的工作可以宽恕他们的弱点。对于那些可以坚决撕下面具的人，具有批判思维能力的人可以揭露那些对抗进步的庸俗的人。然而，所有这一切都要求进行研究，而且正是研究人身上的丑恶，研究他除了有能力，还有什么弱点，更多的是研究他的鄙俗方面，而不是他那些明显优点。

同样，批判的思维只能在生活的幽静角落和安谧的隐居之地休息片刻。温顺的妻子和可爱的儿女，优裕的生活和显赫的地位，无疵的工作和无瑕的良心，渊博的学识和学者的声望，艺术家的公认才华和作品的优厚报酬，——所有这一切都是美好的，所有这一切都是幸福，然而所有这一切不过是人的文化生活的一套结构。在这绚丽多彩的外壳里，在这永不停息的忙碌中，人可能像一个会推理的蚂蚁那样度过一生，成为年复一年一代又一代地生儿育女的人、挥霍钱财的资本家、管理社会的官吏、写论文的学者和满足人们美感的艺术家。

只有坚定不移的批判可以破坏平静的生活和摆脱浑浑噩噩的状态，这时人造蚁蛭才能变为人类社会。忠诚的夫妇，你们真的按照人的方式自觉地彼此相爱吗？生育和培养儿女吗？幸运的卫士，你真的拥有自己的财产和自己的地位吗？"忠诚的"官吏，你真的为了社会的利益而劳动吗？著作等身的学者，你真的推动科学进步了吗？艺术家，你真的创作了富有诗意的作品吗？所有这些你们乔装打扮的生活形态，你们隐藏起来的形态，你们赖以为生并用自己的全部生命使之完善的形态，——这些形态本身和经过你们改造之后的形态包含合理的人道内容吗？为了真理和正义，这些形态不应该是另一个样子吗？不应该反对它们并使之新生吗？你们是因此而屈服于因循守旧、拒斥思维、崇拜狭隘的个人主义吗？难道不应该推倒这些偶像用真正神圣的东西取而代之吗？

我感觉到各个方面的反对意见纷至沓来。单独的、微不足道的、软弱无力的个人居然想批判各族人民的历史，批判人类的历史形成的社会形态！个人居然认为自己有权利并且有能力打倒社会上其他人当作偶像的神圣东西！这是犯罪，因为个人在大众面前是无权的。这是有害的，因为对社会形态感到满意的大众的安宁要比把社会形态当作丑恶而加以否定的个人的痛苦更为重要。这是无意义的，因为几代人形成的社会形态要比任何单独个人的设想更完善。这是狂妄的，因为个人在社会及其历史面前是无能为力的。——让我们逐一分析这些反对意见。

首先，谈谈权利。要么是没有进步，要么是把社会形态中的虚伪与非正义当作进步。我认为真理和正义应该是另外的形态，而不是现有的这些形态，我在现存事物中指出虚伪和非正义，并且想去反对这些被认识到的虚伪和非正义。谁有权利否定我有权这样做？是活着的个人吗？那就让他们向我证明我错了；让他们同我辩论；让他们同我斗争；这是他们的权利；我不否认这个权利；不过我也有权向他们证明他们错了，我也有权同他们辩论和斗争。是整个社会吗？这是一个抽象的概念，对于我这个现实的有生命的个人而言，它是一个抽象的东西，根本没有任何权利；但是按实际内容来看，它是由个人组成的，这些个人并不比我具有更多的权利。是历史吗？历史的全部实际内容仍然在于个人的活动。在这些个人中，有的人已经死去，而对于我这个活人，死人是没有任何权利的；另一些人活着，但他们的权利和我一样多。总之，任何人都不能剥夺我为真理和正义进行斗争的权利，如果不是由于我的活动可能产生什么害处，如果不是由于我在社会和历史的理解面前不相信自己的理智，如果不是由于我在有组织的社会力量面前觉得自己无能为力，——由于这些原因，我自己剥夺了自己的这个权利。在第一点上，个人已经获胜。

如果我向社会指出社会形态中的虚伪和非正义，并且努力去实现真理和正义，由此会产生什么害处呢？如果我讲了，但是没有人听；如果我做了，但是毫无成效；那么受痛苦的只是我。如果有人听从我，社会形态有了更多的真理和正义，那么这将不是害处，而是益处，因为社会形态中的真理和正义是个人快乐的最高条件，是使更多的人拥有快乐的条件。当然，如果一部分人听从我，拥护我，而另一部分人反对我，那就会引起斗争，会暂时搅乱所有享受到社会制度好处的人的平静。一些人会感到不高兴，因为在他们心中现在经常会出现一种意识，即他们是由于不公正的社会形态才得到快乐的。另一些人也会感到不高兴，因为他们将会受到他们敌人的骚扰，更加担心和恐惧他们的幸福转瞬即逝。不可否认，这对于目前所有享受文明好处的人来说，是一种不愉快的境遇。然而，能够把这些说成是绝对有害的吗？恐怕未必。在前一封信中我已经列举了几个例子，说明有时从混乱的生活中可以产生出多么有益的结果。我在第三封信和第四封信中已经讲过，截至目前，只有为数极少的少数人享受着进步的好处；为了少数人的发展，付出了数不胜数的代价；只有努力在社会中传播真理，体现更多的正义，才能偿还这个代价。如果真是如此，那么为实现真理和正义的斗争就不仅没有什么害处，而且是巩固文明的唯一途径。大多数人在任何时代都遭受苦难，因此，苦难在人类中并不是什么稀罕的东西；只是应该力求使苦难尽可能不要对历史无益，可是有什么苦难能比那些实现真理和正义的苦难更为有益呢？首先，如果享受文明好处的幸运者只以痛苦来偿还这种享受的话，那他们根本无法偿还为他们遭受苦难的成千上万的先辈们所做出的牺牲和所付出的代价。其次，如果计算害处的话，那也不应该忘记历史不会在当前的一代终结，在这一代之后还有下一代，因此要估计这个行动造成多大的害处，以及这个行动给整个未来造成多大的害处。如果我可以把更多的真理和正义体现在社会形态之中，那么对于后代的人来说，他们将能享受到带给生活的一部分好处，因而害处将会减少。如果我不这样做，他们的苦难将会增加，而在当代社会中，或者更确切地说，在享受当代社会制度好处的少数人当中，痛苦会少一些。但实际上，这也是值得怀疑的，因为社会上真理和正义越少，一些人的痛苦就越大，另一些人的品德也就越低下。这样，一方面肯定会给多少代人造成危害；另一方面对现时的一代人的好处则是可疑的；是否会出现这样一个问题，应该朝哪个方向去解决问题？烦恼究竟是怎么回事？一些人弄清了，昨天对他们来说还是真理的形态，实际上并不是真理，一个有学识的人不应该以它为满足。难道认识错误的烦恼是坏事？假使人造蚁蛭朝着人类社会迈进了一步。难道使社会发生变化是坏事？

因此，为真理和正义而斗争在任何情况都是有益处和有意义的，只要这个真理和正义是真正的真理和正义，斗争就有成功的希望。只有当我怀疑我对真理和正义的认识时，或是确信自己没有能力去实现自己的信念时，我才承认斗争的害处，并因此剥夺自己斗争的权利。——个人已经赢了两点；现在我们来看第三点。让我们来看看，在多大程度上个人反对社会形态的斗争被认为是无意义的。

批判地估计自己能力和自己智力的个人，充实了自己在某个领域的知识，把自己的思想集中于这个领域，并且得出信念。但是这个信念与历史形成的形态不一致。于是就有人向这个人说：屈服吧，因为民族的精神、人类的经验、历史的理智都反对你。对个人来说，有没有充分的理由在这些论据的基础上放弃自己的信念，把它看成是无意义的呢？

什么是民族精神？是生活在某种环境影响下的许多代人成为民族的必要的自然基础吗？在许多代人中，一些少数人在历史上为他们创立了文化，这种文化在不同程度上，以不同的形式，扩展到人民的不同阶层，成为人民各种各样的习惯，各种各样的传统。时而也出现过一些可能对少数人产生影响、并通过他们对多数人产生影响的个人。这些个人把新的思想纳入到原有的文化形态之中，或者为了另一种文化而改变原有的文化形态，或者在新思想的基础上完成这些改变。在历史上的每个时刻，在自己的生活中，人民都是三种因素的产物：自然必需的因素、历史习惯的因素、个人思考的因素。这些因素综合在一起，无论过去或现在都构成民族精神。其中，那些受身体和气候所制约的东西是不变的。其余一切则是在个人的思想和行动的影响下不断变化的习惯。如果个人很少进行思考，很少采取行动，那么习惯在许多代人的漫长岁月中不会改变；文化保持着自己的特点；文明越来越陷于停滞；民族精神越来越具有固定的形态，可以说几乎与动物的习性一样。如果个人是积极活动的，他们的思想不会局限在少数人狭小的圈子里，而是力求深入到多数人当中，那么习惯就不会定形；文化在少数人中很快就发生变化，并慢慢地传播给大多数人；文明虽然会有不稳定的危险，但是不会僵化。在这种情况下，要确定民族精神是极其困难的，而多数谈论民族精神的著作家们彼此互不了解。在社会上，在自然必需的共同基础上，文化在少数人中迅速变化和在多数人中慢慢传播必然会存在几种历史的、习惯的文化层。著作家们根据自己的学识，把民族精神归结为他们喜欢的文化层，并把某个时代的标准看作是人民的真正历史。

可以问一问法国人：真正的法兰西民族精神是什么？在所有合法的强权的君主政体被推翻之后，在霸权专制垮台之后，在经历了流血牺牲或被官方出卖了的共和政体的无数经验之后，在文学中，在社会上，在议会里，你们可以找到所有党派的代表，他们将会证明，真正的法兰西民族精神，正是体现在他们拥护的历史传统中。

有的人说法兰西民族精神是古代政体、路易十四及其虔诚的天主教和他的拉辛们和布瓦洛①们；有的人说是 1789 年的《人权宣言》；有的人说是罗伯斯庇尔或巴贝夫；有的人说是小军士②；有的人说是路易·菲利普统治的轰动一时的议会制时代；有的人说是第二帝国庇护下的"安宁、富足、光荣"的时代；还有的人说是圣路易和宗教裁判所的时代。所有人都会找出各种理由证明这是体现真正的法兰西民族精神的时代。

　　问一问我们的同胞：真正的俄罗斯民族精神是什么？有的人说是伊凡雷帝统治的莫斯科、"百条决议"③ 和《治家格言》④；有的人说是诺夫哥罗德召集的市民会议的大钟；有的人说是弗拉基米尔的可爱的红太阳，神奇的斯维亚托戈尔⑤；有的人说是彼得大帝、叶卡捷琳娜二世、斯彼兰斯基改革。有的人说是 1854 年，有的人说是 1861 年，有的人说是 1863 年，甚至有的人说是 1889 年⑥。所

---

　　① 拉辛（1639—1699）：法国剧作家，与高乃依和莫里哀合称 17 世纪最伟大的三位法国剧作家。拉辛的戏剧创作以悲剧为主，作品被称为古典主义戏剧代表作。主要作品是《昂朵马格》《费德尔》《阿达莉》。布瓦洛（1636—1711）：法国诗人、文学理论家。被称为古典主义的立法者和发言人。最重要的文艺理论专著是《诗的艺术》（1674）。这部作品集中表现了他的哲学及美学思想，被誉为古典主义的法典。——译者注

　　② 小军士指拿破仑，因他个子矮小，最初当过军士。——译者注

　　③ 1551 年，第一次全国性的宗教会议确定了统一的宗教章程，俗称"百条决议"。这个文件最初称为《宗教法典》，共有 101 章的内容，每一章都有若干宗教问题问答，对已有的宗教仪式加以规范化、法律化。——译者注

　　④ 《治家格言》是 16 世纪中期在伊凡雷帝统治时期的一部法典，据称为伊凡雷帝的牧师、大司祭西尔维斯特斯特所著，它是 16 世纪到 17 世纪俄国城市富裕家庭生活的百科全书。——译者注

　　⑤ 斯维亚托戈尔：俄罗斯语，意为"圣山"，是最古老的勇士。在俄罗斯英雄史诗里，他身体极重，连"大地母亲"都承受不住，他是原始力量的化身。——译者注

　　⑥ 1854 年俄国在克里米亚战争中遭受重大打击，1861 年俄国废除农奴制，1863 年俄国镇压波兰起义，1889 年沙皇亚历山大三世颁布了《关于地方自治长官条例》，加强了贵族在社会中的统治地位。

有人都在争辩；所有人都想证明，真正的俄罗斯民族精神正是在这里被发现的，正是体现在神话、风俗和言论中。谁是正确的呢？俄罗斯民族精神究竟是在什么基础上发展的呢？是史前时期的斯拉夫人的风俗？是拜占庭文化？还是彼得大帝的文明和官僚制度？或许这种精神，在保存自己面貌的同时可以不断吸取并且一定会不断吸取新的因素？——即使有的人不这样想，但是其他人会这样想，并且按照这个信念行动，因此意见纷纭。有的人认为，民族精神在某种程度上比动物更有可能汲取新的因素。在对民族精神，或者更确切地说，在对真理和正义存在各种各样理解的情况下，应当允许具有批判思维能力的个人表达和实现他们关于真理和正义的见解，希望他们的见解能够被汲取到民族精神中去，如同过去很多力量被吸收进去一样。为什么《治家格言》的作者比我有更大的权利表现民族精神？为什么有的新因素可以吸收到民族精神中去，而有的新因素却不能呢？

只有批判地对待历史、民族精神、真理和正义，才能够理解这一点，而且只能通过个人进行，也只能通过个人才能进行。正是为了民族精神，不过不是固定不变的动物习性，而是人类不断发展的民族精神，个人应该对它进行批判，应该分辨哪些是自然必需的，各种文化因素在什么程度上是不变的，从确切的真理和正义出发可以改造哪些因素。一个时代的民族精神就是这个时代那些具有批判思维能力的个人的精神，他们不仅了解人民的历史，而且积极帮助人民获得更多的真理和正义。同样，人类的经验也无非是这些具有批判思维能力和强烈愿望的个人对于人类历史的理解。

至于历史的理性，如果这种理性超出下面的范围，即大多数人屈服于必然性，少数人追求享受，为数不多的个人表达和实现真理和正义，那么理性只不过是一些空话，只不过是空想家的幻想和吓唬胆小鬼的东西。从本质上说，清楚了解过去和强烈追求真理的个人才是真正人类经验的理所当然的鉴别者，才是历史理性的真正阐释者。

因此，如果一个人意识到自己对过去有清楚的了解，有追求真理的强烈愿望，那他就不能也不该因历史形成的社会形态而放弃自己的信念，因为理性、利益和权利在他这里。他应该为了即将来临的斗争充分运用自己的能力，而不浪费自己的能力，并且尽可能地提高自己的能力；应该估计可能达到的目标，好好考虑自己的行动，然后下定决心。这样，只剩下最后一点了。

个人反对被习惯、传统、法律、社会组织、体力、道德等防护起来的社会斗争，往往被认为是狂妄的。个人反对一群紧密团结的人，而这群人当中有许多人也和这个单独斗争的个人一样具有力量，这个人能做出什么呢？

历史是怎样发展的？谁来推动历史的发展？是那些单独斗争的个人。他们如何做到的？他们形成了并且肯定会形成一种力量。可见，这要求形成更为复杂的答案。个人在社会形态面前确实是无能为力的，但是个人反对社会形态的斗争只有在个人不能形成一种力量的时候才是狂妄的。历史证明，这是可能的，甚至这是历史上实现进步的唯一途径。因此，我们必须提出并解决这样一个问题：力量单薄的个人如何变成社会力量？

第八封信　不断壮大的社会力量

"单人不成伍"，——一个古老的谚语这样说。带着对社会形态的批判，怀着把正义体现在社会形态中的愿望，个人作为一个无能为力的个体，面对社会确实是微不足道的。然而，这样的个人却成了一种社会力量，成了社会的推动者，创造了历史。他们是怎样做到的？

首先，应该承认一个事实：如果这个活动家是一个真正具有批判思维能力的人，那么他从来就不是孤立的。他对社会形态的批判意味着什么？意味着他比别人更深刻地理解这些形态的缺点，意味着他比别人更清楚地明白这些形态缺乏正义。如果确实如此，那么就有许多人会在这些形态的重压下痛苦、埋怨、辗转不安和面临死亡。只是他们这些缺乏批判思维能力的人不明白他们如此不好的状态是什么造成的。可是，如果有人给他们讲一讲，他们是能够理解的，并且他们——这些能够理解的人——可以和最早提出这个思想的人一样地理解，甚至比最早提出这个思想的人理解得更好，因为他们在饱经忧患之后，对这个思想的正确性的认识，要比它的最早提出者更充分、更全面得多。所以，为了不陷入完全孤立的境地，反对社会形态的斗争者应该把自己的思想讲得使别人能明白：如果思想是正确的，他就不会孤立。他在那些思想最敏锐、最富有接受能力的人中间，会有许多同志，许多志同道合者。他不认识他们；他们是分散的、彼此互不相识，每个人都觉得自己在压迫他们的恶事面前是孤单的、无能为力的；当他们懂得为什么他们会受恶事压迫的道理时，他们可能变得更加不幸，然而，他们的思想越正确、越公正，他们的人数也就越多。这是一种看不见、摸不着的力量，一种还没有表现为行动的力量，然而，这已经是一种力量。

要使力量的作用显示出来，需要榜样。要使个人感到自己不是孤立的，应该让他知道还有另一个人，这个人不仅知道自己是如何地痛苦和为什么如此痛苦，而且还反对这些恶事而进行活动。需要的不仅仅是言论，还需要行动。需要坚毅的热情的人，他们敢于冒着一切风险，准备牺牲一切。需要殉道者，他们的传奇故事要远远超出他们真正的品德和他们实际的功绩。人们把他们并不具备的毅力加在他们身上。人们借他们之口讲出他们的后代才能达到的最美好思想，最美好情感。他们在群众面前将成为不可企及的、难以想象的理想人物。可是，他们的传奇故事将以斗争所需要的坚毅精神鼓舞成千上万的人。从未讲过的话将不断地重复。起初似懂非懂，后来理解得越来越好，一种从未鼓舞过奇异的、理想的历史人物的思想，似乎作为是这个人物的启示，体现在后代的事业中。牺牲者的多寡是无关紧要的。传奇故事总是使他们最大限度地增多。而社会形态的保守分子，正如历史证明的那样，总是以自我牺牲的精神迫使普通百姓向大量的被迫害的斗士叩拜，结果就使某种社会形态的反对派可能制订出一长串牺牲英雄的名单。在斗争的这个阶段，具有批判思维能力的个人已经有了真正的力量，不过还不是一种协调一致的力量。这种力量大部分都白白地消耗在一些最先引起注意的无谓琐事上。人们由于丑事的出现而死亡，而丑事的实质却没有变化。苦难没有减轻，反而有所增加，因为随着斗争的加剧，敌人也更加凶狠了。在斗士自身中间开始出现分歧、瓦解，因为他们越是激烈地斗争，他们彼此也就越加歧视。尽管活动家们付出了全部精力，做出了一切牺牲，效果仍然不大。力量表现出来了，不过被白白地浪费掉了。然而，这已经是一种意识到自己存在的力量。

为了使力量不被白白地浪费掉，应该把它们组织起来。具有批判思维能力和具有强烈愿望的个人，应当不仅希望斗争，而且希望胜利；为此就必须不仅知道所要达到的目的，而且知道能够达到目标的手段。如果斗争是严肃的，那么在反对腐败的社会形态的斗士中，就不会都是一些为了自己的苦难，而且只是听了别人的言论和靠了别人的思想才了解这种苦难而进行斗争的个人。在斗士中间，还会有对整个情况都批判地考虑的个人。这些人势必要彼此寻求，他们势必要联合起来，以使这种刚产生的历史力量中的不协调因素成为协调一致。于是，力量组织起来了，它的作用可以集中到某一点，集中到某一个目的；现在它的问题纯粹是属于技术方面的：耗费最少的力量去完成最多的工作。无意识地受苦和幻想的时期过去了；英勇的活动家和狂热的蒙难者的时期，不计成效地耗费力量和无畏牺牲的时期过去了。一个安详的、自觉的工作者，有计划的冲击，周密的思考和始终不渝的、坚持不懈的活动的时期开始了。

这是一个最困难的阶段。前两个阶段都是自然而然地发展的。苦难在个体中产生某种思想；思想被表达和传播出来；苦难变成觉醒；到处都有更坚强的个人冲杀出来；苦行者出现了；他们的牺牲增强了毅力；他们的毅力加强了斗争；所有这一切，就像任何自然现象一样，一个接着一个，按照必然的顺序发生。没有一个时代不是在较大或较小的规模上发生这样的现象，而有时，这种现象可以达到极其广泛的传播程度。然而，在所有那些为了真理和正义而同陈腐形态作斗争的党派中，获胜者寥寥无几。其余的灭亡、瓦解或者僵化；当新的时代引起了新的冲突，组织了新的党派，而原有那些党派的时代一去不复返时，它们也就消失了。这些党派未能取得胜利，只是因为它们自然而然地通过了前两个阶段之后，不善于为自己开创第三个阶段，因为第三个阶段不会自行创立。对于第三个阶段，必须周密地考虑它的每一个细节：原因和后果，目的和手段。对第三个阶段应该渴求，坚定地渴求，尽管个人会遇到无数的烦恼，尽管要进行使人疲劳的、单调枯燥的工作，而这种工作在多数情况下又是不显眼的、不被重视的。对第三个阶段应该做好准备，全力保持和维护，坚韧地承受一切挫折，利用每个机会，不放过任何一个人和任何一件事。这是一个经过周密思考的阶段，是一个人创建的阶段，也是一个最好能尽快度过的阶段，因为在整个这个阶段中，各个党派在极大程度上都会遭到威胁着一切生命的危险，我们在讲到文明的进步时，曾提到过这些危险：由于没有持续巩固而瓦解的危险；由于片面的意图造成停滞而陷于僵化的危险。在这个阶段，这些危险对于党派之所以最为严重，正是因为只有在这个阶段，政党才具有有机体的生命力；所有不同种类的器官都被用来从事一种活动。瓦解和僵化只能威胁有机体的生存。在此以前，个人曾听从各种爱好的支配，而爱好是牢固的，因为它们直接从各种情况中产生。现在，个人必须听从思想的支配，而思想只有在它极其明确时，才是牢固的，然而各种各样的、多方面的爱好却又总是妨碍明确的思想。让我们来看一下，这个阶段的主要困难究竟在哪里？因为只有战胜这些困难，个人才能在争取真理和正义的斗争中成为社会上真正有机的力量。

为了组成一个政党而必须凝聚起来的具有批判思维能力的个人，由于他们比别人更有能力和更有毅力，就已经具有更为鲜明的个性。他们培养了自己的思维习惯，因此，他们比其他人更难赞成别人的观点，也更难接受别人的观点。他们培养了独立活动的精神，因此，他们比其他人更难于强迫自己不按自己认为最好的方式去进行活动。他们比其他人更善于在社会的因循守旧的环境中，捍卫自己的独立性，因此，他们最适宜于单独进行活动。然而，正是这些独立思考、独立活动、习惯于精神上独处的人，现在必须聚集起来，团结起来，共同思想，共同行动，组成某种强大的、统一的，然而是以集体力量而强大、以思想一致而统一的整体；而他们的个性，他们倍加爱护并避免受因循守旧影响的个性，他们如此习惯、如此珍视的个性，则必须消灭于共同的思想潮流之中，消失于共同的行动计划之中。他们创建了一个有机体，而自觉则在这个有机体中降到某个器官的地位。他们是自愿如此的。

所有这一切都是令人颇为难堪的。在这些具有坚强毅力的人中间，经常存在着发生分裂、产生分歧的危险。不过，现在与前一阶段相比，分歧有着完全不同的意义。那时，个人的行动占优势，处于以榜样和个人毅力进行宣传的时期，把精力消耗在哪些方面，这不是特别重要的：只要有毅力，只要能使之具有崇高声望、能以其名义和榜样去鼓舞人们投入新的事业的英雄人物就行。两个把力量消耗在相互间无谓斗争的敌人，可能像伏尔泰和卢梭那样，并排立于先贤祠中。但是现在，瓦解就意味着死亡，意味着放弃共同事业的胜利，放弃政党的未来。于是，独立的个人，怀着放弃一部分自己熟悉的观点和一部分自己习惯的活动的坚强意愿，聚集在一起，只要自己那些最亲切、最深刻的信念能够在将来获得胜利。他们思想的全部力量又都用来批判自己的精神、自己的活动，甚至不是为了弄清这样做是否真的合乎正义和真理，而是为了解决这样一个问题：这样做是否真的同我的愿望、我的信念的实质如此密不可分，以致如果我不愿有损于自己的品德，如果我不想牺牲我所珍爱的一切，我就不能放弃，因为，否则的话，只会是我的思想在名义上的胜利，而在此名义下则隐藏着如此庸俗的东西，如此被歪曲了的东西，以致我在其中根本认不出自己的思想。只有完全弄清退让到什么地方为止，对事业的背叛在哪里开始，为了这个共同事业而聚集起来的个人，才能组成坚强有力的政党。如果他们持有决不放弃任何东西的想法，那他们就根本没有必要聚集在一起。对他们来说，根本不存在什么共同的事业。他们中的每一个人都很乐意地把别人变为自己这套思想的工具，这套思想是在他自身形成的，具有完整的形式以及在信念和习惯方面一切实质性的和偶然性的因素。可是，这种为了彼此把对方变为精神奴隶的聚集不是组织政党，而是企图把一切变为实现某一个人的动机和目的的机器。每个人都应该在自己的见解中分清实质性的和习惯性的东西；每个人都应该抱着为了实质性见解的利益，抛弃那些哪怕是非常可贵的习惯性见解的决心参加联盟；每个人都应该把自己看成共同机体的一个器官；他不是无生命的工具，不是无思想的机器，而仍旧只是一个器官；他有自己的结构，自己的机能，然而他从属于统一的整体。这是有机体生存的条件，并且是不可或缺的条件。这是一致行动的条件，取得胜利的条件。

单单是，如果说分歧是毁灭性的，如果说在习惯方面的让步是必要的，如果说个人应该服从共同的事业，那么，在实质方面的让步也同样是毁灭性的；活动家同样必须始终是有思想的个人，而不是变成别人思想的机器。谁在自己信念的实质方面做了让步，谁就根本没有什么真正的信念。他为之服务的不是他理解了的经过思考的自己向往的事业，而是毫无意义的空话，是空洞的言辞。当然，没有牢固的联盟，没有一致的行动，就不可能取得胜利。当然，任何一个斗士都希望胜利。但是，胜利本身不能成为善于思考的人的目的。应该使胜利具有某种内在的意义。重要的不是谁胜利，而是什么胜利。重要的是思想获得胜利。如果思想由于让步而失去自己的全部内容，那么政党就失去了意义，政党就没有什么事业可言，争论就是系谁占优势。那样的话，为真理和正义而斗争的人组成的政党就会同他们所反对的那些社会制度的因循守旧分子毫无区别。在他们的旗帜上写着的字样，过去曾经是真理和正义的标志，而现在则无所标志。他们还会千百次地重复这些响亮的口号。那些把自己的见解、自己的心灵、自己的生命全都纳入这些口号的青年还会信任他们。但这些青年将会不再信任自己的领导者，将会抛弃自己的旗帜。叛逆者将会蹂躏昨日的圣物。反动派将会嘲笑被举旗的人自己玷污了的旗帜。伟大的、不朽的口号将期待后继者还它以原意，将它实现。为胜利而牺牲一切的旧政党也许不会取胜，而很可能会在自己无谓的停滞中陷于僵化。

因此，为了胜利，必须组织政党；不过，为了使政党变得生机勃勃；器官受整体的支配和器官自身的生命力都是同样必要的。政党由思想和信念坚定的成员组成；他们清楚地懂得，他们为何聚集在一起；他们非常珍视自己的独立信念；他们下定决心，为了这些信念的胜利而全力以赴。只有在这样的条件下，他们才有希望避免威胁他们的两种危险：既不瓦解，也不停滞。

假定这些条件都已具备。具有批判思维能力和强烈愿望的个人联合起来了，并且组成了政党。但是，这类组织赖以产生的条件本身已经十分清楚，完全合乎政党组织者必备条件的人，即使在具有批判思维能力的人当中，也是极为稀少的。然而他们，第一，在这些具有批判思维能力的人当中有可能的同盟者；第二，在那些虽然没有达到批判思维的高度，但是有组织的政党所要消灭的社会混乱的苦难群众中有必然的同盟者。

首先看看第一类人。如前所述，这是一些具有批判思维能力的个人，一些知识分子，不过在这里，他们还缺少成为强大政党组织者的某种东西。其中有些人，尽管有着非常健全的思想，却想不到只有组织起来才能胜利，因此停留在前一阶段单枪匹马的英勇斗士的观点上。另一些人虽然想到了这点，但没有决心为了共同事业而牺牲个人的尊言和他们习以为常的生活方式。第三种人不善于区分本质的东西和非本质的东西。相反，第四种人，出于对胜利的热切愿望，却准备完全屈从，牺牲本质的东西，变成机械的工具，并且指责那些不能这样做的人。还有可能其他类型的人。显然，为真理和正义的斗争而组成政党的人，在人数甚少的情况下，首先应该利用一切分散在自己周围并且能够参加组织的人来扩大自己的力量。这里，重要的与其说是数量，不如说是参加者的作用，是他们的独立思想和坚强意志。特别重要的是那些能够成立独立的、坚定的组织的人把新的生命力不断传向四方。因此，特别重要的是那些还没有参加运动的前三种人。应该向第一种人说明事业的实际意义；向第三种人讲清楚事业的理论实质；而对第二种人，就应该把他们吸收到事业中来。他们所有的人在将来都可能成为极为有益的活动家；他们所有的人都是可能的同盟者；如果从共同利益出发，就应该这样去看待他们。对于已经加入了组织和以后可能加入组织的分子，正在组织的政党就应该从这个观点出发去进行活动。

但是，社会的政党不是关在书斋里的学者的政党。它以具体的方式为真理和正义而进行斗争。它注意的是社会上存在的某种恶事。如果这真是恶事，那么很多人会因此而遭受苦难，这些人感到这种恶事的重压，但是既不懂得造成恶事的原因，也不懂得同它斗争的方法。这些人就是我在前面讲到的那些决定着进步可能性的平凡英雄们。这些人就是组织政党的现实基础。政党能够组织起来，确是因为它知道存在大量的个人，他们一定会愿意接受它提出的要求，一定会向它伸出双手，因为他们就是由于它所反对的恶事而受苦的。很可能，这些受苦的群众，美好未来的平凡的维护者们，不能马上认清自己的拥护者，对这些人怀有戒心，不能认识到，在已经形成的批判思维的基础上开始进行的斗争，正是他们自己在模糊的趋向和信仰的基础上本能地要求进行的斗争。但这没有什么关系。政党毕竟将由于同这些社会力量的联合而组织起来，这种联合迟早必然会实现。起初没有被认清、没有被理解的、为争取美好未来而斗争的拥护者们，在自己的一切言论和一切行动中，必须时刻注意到这些不仅是可能的同盟者，而且是必然的同盟者。

这样，政党组织起来了。它的核心是为数不多的经过锻炼的、深思熟虑的、具有坚强毅力的和把批判思维与事业紧密联系起来的人。在他们周围，是受过较少锻炼的知识分子。而政党的现实基础则在必然的同盟者之中，在那些遭受正是组织政党所要反对的恶事的苦难的社会集团中。在个人见解中已经形成的本质的和非本质的东西之间的差别决定着党内行动的自由，也决定着党外活动可以容忍的限度。无论成员们在被公认为非本质的各个方面上有多大分歧，他们仍然是它的有用的或未来必然的盟员。党的所有成员，无论是正式的还是可能的，都受党的保护。每个参加党组织的善于思考的人，都不仅是现在已经属于本党的人的辩护人，而且是明天可能入党的人的辩护人。辩护人不应歪曲被辩护人的事实；他只能在众目睽睽之下确实为了被辩护人的利益说话，而闭口不谈一切可能损害他的东西。这样做并不是撒谎，因为敌对的政党也有自己的辩护人，他们不会也不应宽容自己的敌人。明显地歪曲真相的辩护人，只会以此危害自己的旗帜，损害自己作为一个明智而真诚的辩护人的声望。但是如果辩护人给敌人提供有力的论据，那他就根本不是辩护人。党的成员之间的相互辩护，这是政党最有力的联系，是对敌人最有效的对抗；对于一个有组织的政党来说，这也是吸引还没有入党的人的一个最好的方法。正如统一的思想、统一的目标构成党的内在力量一样，相互辩护乃是党的外在力量。

在非本质性问题的界限以外，党的成员就不再有行动的自由，党对党外的人就不再予以容忍。党的成员中有谁超越了这个界限，他就不再是它的成员，而是它的敌人。党外的个人中有谁在实质性问题上同党有分歧，他也是党的敌人。党经常集中也必须集中自己组织的一切力量，团结得像一个人一样，来反对这些敌人，采取一切手段进行斗争，集中打击敌人。每个党员都是自己正式的和可能的成员的辩护人；同样，他也是对于一切公认的敌人的检察官。这里也同样要求不歪曲真相，因为这决不是一个真诚的检察官应做的事。需要注意敌人的真正的过失，并且将一切指控的情节公之于众。辩护人要做的事，就是为被告人申辩。正如辩护人的明显偏袒的申辩会起到与他的愿望相反的作用一样，过于琐碎的控告同样会在细心的公众眼中对被告有利，而有损于原告的声望。然而，把敌人的错误轻易放过，给他们提供隐瞒自己过失的手段，这与党员的任务也是不相容的。细心地、始终不渝地同敌人进行斗争，这是政党的生命力的表现，正如思想的统一是这种生命力的基础，而党的成员之间的相互辩护是党的联系一样。

社会力量就是这样壮大起来的，它从起初孤立的、力量单薄的个人过渡到其他人的支持，然后在没有组成一个政党使斗争具有一定方向和统一性以前，又过渡到这些人尚不协调一致的共同行动。当然在这里这个政党会与其他政党相遇，但是能否取胜的问题就成为一个人数和策略的问题。哪里有更多的力量？哪里有最聪明的、理解能力更好的、更坚定的、更灵活的个人？哪个政党组织得更好？哪个政党能够更好地利用各种机会，更好地维护自己的人并战胜敌人？在这里已经是在组织起来的力量之间进行斗争，历史的兴趣已集中在它们旗帜上写着的各项原则。

读者会说，这里没有什么新东西，这些我们早就知道。

　　如果这些你们知道，那很好。在历史上根本找不到什么奇闻异事，不过历史可以弄清，过去如何，现在如何，将来如何。个人反对社会形态的斗争和社会上各个党派之间的斗争，如同历史上第一个社会组织一样古老。关于力量单薄的个人同社会形态的巨大力量进行斗争的条件，关于对文化习俗与传统进行思维加工的条件，关于进步的政党取得胜利的条件，关于文明要得到生机勃勃发展的条件，我们只希望读者注意到这样一些老生常谈而已。如果个人在自身培养了批判思维的能力，他就从而获得了成为进步活动家的权利，获得了同陈腐的社会形态进行斗争的权利。这种斗争是有益的、理智的。不过个人仍然仅仅是可能的进步活动家。只有当他们能够进行斗争，能够从微不足道的个体变为集体的力量并代表着一种思想时，他们才能成为真正的进步活动家。为此只有一条道路，无可辩驳的历史见证将指明这条道路。

第九封信　社会各党派的旗帜

我在上面几封信里阐述了我对这些问题的意见，即一切社会进步必然依赖个人的活动；只有他们才能使文明得到巩固并使之免于停滞；他们有权利并且有可能批判地对待他们生活于其中的社会形态；争取新事物反对旧事物的斗争，争取新生事物反对陈腐事物的斗争，必然导致建立各种思想旗帜的党派，必然导致各个党派为了实现各自的思想而发生冲突。

但是在各个党派相互冲突的情况下，如何判断哪些党派是在维护过时的、陈腐的旧事物，哪些党派是在维护生机勃勃的新生事物？看起来问题可能很奇怪，但是实际上非常容易区分，人们宣传的是 2 年、3 年、4 年、20 年，100 年之前流行的思想，还是在前一段时期被嘲讽和憎恶的新思想。最新的最时髦的思想，权威杂志上最新的政党论文，受人尊敬的宣传家的最新言论，——这就是生机勃勃的新生东西。一个政党，不管是自觉的还是被迫的，如果它的拥护者越来越少，那它就是一个反动的政党。这是一个最简单的方法，所有迟钝的盲从的人都遵循这个方法；所有这些毫无信念的具有惊人的看风使舵本领的夸夸其谈者都遵循这个方法。成功的可能性，参加某个政党的人在社会盛筵上分尝一杯美羹的可能性，——这就是他们称之为渴望前景、追随时代的东西。如果他们是对的，那"进步"这个词就会失去任何意义，历史就会成为类似气象图表那样的东西，在图表上可以标出雨天、晴天、刮西南风还是东北风，不过要想从上面弄清比统计数字表格更多的东西，那是非常困难的。如果那样的话，我也就会觉得没有必要写我现在写的这些书信，因为我对社会气象学，和对自然气象学一样，根本不感兴趣。只有在极少的情况下，在极少的国家里，阴雨和干旱才是一种普遍的、一贯的现象。我们生活在气候多变的地带；根据昨天和前天的风向，预言明天的风向，对我们来说是相当困难的；我们苦于气候的多变，然而弄不清楚原因。如果你们愿意并且有可能的话，那就请准备好套鞋和雨伞，准备好厚实的衣服和门窗紧闭的房屋，但是你们未必会去研究今天的这场雨和上星期四的那场雨有什么联系。从我们的知识现状来看，无论在自然气象学方面，还是在政治气象学方面，这样做都会是一种劳而无功的事情。科学不过是那些人设置的最容易遭到危险的气象站，它在几小时之前向他们预报暴风雨即将来临。

遗憾的是，我不能设想用上面所讲的那种简便方法来区分进步分子和反动分子。我在第三封信开头提出了各种进步的要求，为了前后一致，我应该假定这些要求也决定着各党派之间的区别。战败的政党也可能是进步的政党。10 年前、50 年前、100 年前写成的但很少为人所知晓的书籍，可能比杂志上的最新文章包含更多的生动的历史原理。昨天时髦的东西，可能比今天时髦的东西更能使未来思想最敏锐的人焕发光彩。是的，你可以相信，我认为我们

1861 年的杂志，比 1867 年，甚至比 1890 年的杂志更好。我觉得康德胜过谢林，伏尔泰胜过库辛；我认为卢契亚奴斯要比卡特科夫①具有更多的生机勃勃的进步因素。这肯定会引起某些自诩为始终站在最流行的潮流水平上的进步人士的愤慨。这可能会招致那些把"潮流游戏"视为儿童嬉戏的终生稳重的活动家们的轻蔑嘲笑。这也可能使那些《治家格言》和拜占庭的头脑迟钝的崇拜者感到高兴，他们会以为，这样一来，连他们也可以算作是真正的进步分子了。让所有这些人愤慨、嘲笑和高兴吧。

假定进步正是在于个人的发展，在于社会形态所表现出的真理和正义，那么就很难解决以上提出的关于区分进步政党和反动政党的特点问题，因为外部的独特标志，对它们来说是根本不存在的。呜呼！事情确实如此。在人类文明的词汇中，没有一个词可以绝对地在任何时间、任何地点都写在进步派的旗帜上或者写在反动派的旗帜上。最优秀的善于思考的人在大多数情况下能产生使社会富有生机的伟大思想，那些阻碍人类发展的党派在某个历史时期成为吸收党员的诱饵。最反动的东西在某些时代成为进步的工具。

为了弄清楚这一点，我们分别研究这两种思想，即那些与个人和社会生活的一般原则相符合的思想，那些与社会生活的个别形态相符合的思想。这两种思想以不同的形式表现出来，常常成为相互斗争的各个党派的旗帜，无论这些党派实质上追求的是寸步不让的自私目的，还是这些党派相信只有它们的拥护者才是绝对真理和正

---

① 卢契亚奴斯（约 125—200）：古希腊杰出的讽刺作家。卢契亚奴斯在对柏拉图的哲学体系感到失望后，通过自己的某些著作用嘲笑的语调批评了柏拉图的著作，特别是柏拉图的《理想国》。卡特科夫（1818—1887）：俄国政论家、批评家。——译者注

义的代表。这两种思想既可以成为发展的源泉，也可以成为停滞的工具；这两种思想实际上轮流出现；但是造成这种现象的原因，对这两种思想来说是各不相同的。

至于说到一般原则，如发展、自由、理性等，它们的命运是由于自身的广泛含义造成的，它们对于大多数人来说，始终是极其含糊不清的，毫无固定意义的，可以被一些人反复使用，同时也可以成为另一些人达到极其卑微的、反动目的的工具。

"发展"这个词在宿命论的意义上通常被理解为必然性，这种必然性不仅被当作一种存在的事实，而且是理性承认和精神崇拜的合理原则。对于拜物教教徒来说，历史过程是社会发展的因素，就如同病态的毒瘤细胞和健康的神经细胞一样都是人的发展因素。然而，对于那些认为历史具有人道意义的人来说，事实并非如此：他们明白，无论病态的细胞，还是健康的细胞，同样都是已往发展过程的不可避免的自然结果，可是，只有健康的细胞才决定着发展的方向；病态的细胞则是破坏和死亡的因素。第一种"发展"（如果在这里已经使用了这个词）在现在和将来应当尽可能地反对。第二种"发展"（实际上只有它才在历史上有权得到这个名称）应当积极促进。

毫无意义地使用"自由"一词，已经为每个深入思考历史的人所熟知，以致几乎完全没有必要再来谈论这个问题：强者有折磨弱者的自由，贫者有饿死的自由，父母有摧残儿童体力、智力和精神的自由，这是人所共知的原则形式。——为了理性，人们沉溺于对必然事物的直观，否定对既成事实的批判；人们认为现存的即是合理的，否定对社会形态的批判。把正义与法治混为一谈，即使是

《德拉古法》① 也罢。把真理当成是无法理解的、只能呆板重复的神秘的信条。把美德看作是为了最坏的人牺牲最好的人,为了虚幻的幸福牺牲现实的幸福;不是反对派,而是勿抗恶。人既进行间谍活动,又采取野蛮行为:狡狯的教会中学生对同志的告密,对玛基人、亚玛力人和亚摩利人的残杀,违背向异教徒许下的诺言,焚毁宗教裁判所,圣巴托罗缪之夜②的大屠杀。人的圣洁被看作是对个人发展的否定,是对现实真理和人类正义的否定,是苦行僧的毫无怨言的自我折磨,是遁世者的兽性状态,是神的侍者的狂热,是对不可思议的事物的信奉,是对不信教的或信异教的人的迫害。总而言之,人的一切最坏的、最野蛮的、反社会的、最不体面的、反人性的方面,都可以在发展、自由、理性、美德、责任、圣洁的假面具下找到自己的庇护所。只有批判,只有持续的准确无误的批判,才能使个人不受响亮口号的影响,错误加入与他的愿望、本能和全部天性毫不相容的阵营中。一般原则在这种情况下是最常见的,所以两个本质上相互对立和斗争的政党可以共同捍卫伟大的原则,这样的情况是屡见不鲜的。所有的教派分子,都把自己称为真正的信徒,而把其他教会称作偶像崇拜者。所有的哲学家都认定,只有在他们的哲学体系中才能找到对世界正确的合理的解释。无论是恺撒,还是伽图,似乎都维护罗马的利益。无论是奴隶主,还是奴隶

---

① 公元前 621 年,奴隶主贵族德拉古将习惯法整理编纂,颁布了雅典第一部成文法,史称《德拉古法》,标志着雅典法进入了成文法时期。——译者注

② 圣巴托罗缪是法国的狂欢节,时间是每年的 8 月 25 日。由于法国天主教对胡格诺教徒的屠杀发生在圣巴托罗缪节的前夜,故称圣巴托罗缪之夜。圣巴托洛缪大屠杀是法国天主教暴徒对国内新教徒胡格诺派的恐怖暴行,开始于 1572 年 8 月 24 日,并持续了几个月。由于胡格诺派的不妥协的强硬态度,使该事件成为法国宗教战争的转折点。——译者注

制度的反对者，似乎都要求正义。具有思维能力的人竭力探索：哪个政党的伟大口号具有真正的意义？要求自由（如同法国僧侣们那样）会不会仅仅是要求压迫别人的权利？呼吁正义（如同农奴主、奴隶主和资本家那样）会不会仅仅是甚至在已经认识到它的不道德的情况下仍想把历史的不道德合法化？

　　一般原则由于具有非常广泛的意义，常常被各个敌对的党派作为自己的旗帜，在个别的社会形态中似乎没有这种情况。家庭、法律、民族、国家、教会、科学协会、经济学会、艺术学会都有一些难以理解的任务，因此可以判断这个形态究竟是发展和进步的起源，还是衰亡和反动的因素。遗憾的是，事情完全不是这样，是什么原因？这个原因与把一般原则变成响亮口号的原因是根本不同的。一般原则的含义过去广泛，因此只有清楚地说明它们所表达的具体内容时才具有意义。个别的社会形态，正是由于其个别性，本身并不是进步的，也不是反动的：所有这些形态都包含着对于个人产生进步影响的可能性，如同所有这些形态也都可能成为个人在其发展道路上最沉重的障碍一样。每一个形态的历史意义取决于这个形态在一定时代赖以存在的各种条件的综合，以及这个时代一切社会形态的综合。社会发展的各种条件必然在一定时期内把某种形态作为进步的工具，同时，在这个时期，只有在其他所有形态都受这个主导形态支配的条件下社会才能发展。然而，条件是不断变化的：昨天占优势的基本要求，今天可能变成仅仅是个人和社会的某一个要求。昨天还处于被支配地位的社会形态，今天可能要求具有同等地位，明天则要求占据主导地位；如果社会还想保持进步的话，它就必须过渡到新的条件。昨天占据主导地位的形态，昨天的进步分子有充分根据为其优势而进行斗争的形态，今天必须让出首位，而那些还要去维护它的人，则将成为反动分子……新的条件，同样也将存在一段时间之后必然被其他新条件代替。谁如果像崇拜偶像那样地崇拜社会形态的条件，那他就必然要冒着成为反动势力拥护者的危险，因为没有任何一种条件能够一劳永逸地满足进步的各种要求。对于具有批判思维能力的人来说，社会形态可以说是一件"不结实的衣衫"，它不具有独立的意义。只有当社会形态在当前条件下适应当前时代的各种要求时，它才获得自身的意义。也就是说，符合个人的自由发展，符合个人之间最合乎正义的要求，使个人能够尽可能广泛地享有文明的好处，使这些得到的好处更加稳定，并且消除停滞的危险。

人们之间的亲属关系奠定了氏族和家庭联合体的基础，不止一次地改变了人类的进步意义。很难清楚地描述灵长类动物生活的社会形态，灵长类动物是人类的远祖，甚至就是原始人类，考古学家在地壳的第三纪中与其说是观察到，不如说是猜测到他们的遗迹。不过，这种动物式的社会形态，与聚集在母亲周围的氏族联合体相比较，肯定是一种落后的社会形态；现代的社会胚胎学家越来越有根据地把氏族联合体作为第一个纯粹的人类联合体，重现于我们的想象（关于这点，我在前面第四封信中已经谈到）。这种母系氏族几乎到处都让位给家长制氏族，以后又让位给在家长制氏族基础上形成的父权制家庭。这两种形态之间的斗争及其进步意义对我们是完全模糊不清的。也许，甚至很可能，家长制氏族和父权制家庭对于母系氏族的胜利，是利己原则对于社会原则的胜利，这是由于人类的生活有了更多的保障，争取生存的斗争有所减弱，因而使利己的欲望有可能更容易达到自己的特殊目的。可是，也许处境优越并有较多闲暇的少数人的个人批判能力只有通过族长和世袭贵族占有特殊地位的家长制形态才能培育起来。也许对于人类来说，确实有过这样一个时代，即家长制是联合体的发展基础，在族长对其后代占有绝对优势的情况下，在各代人之间存在着最紧密的等级制联系的情况下，能以最好的方式使人类在经济、政治、宗教以及一部分科学方面的要求得到满足。不过，我们先把父系习俗是否比母系习俗更为进步这个现在很难解决的问题放在一边；我们先用氏族联合这个词语来概括其共同事业与联合体内部的亲族关系密不可分的原始结合体的一切形态；在这里，这个概念也适用于有共同妻子和共同儿女的母系氏族；也适用于被古希腊—罗马法制进一步加强并保存至今的闪族人习俗——父权制家庭；也适用于一妻多夫习俗的各种过渡形态；也适用于在人类某些地方保存下来的其他比较特殊的形态。在所有这些形态中，作为为了共同防御而把人们团结起来并使他们建立牢固联系的第一个联合体，氏族联合体是主要的进步基础。习俗的专制主义、对异族人的憎恨、琐碎的家世方面的骄傲、对死去的祖先的迷信、部族之间的敌视，——这就是当时的结果，并且造成了许多苦难。但是比较起来，这种形态可以使社会遭受较少的苦难，或者可能至少可以制约未来比较广泛的思维，从而能够在争取真理和正义的斗争中减轻后代人的苦难。无论如何应该肯定，氏族制度在当时是一种进步。无论氏族的战争引起部族之间多么残酷的屠杀，在这样的屠杀中死亡的人可能还是比在个人没有氏族联合的保护下要少一些。无论习俗对某些个人如何沉重，无论族长如何肆无忌惮地剥削部族成员的劳动和生活，但是，氏族习俗或族长权力统治下的部族活动，与个人的分散活动相比，可以使部族中更多的人免除饥饿和危险。无论氏族和部落的首领如何惨无人道地对待其他族人，使他们成为奴隶，把他们杀掉或吃掉，可是人在氏族联合体中逐渐明白人不仅应该捍卫自己的生命，也应该捍卫与自己亲近的人的生命、幸福和尊严，应该捍卫他人的生命、幸福和尊严，这些人与他在思想方面有联系，就是说，他们与他具有同等的权利和同等的义务，为他们造福是他品德高尚的表现，对他们的侮辱也就是对他自己的侮辱。

一旦法律开始保护个人，氏族的血腥复仇就变成极其有害的社会偏见，并且从进步因素转化为反动因素。一旦自由的经济联合比氏族的和公社的联合体给个人带来更大的保障和更多的利益，维护氏族的经济原则就开始具有反动的性质。一旦人开始意识到，任何人的尊严与自身的尊严都是互相关联的，对任何人的侮辱就是对自身的侮辱，那么，只能同族的人之间联系的想法就变成文明道路上的障碍。

法律在人类生活的某个时代成为占据主导地位的原则，并且理所当然地成为进步的因素。它保障弱者的生活免遭强者的蹂躏。它巩固了契约，使公社获得了自由和广泛发展经济的可能性。它教育人认识到他们在道义上的平等地位，认识到人的尊严超越于出身、财产以及其他一切偶然情况的最有力的工具之一。然而，法律并非任何时候都是进步的因素。我将在另一封信中分析随着法律的形式因素的加强社会发展必然停滞的趋向；现在我仅仅指出这个问题。法律总是字面上的东西；社会生活在不断的发展中必然会产生比立法者所能预见的更多的问题，甚至很快超过最尽责的立法者制定法律时所依据的各种条件。如果有人想把各种各样的现实生活全部硬塞到法典的固定条文中，那他就不会是一个进步活动家。如果有人在新的历史条件下仍然维护陈旧的法律，那他就是一个反动分子。当然，几乎所有组织比较完善的社会都包含着废除陈旧法律的可能性。但是，有时政府或少数有权势者为了私利维持社会意识摒弃法律形式，如果不是1870年的战争破坏了法兰西第二帝国的原则的话，这个帝国可能可以更长久地以合法形式继续统治法国；然而这个帝国的真正拥护者是如此少，以至于它在9月4日找不到任何一个保卫者，尽管取代它的政府在政治、精神或道义方面没有什么突出的特色。在类似的情况下，字面上的东西会依然记载在法典上，有时甚至可以找到利益攸关的坚定的保卫者；不过，真理、生活和进步都与之无关。在这种情况下，无论检察官起诉的要求从法律观点看如何正确，但是真理始终在那些不根据法律而宣告被告无罪的陪审员方面。在这种情况下，无论车磔犯人的刽子手是多么合法，无论警察多么合法地用拷问刑具恐吓犯人，但是把受难者从刽子手中解救出来才是进步，把强加在无权的人身上的可耻刑具摧毁才是进步。在这种情况下，无论元老院关于恺撒·奥古斯都·多米齐安是上帝以及在他的雕塑前要奉献祭品的法令有多少正确的法律根据，无论格斯勒①让人们向他的礼帽鞠躬致敬的要求是多么正确，但是历史未必不站在那个宣称"不，多米齐安不是上帝，不应该给他的塑像奉献祭品"的衣衫褴褛的宣讲者；历史未必不站在那个不但不向格斯勒的礼帽致敬，而且给了他致命一击的半传奇式的

---

①　格斯勒：13世纪统治瑞士的奥地利总督。在席勒的作品《威廉·退尔》中被射手威廉·退尔击毙。——译者注

射手一方。

在最后几任恺撒和最初几个野蛮部族国王统治的时代，教会作为一种社会形态，理所当然地获得了占优势的意义，一切社会原则都受它的支配。当一方面罗马国库，另一方面野蛮部落掠夺了多数人的生活资料时，当不管是古代法还是新的社会需求都还不足以保障个人时，主教为了精神上的威望成了进步的社会活动家。他的关心是片面的，然而，这是对灾难深重的黎民百姓的关心。他的审判是不公平的，然而，这毕竟是向正义的某种接近。他甚至有时可以公开谴责任何人都未曾指责过的皇帝的野蛮行为。他能以地狱遭劫和神灵惩罚的恐吓制止任何人都无法制止的野蛮部落的暴行，尽管只是有时。无论卡西雅和贝涅基克特①的法规如何野蛮，但在当时条件下，只有它们才能提供保存知识传统（也就是识字）和文化传统的可能性。因此，在这个时代，这对西欧来说是进步的积极因素。不过很快这种关于主教和僧侣的社会意义的观念在西方就成了反动的因素。最粗俗的财产继承法庭在审理民事案件中也比宗教法庭更为公正。在与天主教的主教干涉社会事务的弊端对比之下，封建主义、集权的国家行政机关、成文法的一切弊端都显得微不足道。作为教阶制要素的教会的独立性，在与国家对比之下，变成了反动分子的思想。神学家对其他研究部门的统治，变成了对发展危害最大的障碍。只有教阶制的组织不是成为社会的主导者，而是作为争取其他主导原则，争取民族性，争取在低等种族中传播高等种族文化等的斗争参加者，只有在这样的地方，它才是进步的推动者。

---

① 卡西雅：罗马法学派的首领；贝涅基克特：那不勒斯附近寺院的奠基人，他的法规奠定了天主教僧团的基础。——译者注

　　我再举一个我在第五封信中提到过的例子。科学在自己取得胜利的过程中，无疑是一种进步因素；然而在一定情况下，当社会现有的全部力量都必须用来解决各种迫切的实际问题时，当社会上任何一个对这些问题漠不关心的成员都是社会的敌人时，当任何人以骄狂的态度蔑视政论家之间轰动一时的论战，蔑视群众政治集会上的喧嚣争论，蔑视各党派之间的流血冲突，而他无权认为自己是进步活动家时，科学协会，作为一种社会形态，很可能成为社会发展的障碍。在这种时候，如果科学协会理解自己的人道意义，那它就会使自己的著作倾向符合社会的需要，或者说，它的成员就会把自己关于纤毛虫新形态的研究，关于克洛维外衣式样的研究，关于克勒特语动词变位法的研究摆在次要位置，而把自己的才能、自己的时间、自己的精力用来解决迫切的现实问题。在这种情况下，几何学新领域的开拓者蒙日①就会整天在作坊中度日，啃干面包，给工人书写指示。在这种情况下，参加创立了化学科学的贝多莱和福尔克鲁就会献身于硝石的采掘和对农人出身的矿工的训练。在这种情况下，比较语言学的首创者威廉·洪波尔特就会把自己的全部智慧用于普鲁士的复兴。天文学家阿拉哥就会坐在共和国立宪者的议席上。细胞病理学的奠基者微耳和②就会在议会中击败俾斯麦。但是，科学协会也可以有另外一种做法。它可以以自己研究室中的超世的平静而自豪，可以运用自己的影响使周围的人对群众的苦难漠不关心，而去尊重官方的现状，或者它至少可以认为，参加轰动一时的迫

---

　　①　加斯帕尔·蒙日（1746—1818）：法国数学家、化学家和物理学家。——译者注

　　②　鲁道夫·鲁德维格·卡尔·微耳和（1821—1902）：德国医学家，细胞病理学的创始人。1858年发表巨著《细胞病理学》。——译者注

切问题的讨论会有失自己的身份。在这种情况下，它的著作的全部科学价值也不能使它逃脱历史的宣判：为了科学——当然是十分糟糕的科学——而宣传对于迫切的现实问题的冷淡主义并且逃避参加解决这些问题的科学协会，将是一种反动的因素，而不是进步的因素。

我们暂且只限于讨论这些例子。所有这些例子都证明一点：发展的因素过去不是、现在也不是无条件地属于上述任何一种社会形态的，然而每一种社会形态在一定的时代和一定的环境中都可以成为有一定影响作用的进步工具。在任何情况下都无条件地维护某一种社会形态，必然会宣扬反动的因素，因为同一种社会形态，或者甚至同一种社会形态的综合，不可能在任何情况下都居于主导地位，并给人类带来利益。历史的正确进程必然使各种形态轮流占据统治地位，使一种形态让位给另一种形态。

究竟如何在历史的当前时刻弄清楚什么是进步？哪个政党代表进步？在所有的旗帜上通常都写着伟大的口号。所有的党派通常都宣传那些在一定条件下过去和将来都是进步推动力的各项原则。这个也很好，那个也不错。然而，究竟如何选择呢？

没有知识的、不善思考的、迷信他人权威的人，无法正确无误地进行选择。任何一个字眼本身都没有代表进步的特权；进步是不能塞进任何一个形态里的。要探究词语背后的内容。要研究某个时代和某种社会形态的条件。要增加自己的知识，加深自己的信念。除此之外，别无他途。只有自己的理解、自己的信念、自己的决心才能把人类变为具有个性的人，而且除了具有个性的人以外，就没有任何进步的原则，没有任何进步的形态，也就根本没有进步。重要的不是旗帜，不是旗帜上写着的口号。重要的是旗手的思想。

第十封信　理想化

　　人作为世界的一部分，作为自然的奴隶，从来不想认识自身的奴役状态。人屈从于不断重复的非理性本能，屈从于偶然状态，但是从来不愿意承认自己的动机是非理性的，也从来不愿意承认自己的行为是偶然作用的结果。在他最隐秘的内心深处，我们可以发现他隐藏着把不可改变的规律依附在无意识的物上的意图，可以发现他用某个东西来掩饰自己不坚定的和不合逻辑的行为。他借助于理想化来进行。

　　理想化的过程是这样进行的。我在某一刻做了好事或者坏事，但是没有思考这件事本身是好还是坏。但是当我去做这件事时，就已经做出了评价。如果在我看来这是好事，那我非常高兴。如果我在没有思考这件事本身是好事时，就认为自己做了一件好事，那么我在自己心中做出了一些好评。可能我掂量了，但是我不记得。现在我想起来：我确实迅速地想到这是好事，考虑的速度显示出我的一个优点：我是一个理解力很快很强的人。但是我们只是假设我天生记性好，没有记错这件事。好极了。我做了一件好事，没有深思熟虑，没有仔细考虑，仅仅是根据自己的本性和内在的本能。这意味着，我的本性是如此地善良，以至于我可以做很多好事，甚至不需要理性地认识这些事是不是好事。我是一个好人，不是由于智力的发展，而是由于本性。这意味着，我是一个特别好的人。另一个理想化的方法是适用于习惯宗教思维的人。我做好事不是为了自己：它是上帝赋予我的，正是那个控制人的意志和行为不需要人思考的上帝。我选择上帝作为解释我做好事的意图的工具。这种方法好像是微不足道的，但是它比前面分析的方法隐藏着更多的自我抬高。在所有完全非理性行为的情况下，在非理性行为偶尔有好的结果的情况下，理想化的结论是：我是一个非常好的和理解力非常强的人；我是一个在本性上特别好的人；我是一个为上帝做好事的人。

如果是坏事，那么理想化的方法是不同的，但是有相同的范畴。最后一种方法是适用的，而且在这里没有任何改变。我这样做不是为了自己，而是上帝审判和愤怒的工具。上帝选择我做这件事；在智力较低的人看来它是坏事，但是智力较高的人却不这样认为，如果上帝决定他选择的人完成这件事，这意味着，它实质上不是坏事。唯理论者不说上帝，而是说最高规律，它支配一切事情，从坏事中得出好的结果；而是说一切存在的最高和谐，在其中个人的行为是单个的音符，如果单独听，这些声音就非常刺耳，但是为了整体的和谐，它们又是必要的。看来，坏事作为普遍和谐的必要因素，根本不是坏的，应该做坏事，而我从做坏事的人变成"世界音乐会"的有益参加者。但是与此同时，人们愿意运用最合适的方法。即使事情就本身来说是坏的，但是记忆迅速根据一系列最高原则检查我的行为，如果任何一个原则从远处看是符合标准的，那么从想象力来看可能说的是我完成这个行为的原则。我大骂朋友，在决斗中杀死朋友：我用伟大的名誉原则为自己辩护。我爱慕女性，在没有谋生方式时抛弃了她和孩子：我遵循了自由恋爱的伟大原则。我与农民签订对他们毫无益处的条约，起诉他们直到他们陷入赤贫：我以伟大的法律原则的名义行动。我告发阴谋家：我赞同伟大的国家原则。在文学艰难的时期我由于个人的愤怒诋毁党的思想机关报：我是一个为争取伟大的独立原则和文学的纯粹性而斗争的战士。这未必是一件坏事，因为它从来不能坚定地根据某一个伟大的原则。从最高的观点看，我的事不仅不是坏事，而且是好事。——又一个非理性的行为，尽管它的后果是有害的，但是这个行为使我成为伟大原则的辩护士、世界和谐的有益参与者和最高意志选择的工具。

理想化的范围非常广泛。在它所有的发展因素中它是依据人的无意识的和半意识的行为使人的想象具有意识特征的意图，而且有意识的行为也从比较初级的阶段发展到最高的阶段。但是在这里不得不区分必要的理想化、错误的理想化和真正的理想化，因为必要的理想化取决于人的思维本质，在很多领域还有错误的理想化，为了真理和正义的批判活动应该反对错误的理想化，最后，还有一些情况是真正的理想化，在其中批判本身不得不为人的现实的合理的需求辩护，不得不反对否定它们的人。

唯一的理想化对于人是完全必要的，因为它是对自由意志的认识。正是由于自由意志，人无论如何不能脱离主观信念，它任意地对自己提出目标，选择完成目标的工具。无论令人信服的客观认识如何论证，他的一切"任意"行为和思想不是别的，正是以前一系列外部和内部的事件，身体和心理的发展的必然结果，但是对这些行为和思想的任意性的主观认识不可避免地是经常不断的幻觉，甚至是对统治外部世界和人的精神的普遍决定论的论证过程。不得不接受这种不可避免性。人对自己的动机不由自主地理想化，这在人的活动领域中成为人的广泛的科学和哲学活动的有益基础。人对自己提出的目标，人为实现这些目标所选择的方式，无论本质上是真实的还是虚幻的，都是完全独立的，这些目标和方式以明确的好坏等级存在于他们的头脑中。但是学术批评被认为是在它们中间确立正确等级的工作。把无可争议的真理与可能的假设、错误的见解、虚幻的想法、矛盾的认识相对立。把不合理的方式与合理的方式相区别，把有害的方式与有益的方式相区别。从大量非理性的、偶然的、充满激情的和自私自利的动机中突出道德的动机。在人的动机、思想和行为的范围中，人自身不能发现自觉意志的痕迹，把它们与人的其他动机、思想和行为的范围相比较，对于这一类范围，人不能摆脱思考它们的意识，不能摆脱为它们负责的意识，也不能摆脱他人像他一样承认为它们负责的意识，无论如何所有这一切与前一类范围一样，都应当是决定论。对于人的大脑是不可避免的，正如统治自然界的客观规律，把任意提出的目标和任意选择的方式隐秘地理想化，在每个人面前确立最好和最坏目标的道德等级，仅仅保留了他批判检查的能力，在这个批评中是否必须改变这个等级，承认其他东西是最好的或最坏的。由于意志的决定，选择某种行为实际上是不可避免的，但是道德的批评可以赋予这个选择最高或最低的意义，在自己和其他赞同那些信念的人面前使个人为这个选择负责。这要求把理论认识领域与道德认识领域相比较，在道德认识领域中得出自己最初的主观的自由意志的事实，而这个事实与它的理论意义相独立；给实践哲学提供坚实的基础。请允许我在这些信里与读者说一说个人的道德责任、个人反对过时的社会形态的道德必然性、道德理想以及从它们当中得出的历史进步。

人对自己的认识就是自身意志的表现，如果自己对一切负责的原则被认为是必然的理想化，而且是不能消灭的，那么这个原则就是唯一具有这样特权的理想化。只有在批判的基础上才可以避免一切。在对理想化现象提出这个要求时，我们发现，它是多么广泛地运用自己理解无意识过程的方法。与此同时，它并不局限于人，而是试图把整个世界拟人化，把整个世界理想化。根据人在所有现象或者极大多数现象中加入意识和理性的意愿，通过观察可以得出三种理想化形式。第一，现象在人看来是超自然的行为，是个人、精神和上帝之外的行为，是意识、理性和意志所赋予的。第二，现象在人看来是世界统一的有意识的理性的本质表现。但是，理想化世界的第三种方式是起源于原始时期的人类最古老的生活。外部世界的对象在它的所有领域几乎都被认为是意识、理性和意志所赋予的生命体，或者是这些生命体的处所，而世界的现象被认为是这些生命体的蓄意行为。科学认为精神和上帝的世界是想象创造的产物。它认为"精神世界""绝对精神"和"绝对意志"是形而上学创造的产物。但是它不得不解决到现在还没有在各个方面得到解决的问题：意识、理性和意志是外部世界的哪些对象以及在什么程度上是外部世界的对象。史前的人长期把对意识生命，也就是人的意识的认识扩展到几乎所有对象。后来批判思维越来越缩小有意识的对象的范围。曾经尝试认识一个人的心理过程，但是必须把这些过程逐渐扩展到各种本能。现在一些研究者假定有机体在低级发展阶段有意识，甚至几乎所有物质都有意识，似乎把原子也看作"有思维能力的人"。但是批判说明人的行为具有长期的理性。批判在人的行为中还发现了一类纯粹机械的、无意识的现象。然后在其他类现象中认识到最低级的本能，它们与无法遏制的、没有任何理性的力量一起行动。然后在新的一类现象中思维是墨守成规的，似乎是机械的，虽然不能说，在这里缺少意识或者思维，也不能说行动的速度阻碍了对它做出评价；尤其是个人责任的评价仅仅是由于事情已经做了或者做了一半，或者完全做完了。后来我们遇到非常复杂的、充满激情的行为；在这里大部分是自我负责的道德评价和思考，但是激情的力量，或者激情占主导优势，以至于人故意使思考和道德要求服从激情。在这类现象的后面是行为的范围，人在行动中是思考的、完全为自己负责的生命体。人的大部分生命，他们的任何行为都是隶属于最后一类现象。人的大量行为与第三类现象有关，也就是在墨守成规、习惯和习俗的影响下的行为，如何进行自己的行为，尤其是相当复杂的本能行为。正如我们以上所说，自我负责的评价同时是行为本身的延续或者行为的结束，但有时候完全不是。人的生命发展程度是由命运决定的，在人的所有行为中，最后一类完全自觉的行为就是命运。

从以上可以看出，寻找行为的理性动机不可能是永远合理的方法；在人的行为中，机械的或者动物的本能常常多于人的本能。对于侦查学家必须权衡判决和建立刑法，这就如同对于历史学家和社会活动家，必须在过去和现在批判地对待人的行为，批判地对待人把自己和他人的行为理想化的意图，寻找它们的理性动机，最终是为了在追求实践目标时不犯错误。

无论人可以称之为理性的行为是多么有限，但是假定行为是理性的理想化意图是非常广泛的，因为大多数人愿意把自己所有机械的、墨守成规的和富有激情的行为都看作理性的行为。一些人完全真诚地进行这个理想化过程，另一些人——仅仅是为了在他人面前抬高自我或者是为了达到自私自利的目的。但是知识的缺乏和思想的变化不允许大部分人这样做。当其他人跟着他们这样做，当其他人愿意跟随那些允许他们暴露愚钝思想的人，允许他们毫无理性地对待道德—政治原则的人，允许他们墨守成规地对待保守理论的人，允许他们胆小地背叛国家，蔑视英雄的行为，好奇地探索真理和憎恨反对谎言的斗争的人时，他们是非常高兴的。这使那些把伟大的口号写在自己旗帜上的党派拥有了大量的追随者。永远有人高举这样的旗帜，因为他们需要用夸夸其谈的大话掩盖自己的行为。因此，在伟大原则的保护下，首领打算实现自己阶层或者团体的自私自利的利益，这些原则的精打细算的宣传者在大部分情况下越来越快地集中党的拥护者，或者这个党更加广泛更加方便地用新的旗帜掩盖机械的、动物的、墨守成规的和充满激情的个人意图。在这种情况下更加方便地进行理想化，在人类的历史长河中每一个大话不止一次地成为先进的党的口号，成为进步的公式，因此在这样的时代，诗歌和哲学、习俗和传统完全真诚地和合理地包围着伟大的荣耀。那些虚假的理想化的人指责这些真诚的和天才的夸耀者，从他们建立的宝库中为自己的目标寻找工具。

由于这样的现象，批判应该更加严格地对待写在党的旗帜上的夸夸其谈的大话，更加认真地研究在这些大话中隐藏着多少对个人不合理的或者合理的本能的理想化。

在上一封信中，我区分了两种伟大的思想，一种符合普遍的原则，一种符合个别的社会形态。我们在这里也这样做。相对于普遍的原则，批判的方法对于揭示虚假的理想化是非常简单的：必须清楚党在什么意义上使用理性、自由、幸福、正义等这些词语。必须检查，这些词语被赋予什么意义，哪些意义在当前情况下符合它们真正的进步意义。当然，只有当进步本身预先解释这些词语的真正意义时才是可能的。

对于个别的社会形态，任务更加复杂。我已经在第六封信中说了，社会形态是由自然需求和本能形成的。无论这些要求和本能多么自然，无论它们形成的形态多么合理，但是没有继续下去。与此同时，在历史中一个需求形成的形态实际上非常方便满足另一些需求，因为没有更好的需求；由此这个形态转变成一个具有各种职能的机构，在这种形式下遭受真诚和虚假的理想化，这种形态被宣布为党的旗帜和进步的最重要的工具。在这种情况下，批判的活动是双重的。第一，它不得不确定，党的哪些真正意图隐藏在它们的旗帜下。第二，它必须尽力寻找自然的合理需求，因为这个需求产生了在党的旗帜上作为它的主要原则的形态。批判通过第一种方式破坏虚假的理想化，也就是为了维护与它没有任何共同之处的意图，提出实质上可能令人尊敬的形态。批判通过第二种形式反对那些把夸夸其谈的大话当成偶像崇拜的人，反对不理解它的意义的人，反对那些虚假的理想化，反对那些否定完全自然的合理要求的人，这要么是歪曲人的本质，要么是伪善。最后一个任务不仅具有否定的内容，而且具有肯定的内容，在当前社会形态的基础上建立自然需求和自然本能，批判承认这些原则是合理的，要求在真诚的基础上，也就是在真诚对待人的自然需求和本性本能的基础上建立社会形态。在社会形态中实现植根于人的本质的道德力量，这是对他的自然需求的合法的和人道的理想化，这与在历史文化形态中对它们的纯粹理想化相对立。这个人道的理想化是完全科学的理想化，因为在其中存在如此多的主观意见因素，以至于它在心理现象的研究中也是完全不可避免的。需求是现实的心理事实，是应该研究的事实，特别是这在什么程度上是可能的。一旦需求被确立为自然需求，它就应该在合理的范围内得以满足，必须寻找最能满足它的社会形态。我错误地确定在当前社会形态基础上的自然需求；我错误地得出结论，我认为这些结论必须是真诚地对待这个需求。比较内行的研究者在最后一种需求中发现新内容，从而建立更加正确的与社会形态一致的理论。但是可能的错误和合乎逻辑地消灭它们丝毫不能破坏普遍方法的科学性。把社会形态归结为需求，研究者对这些需求的真诚态度（也就是直接的自己的想法），使社会形态与它们相适应的要求，这些都是在个人的任意性之外，在任何教条的盲目性之外，在任何创造性的幻想之外。这个过程可能严格地进行，消灭任何个人错误的源泉。因此，它是科学的，它的结果是社会形态理论，正如它应该清楚理解人的需求，——它是对这些需求的真正的科学的理想化的结果。因此，任何需求允许合法的人道的理想化，特别是属于它本身的理想化，因为否定它就如同否定它的文化；思想对它的态度受到限制。我们否认自然规律，但是不能消灭规律，只能在虚伪占主导的社会形态中引起它更加病态的表现。虚幻的理想化丝毫不能改变自然规律，而是在道德形式中加入虚伪，它使比较狡猾的和不太老实的人有可能欺压不太狡猾的和比较老实的人。

但是在纯粹理想化的掩盖下，各种自私的利益在社会形态中加入虚伪和不公正，正是这种虚伪和不公正引起对现有社会形态的强烈不满，使它们非常不稳定。为了使它们具有更强的稳定性，唯一的方法是在它们当中加入真正的生命力，也就是用真理来代替它们虚幻的理想化。在这里，这种思想活动过程比形成文明活动的文化形态更加重要。正如读者看到，在这个过程中没有任何否定的、破坏的和革命的东西。思想通常想给社会形态带来更强的稳定性，在人的现实需要中寻找它们的真正基础；它研究这些需要，用科学和正义巩固社会形态。思想批评否定的正是那些使社会形态不稳定的因素。思想摧毁的正是那些威胁破坏文明的因素。思想及时防止革命，而不是引起革命。

我们研究人的最基本需要，也就是对食物的需求，我们在人对昂贵食物和发达文化的需要中，在寄生者免费施舍的虚幻恩惠中，都可以看到虚假的理想化。同时，禁欲主义的虚假理想化在否认每个人的温饱需求时，自然产生毫无意义的斋戒形式，毫无意义地在上帝的神殿中聚集大量的珍宝，这些珍宝不仅没有人需要，而且把隐居生活的中心变成不道德的和无知的避难所。科学把这两个虚幻的理想化与承认饮食需求是自然的和合理的观点相对立，科学把这两个虚幻的理想化与承认它在生理学和社会学的基础上建立的满足感相对立。如果科学把温饱需求理想化，那么它的理想化是正确的，它指出在没有破坏食物分配的公平时，个人需要多少食物，个人可以占有它的多少价值，为了准备健康的、经济的和美味的食物必须发展烹饪技术。

这就是关于食物的基本需求，它还可以更好地应用在所有其他领域，一切社会形态的进步都在于更加严格地区分它们的自然需求，更加真诚地对待这些需求，消除关于它们的虚幻，对于它们的理想化重要的是指出需求的本质。我们研究一下最主要的需求。

人的第一个稳定联盟是母系氏族，所有的社会职能同时尽力满足个人的所有需求。这样的状况一直持续，直到母系氏族在向父系氏族过渡时产生了宗法家庭。文化的贫乏造成的后果是，这种社会形态应该立即满足培养正在成长的一代人的需求，个人的经济保障需求，个人免受外部敌人的保护需求，个人家庭免受他人暴力的防护需求，积累知识的需求，创造的需求。氏族或宗法家庭的首领实际上也是孩子们的领袖、全能的企业家、政治活动家、法官、理论和实践传统的守护者，祈祷文中的抒情诗人，神话中的史诗，祭祀中的演员，这一切是因为种族关系明确了它们在部落中的地位。习惯和传统通过美好的诗歌、伟大的神圣联盟、规则的保护、社会意见的桎梏使家庭关系具有复杂的宗法形式。与此同时，禁欲主义不仅否定家庭的现有文化形式，而且认为性本能是玷污人的尊严，宣扬压抑性关系。对家庭的错误的理想化的结果就是可怕地滥用家长的权力，把婚姻变成买卖关系，把孩子对父母的依附关系变成奴役关系；对家庭的错误的理想化的结果就是家庭在礼仪的伪装下腐化堕落，毫无节制地公开堕落；它消灭人的一切关系，放纵个人的伪善和侮辱。如果不做极端的阉割手术，这些宣扬压抑性关系的禁欲主义者是无法消灭性本能的。在这里只有两种结果：要么扭曲人的本性，要么是伪善，它用更加精致的本能掩饰对公开否定的东西的喜欢。大多数狂热的宗教信徒通过这种方式歪曲人的生理机能；但是其他的信徒，例如北美的宗教派别可以成功地扭曲人的心理。在那里盲目迷信不再发挥作用，在僧侣的天使衣服下掩盖着伪善，他们放弃一切肉欲，隐藏着比俗人更加兽性的本能。在这种情况下这些举世闻名的过程说明，所谓纯净的避难所实际上成为狂欢暴饮的场所，不仅经过自然需求的所有阶段，而且深入到本能的领域，在新的欧洲人看来，这些爱好是反自然的。实际上在一些教派的热烈的心醉神迷中，对性本能的神秘否定与对这些爱好的人为夸大得到了和解。在所有这些情况中我们看到，禁欲主义引起一些人在社会中表现错误的意图，他们的特殊使命就是否定或歪曲人的本性的基本爱好，并把这个作为自己的功绩。

在氏族和家庭关系的历史中通过三种方式产生进步，其中最重要的是从宗族家庭的家长活动中逐渐突出那些在不发达的文化状态下所具有的属性。首先，依靠习俗的氏族关系让步于其他社会关系，在其中个人的思想以考虑、影响或者信念的形式发挥作用。批判思维建立了劳动分工的工业体系，这种分工起初根据阶层继承，然后根据个人爱好；批判思维建立了个人抵御外敌的国家防御体系，臣民或公民参与管理的政治体系；批判思维建立了与受审人的利益无关的司法体系；建立了与氏族族长或家庭家长的权威无关的科学方法论；批判思维建立了艺术形式，它把艺术活动变成有天赋的个人财富；批判思维建立了（或正在建立）培养青年一代的教育体系，它在智力和道德上培养成年人。

随着宗族家庭家长的权力被限制，为了反对在这个领域的错误理想化，思想具有最好的文化基础。对家庭的讽刺与对家庭的赞美相对立。怀疑主义和厚颜无耻的攻击动摇了它的珍宝。法律使家庭成员免受家长的专制主义，允许脱离家庭。通过舆论寻找其他理想。与此同时，在科学和正义的基础上，批判思维与否定性本能的怀疑主义相冲突。生理学论证了怀疑主义的非自然性；政治经济学论证了它在社会的破产；历史学论证了它的传说的虚幻性和它在宣扬个人理想时缺乏根据。

这些错误的理想化在批判思维下黯然失色，被性本能的真正理想化代替，真正的理想化正是通过真诚的需求进行的。正如这种生理本能是不可否认的自然事实一样。他把思维活动的事实变成自由选择。从远古时期这种选择就被理想化，正如以美的本能的名义的选择。理想化的进步恰恰在于，随着思想活动的发展，"美"或者"吸引"仅仅变成选择的借口，而智力和道德的优点则成为它的真正基础。爱的理想化——与家庭关系无关，与禁欲主义对立，它被如此长久地歌颂，就像一直被保留的人的语言；但是当它与萨迪①的歌曲一起时，当它与歌唱家、抒情歌手的歌曲一起时，它经常出现一些错误，当婚姻和爱情引起对永恒责任的共同认识时，一夫多妻的文化习俗，根据父母意志和根据商业利益的婚姻习俗与现代主义者席勒的抒情诗并存，与17—18世纪的情诗并存。由于文化习俗，由于思想发展，女性的地位在宗法家庭中仍然低于男性，到目前为止精神理想对于相爱的人仍然是不同的，因此，爱情的理想化还没有达到权利平等。女性试图在男性中找到力量、智慧、能力、社会影响和公民活动的精神理想，但是这种理想对于她不是理想，

---

① 萨迪（1208—1291）：中世纪波斯诗人，萨迪作品风格一直是波斯文学的典范。——译者注

而是崇拜，因为她自身拒绝实现理想。男性只是根据美丽和优雅的审美理想来看待女性，这个理想本身是对自身的贬低，甚至把粗鲁的形式看作尊严。因此对女性而言，这不是对性本能的正确理想化。她因崇拜偶像受到指责，也就是崇拜精神力量的合理本能，在这种情况下她受到家庭文化形式的压制。所有的思维活动在理想化的过程中不得不通过美的合理本能来考虑男性的利益。只有当女性以男性所具有的精神尊严的理想的名义获得尊重时，相互爱慕的真正理想化才是可能的。那时爱的联合就成为两个生命体彼此之间的自由选择，他们在生理上相互吸引、相互接近，因为一个人完全尊重另一个人的人格。生理的本能成为个人相互吸引的合理基础，但是它受到合法的和人道的理想化；个人的联合由于一个共同的精神理想而得到巩固，他们通过自身的联合相互完善和相互发展。这使偶然的吸引变成稳定的精神吸引，这种精神吸引不是从外在强加的，也不是以文化习俗和传统的名义强加的，而是个人本身建立的。外在强制在稳定的联合面前不再具有任何意义。相互的尊重使联合非常珍贵，自由的关系消灭任何虚伪，而相互的信任使联合的个人在经济斗争、思想活动、社会事务以及对下一代的教育责任中完全能够相互帮助。在它的正确的、科学的理想化中，现在家庭的任务具有两个方面的内容，一方面思考自然需求的必要条件，根据真诚的自由的情感，以正义的名义确立人的活动的必要目标。性本能是必要的源泉，个人喜爱是亲密的关系，是自由确立的选择，两个平等的生命体在参加社会进步活动中的相互发展是社会的目标——是现代家庭的理想内容之一。培养孩子是必然的源泉，培养者为培养事业做准备是个人的本能，也是对事业的自由选择，发展未来的人的思想、批判能力、信念和自我牺牲的能力是社会责任——也是这个理想的另一个内容，——因此，真诚地对待自然爱好，消灭虚幻的和错误的文化形式，树立家庭的新理想。这个理想培育思想，具有以前的家庭理想的所有优点，而且保持着最高的稳定性，因为它是依据科学资料，依据正义的要求，依据人的尊严。

例如，人类文化早期阶段的另一个需求——经济保障的需求，它具有各种各样的形式：所有权、继承权、使用权以及资本和劳动之间的经济依从关系等。一旦广泛的氏族联合瓦解在习俗或者法律的保护下相互竞争的家庭联合，逐渐从临时的基本方式和持续的占有方式到必须关心个人和家庭的垄断地位的形成和保持。在社会低级发展阶段，个人的工资可能基本没有保障。今天狩猎，抢劫，好的天气条件就使人有机会获得更多的东西，但是这样获得的战利品不能长久地持续。因为不仅今天，而且明天、后天都要生活。除此之外，在家庭中还有老人和孩子，还有不能获取食物的人，必须考虑他们的生活保障。最简单的和最合理的决定就是在顺利的一天尽可能多地储存，以防其他可能的不顺利。精明的猎人、幸运的强盗把在未来保障自己和家庭的一切东西据为己有。他们攫取的东西成为他们自己的垄断财产，哪怕他和他的家庭还不能享有。甚至孩子已经可以自己获取食物时，他们还是被父亲占有和垄断的财产。在社会还处于这样的低级阶段时，没有人可以保证不被饿死，个人对财产的这种垄断远远超出他和他的家庭的直接需求，这几乎是不可避免的。每一个人不得不用尽一切方式保护自己和自己的亲人。争取生存的斗争对于人而言即使不是唯一的，那么也至少是占主导的规则。但是社会的状况逐渐改善；畜牧业和农业达到了可能保障生活的要求，而且这种可能性在未来的一定时期超过各种突发死亡的可能性。占有或继承的垄断失去必然性的意义，虽然它在比较困难的时期说明了垄断的正确性。尤其是，垄断失去了自身的合法性，仅仅是远古时期的传说，仅仅是文化习俗，它通过改善技术，通过奴隶和雇佣工人的劳动，通过改进剥削方式——达到把巨额的财产垄断到一个阶层、一个团体、一个家庭和一个人的手中。这就是依靠垄断私有财产的社会经济制度形式，在这种形式中继承财产的是少数人，大多数人是奴隶、雇佣工人和赤贫者①。在这里我们看到对这个制度的诗意的、宗教的和形而上学的理想化。财富、奢侈、掠夺、占有、继承财产的贵族以及贪婪的资产阶级有自己的歌颂者、赞扬者和他们的理论家，有保护他们的准则，有他们自己的上帝，有对他们的无尽赞美。禁欲主义否定任何财产，否定任何经济活动，打着上帝的旗号使人民处于寄生的贫穷的生活。这种制度条件的自然发展是在批判思维之前，它促进了批判思维。掠夺和垄断的习惯从比较野蛮的制度转移到比较文明的社会，改变了原始野蛮人的生活方式：一切人反对一切人的斗争，尽一切力量保障各种不稳定性。贵族阶层在生理和道德上日渐衰微。个人和家庭的感情使财富分散，家庭成员在极不理智的挥霍中失去了通过掠夺所积累的财富，为了自己获取更多的财富，互相偷窃和互相谋杀。国家尽可能多地攫取私人的珍宝。饥饿的雇佣工人和穷人不断侵吞所有能侵吞的东西。社会制度是如此不稳定，以至于外部的推动力或者内部的爆发力就可以破坏少数人的璀璨文明。除此之外，私人之间的相

① 这要求多方面的发展，它在俄国的出版物中是不可能的。我几乎没有改动这篇在1870年的文章。（1890）——译者注

互斗争一个接一个地毁灭它们。近年来，为了巩固社会制度，私人垄断者不得不牺牲自己在军队、警察和监狱中的一部分财富，不得不分给穷人一部分财富，不得不在偶然的经济危机中牺牲一部分财富。由于这些历史事实，社会主义的经济批判不断发展，这使奢侈的私人垄断者和寄生的禁欲主义者倍感震惊。批判思维组织反对垄断资本的联合劳动的斗争，确立新的经济理想。批判思维承认经济保障的需求，但是要求个人在这样的社会制度中得到保障，与此同时，不能垄断那些超出自身需求的财富。在这里，与需求一致的理想化不是新事物。这是对劳动的理想化。但是以前劳动被理想化为资本的武器，工人的依附（它不仅在世俗的法律中，也在上帝的旨意中），以及对原罪的神秘惩罚。

社会主义向工人提出了另一个理想。这就是有效的生产劳动反对不劳而获的资本的斗争；这就是保障劳动者生活的劳动，是使劳动者获得自身发展和政治意义的劳动；这就是享受舒适的，甚至奢华的生活的劳动，不需要诉诸野蛮的方式，不需要垄断个人的财富，因为人人都可以享受舒适的和奢华的生活。

这就是我们在虚幻的和真正的理想化中对人的基本需求的研究，现在我们从基本的需求转向更加复杂的原则，也就是人的历史制定的原则。

第十一封信　历史的民族性

　　地域、气候、历史状况等各种不同条件使各种不同的氏族联盟相互接近。大部分联盟使用同一种语言，差别仅仅是方言；大部分联盟具有大致相近的心理倾向，一些共同的习惯和传统；在过渡时期结束时，一个与其他人群不同的人群正在历史中形成；逐渐形成文化和成长的历史产物——独特的民族性。一旦它独立，它将开始争取生存的斗争，正如一切生命体，它的后代一个接一个地传递一个非常简单的意图：尽可能地保护自己的生存；尽可能地扩大自己的影响和使周围的一切服从自己；尽可能地在身体、政治或者智力上吞噬其他民族。一个民族越强大，它越能更好地完成第一个要求。一个民族越仁慈，越容易失去后一种意义。在保留自己和其他民族独特性的情况下，它的历史作用是由它影响其他民族的能力决定的。

　　作为历史和自然的产物，民族性是完全合理的原则，但是虚幻的理想化立即按照自己的方式改造这个伟大的原则。因为这种或那种民族性在当前历史时刻不可避免地成为人类进步运动的真正代表，这就出现了把人类思维产生的各种社会思想与各种民族性视为同一的理论。因为各个民族的大部分历史是相互屠杀和相互吞噬，这就出现了错误的爱国主义学说，也就是公民把吞噬一切民族性作为自己尊严的学说。因为在政治史中民族性原则发挥了非常重要的作用，这就出现了根据民族性划分国家领土的政治理论。

在历史著作和论述中不止一次地遇到一个思想：这种或那种民族性是进步的主要活动家；它在人类的共同运动中提出某种思想；人类的发展与它的胜利相关，人类在进步道路上的停滞与它的死亡相关。甚至有历史学家——思想家——包括非常杰出的人，——他们把主要民族的普遍历史意义与人类理性的各种思想，或者与个人精神的各种心理现象视为同一。这个历史理论具有哪些合理的意义？

如果研究历史事实，一个民族的领袖人物，一个民族在文学和生活中的优秀表现在这个时代具有共同的特征，个人受一个占主导地位的思想支配，而文学和生活成为思想的表现；总之，如果在这个民族的思想中看到概括它的文明阶段的公式，那么就是赞同以前的表现和承认它们具有重要的历史意义。实际上，比较发达的社会的文明在每一个时代都具有自己独特的特征，自己主导的思想，这个文明比社会形态更好地促进个人的全面发展，比健全的社会，比它的更有价值的文明，更加全面和明确地表达自己的思想。显然，在这样的情况下，这个民族的文明作为思想中心影响与它同时代的其他民族，影响人类的下一个时期，这种影响越进步，这个文明的主导思想本身在这个时代越能促进个人的发展，越能促使在社会生活的形式实现正义。如果完成最后一个条件，那么可以说，这个民族在这个时代是进步的代表，人类的成功，或者人类在发展道路上的停滞都与它的历史命运相关。

但是通常只是指民族的思想。他们认为，这个思想不受时代的限制，而是可以约束这个民族的全部时代；它概括这个民族的全部历史。可以通过三种方式说明这个事实：

某种制度文明已经成为民族的习惯，成为文化，成为人类学的特征，所以个人的思想不能虚构社会生活的改善，或者个人的思想在形成过程中受到社会形式的压制。一代又一代人，但是生活的形式和主导的思想仍然是一样的。换句话说：全面停滞占据主导地位，社会历史变成野蛮的管理。——非常奇怪地谈论文明的进步性以及实现思想的这种形式。达到这种状态的民族性已经不能影响人类的发展。没有人希望它们胜利；没有人惋惜它们灭亡；在与任何生命因素相冲突时，如果不能激发自己的生命力，它们注定遭受历史的灭亡。

这个民族的一些天才认为领导民族的全部历史的思想是他们的大脑结构固有的人类学因素决定的，是每一代人发展的人类学因素决定的，无论每一代人的文化形式有多么不同，无论他们的思想发展有多么广泛，无论他们的偏离有多么虚幻。——在这种情况下民族性不得不被认为是人的种族之间最显著的区别之一。在个人出生地相同的情况下，必须寻找个人的大脑或者心理结构一致的原因。换句话说，根据这个观点，民族性思想仅仅存在那些通过成长的方式形成的民族中，在同一个民族的人之外是不可能有民族性的。

但是那些历史民族性在哪呢？在现代欧洲，一些德国人以同一个民族的人自居，因为对于所有其他民族而言，部落的混合是历史的事实。但是在德国人当中可以看到各种不同的民族性；可以读一读罗马的名著《土地和人民》。在古代历史上，罗马是混合的民族。

许多学者在一些假想的资料上推测希腊。波斯文明实际上是古波斯的文明。不能深入地研究非常古老的时代，因为在那里没有运用科学获得关于这个问题的任何基本结论。如果不认为同一个历史民族的起源可能是一致的，那么以上提出的民族性思想就没有自身的位置。

让我们想象一下。一个部落或者几个部落的人在同一种气候、土壤、经济和文化条件的影响下，在其他各种不同的条件下，形成一些共同的心理倾向。无论这些心理倾向是通过什么方式获得的，它们是所有人共同的，构成民族的独特性。在还没有形成共同的心理倾向时，在还没有形成民族时；一旦获得共同的心理倾向，那么可以在独特的思想中表达它们，这个思想不断地表现在民族的所有生活中。随着民族对人类历史的影响，相应的思想也进入历史中。民族的胜利和灭亡导致它的思想的增强或者减弱。——这就是这个理论的首要论点，当然，现在一些思想家已经提出了研究人民心理现象的任务。但是问题在于，如何在独特的民族倾向中发现某种进步因素，并且把它们作为不变的因素。

如果个人生活和民族生活之间的比较具有任何意义，除了对这两种不同过程的外在比较以外，那么可以认为，民族的历史生活与具有思维能力的人的生活是一致的。当思想成熟的个人理解自己生存的意义，权衡自己的力量，充满明确的信念时，他就可以提出生活的共同目标并且根据这个目标来生活，由于外在的影响或者内在的兴趣，有时偏离目标，但是在这个目标中寻找自身发展的意义。如果在社会中存在这种类似现象，那么可以相信在某个时期唤起民族意识；它构成民族发展的目标；个人追求这个目标，把自己对民族目标的追求传递给后代，因为他们充满这个思想，将在新的时期追求这个目标。只要民族的发展力量还没有消耗殆尽，正如个人还没有完全衰老时，或者，只要历史灾难还没有毁灭民族，正如疾病或者暴力还没有毁灭个人时，它就这样一代又一代地进行。

但是，这样的类比其实是幻想。对于每一个被破坏的民族而言，个人生活和民族生活之间的共同性仅仅是出现在历史舞台上的时刻，在历史上存在的时期以及濒临灭亡的时代。然后就不同了。对于个人，生理学家说明了个人成长的过程，从胚胎到婴儿，从婴儿成长为成熟的个体，然后从老人走向必然的死亡。对于社会，到目前为止进行的一切尝试，给出的任何类似解释都被认为是不科学的。除此之外，在社会历史生活中有些现象多次重复，如果按严格的类比，它们就如同青年和老年时期。至于社会历史的灭亡，那么历史不会自然的死亡，但是在历史上充满着民族之间的各种残杀，因此，历史民族是否自然灭亡的问题仍然没有解决。因此，与个人相比，民族更加真实，因为个人出生后逐渐长大和衰老，大部分人在很多情况下是偶然地死亡。这样的个人是幻觉。

更加不切实际的是，把民族思想作为自觉传统从一代人传给另一代人。对于任何一个历史民族而言，从来没有人证实自己的说明与科学事实相似，也从来没有人说明任何思想的自觉传统。正如我们在这封信的开头看到的，这个民族的每一代人之间相互传递的不是理想的目标。它的要求是所有民族的共同要求，没有包含任何思想。这不是别的，正是争取生存的自然斗争。这些管理要求就表现为在人与野兽的冲突中管理人，在人与人之间的冲突中管理原始人，在民族之间的冲突中管理民族。在这些要求中没有任何进步。当然，没有个人之间的斗争，就不能产生任何进步；没有民族之间的斗争，未必可以成功地传播文明。但是进步开始的必要条件还不是进步，民族之间斗争的传统是在明白它们之间的公平关系之前，是在明白斗争停止和民族的共同进步开始之前。

在民族思想的自觉传统之外，一代人向另一代人不知不觉地传递某个不变的理想目标。——但是这样的目标是否可以在事实上论证？我们列举两个毫无争议的历史民族，它们甚至有机会成为同一个民族，虽然这个民族产生的古代时期不能完全科学地解决问题。

犹太人尽管人数少，但是在古代发挥着历史作用；他们甚至在中世纪的欧洲也发挥着历史作用；他们在我们时代也没有失去历史意义，因此一些作家把40年代末德国的革命剧变与生活在德国的大量犹太人对德国社会的影响联系起来。犹太社会主义者的名字不仅在科学的编年史中是不可磨灭的，而且在社会思潮的编年史中也是不可磨灭的，后来尽可能地否定他们的影响，虽然这几乎完全使他们失去民族性。最近十年的反犹太主义运动病态地把犹太人作为敌人，犹太人在整体上形成社会力量，以这样或那样的方式影响着现代社会最重要的职能。——难道可以马上说，第一次降临耶路撒冷的先知们、中世纪的犹太教神秘主义者们、犹太教法典研究者们、阿维洛伊①的译者们、海涅②、罗斯柴尔德③、梅耶贝尔④、马

---

① 阿维洛伊（1126—1198）：西班牙穆斯林医学家、哲学家。阿维洛伊的作品在他死后不久被翻译成了拉丁文，为欧洲哲学家和神学家所知。——译者注

② 海因里希·海涅（1797—1856）：德国抒情诗人和散文家，被称为"德国古典文学的最后一位代表"。——译者注

③ 梅耶·罗斯柴尔德（1744—1812）：罗斯柴尔德家族的创始人，"国际金融之父"，欧洲银行巨擘，创建了全球第一家跨国公司，首创国际金融业务。——译者注

④ 贾科莫·梅耶贝尔（1791—1864年），德国作曲家。梅耶贝尔虽然出生于德国的柏林，但却是19世纪法国式大歌剧的创建人和主要代表人物。——译者注

克思和拉萨尔的同时代人都在历史上提出了这个思想。与此同时，未必有比犹太人更加独特和更加有传统力量的民族。

我们以法国作为另一个例子，在这里为了方便，我们将寻找在它的历史中表现出来的一些特征。当然，现在这个特征看来是承认行政集权的倾向。议会、温和保守派①和拿破仑三世在这方面是一致的；政治活动家集中管理；大学教授集中教学；奥古斯特·孔德②通过自己的实证主义试图集中思想和生活的一切表现。如果各种政党在最近时期的共同特征不是"民族思想"的要素，那么我们未必可以找到任何其他特征。但是在封建制度的法国如何寻找这个特征？不能不说，法国的民族性在封建制度时代是独特的。——我们列举法国文学无可争议地影响欧洲的几个因素。12世纪的法国建筑，被世界各地争相模仿；13—14世纪巴黎大学的经院哲学家是整个欧洲的老师；17世纪的宫廷诗人又一次找到了效仿者；18世纪的百科全书派成为统治欧洲的思想。我们比较这四个时代；也许还有新的法国浪漫主义和折中主义，虽然它们对时代的影响不大。我们在这些影响人类发展的法国思想中可以找到哪些共同的思想？——如果完全拒绝人为的牵强，那么不得不拒绝全部历史时代与法国思想共同的任何思想。——可以说这无论如何是法国和其他民族的显著特征。根本不能拒绝任何民族的全部历史所包含的共同思想。

因此，可以把某个民族或者某个国家的文明临时总结的原则作

---

① 温和保守派（Доктринёры）：波旁王朝复辟时期法国资产阶级温和保守派政党，从1814年4月拿破仑退位到1830年六月革命，由鲁瓦耶-科拉尔和基佐领导。——译者注

② 奥古斯都·孔德（1789—1857）：19世纪法国著名哲学家，是实证主义和社会学的创始人，被尊称为"社会学之父"。——译者注

为民族思想。在共同的心理倾向和历史事件的基础上，这个民族性在当前时代根据自身的文明特征可以成为某种思想的重要代表，然后，以这个思想的名义在人类历史的某个时期成为进步的或者反动的活动家。

批判揭示错误的理想化，也就是把思想与民族性视为同一的理想化，批判转而开始对这个原则的真正理想化。我们认识到，民族性在实质上不是进步思想的代表，也不是进步的工具，但是可能成为进步的代表和工具。在这样的情况下，应当通过什么方式实现对民族性原则的真正理想化。

在第九封信的基础上我们容易得出结论，无论这个民族性的文明在这个时代的思想是什么，但是如果民族性长期成为这个思想的代表，那么几乎不可避免地从进步活动家转变为反动活动家，或者反过来，因为这个思想不承认垄断是永恒的进步。另一方面，我们现在发现，这种民族性在自己的历史时期可以成为各种思想的代表。它有时领导争取进步思想的运动；有时在自己的旗帜上写上另一种思想，也就是最反动地影响人类的思想。

由此得出，如果这种民族性坚持以前掌握的思想，并且改变自己的指导原则，那么这种民族性就不能成为进步的活动家。保守主义和革命在思想的领域中同样不能成为进步的保证。为了在历史中发挥进步活动家的作用，以前获得这种意义的民族性，无论它的思想多么进步，都应该在适当的时候坚持自己的指导思想，经常检查新的情况，新的要求，新的思想。民族性在改变指导思想时，应该从对人类的现代需求和现代思想的批判中汲取原则，因为这些原则以进步的名义写在自己的旗帜上，这些原则承诺个人的最高发展，承诺在社会形态中最充分地实现正义。

由此得出,任何民族性在幸运的情况下都可以成为历史进步的活动家。民族性越深刻地理解人类的现代需求,越全面地在自己的文化形式和自己的思想表现中实现它们,就越有可能达到这个历史状态。当然,与此同时,在社会制度中必须具备我在第三封信中所说的那些条件:社会环境允许和鼓励个人信念的独立发展,学者和思想家有机会阐述他们提出的真理和正义的理论,社会形态允许改变那些不再为实现真理和正义服务的形式。在这些条件之外,民族性的进步的历史意义是完全偶然的,因为民族性本身是抽象的,只能隐喻地谈论它理解什么或者实现什么。实际上只有个人可以理解和实现,正如在以前的信中所说的,个人是唯一的进步活动家。只有他们可以使他们的民族性成为人类的进步因素,或者使他们的民族性具有反动性。

因此,对于个人而言,真正的民族性在于通过批判地理解全人类的进步要求说明自己民族的自然要求。以上我指出了民族的三种自然趋向,但是对于理性批判而言,它们的意义是不同的。

保持自己民族的独立性的要求是完全合理的,因为它符合人类的愿望,人相信的思想,人使用的语言和人树立的生活目标是未来的真正要素,并且根据进步的要求根本改变人类,但不是灭绝人类。只有相信民族性是不可分割的因素,只有相信民族性摆脱停滞或反动原则的人才有权利拒绝保持自己的民族性。但是哪种民族性能这样做?

吞噬他人的民族性,消灭他们独特性的想法是"反进步的"。提出这样理想的人没有权利称为爱国主义者,宣扬人类的社会文化是弱肉强食规则的人没有权利称为人类的思想家。这样的"爱国主义者"亵渎民族性的旗帜，自觉或者不自觉地贬低自己祖国的人民，对他们施以暴行，阻止他们成为进步的活动家。伽图参议员及其著名的歌曲《一定要打败迦太基！》就是这样的"爱国主义者"。罗马的最后一段历史说明，大部分罗马公民并没有因为打败迦太基而获得政治和道德上的好处；在这之后，罗马人的唯利是图让努米底亚王朱古尔塔非常震惊，而他们的公民意识则表现在街头争斗、血腥倾轧和威权政治当中。在俄国这种"爱国主义"的机关报是60年代的《卡特科夫①的文学》，它在最近几年非常受欢迎。否定进步，一个民族吞噬另一个民族的想法都是对真正的爱国主义的否定。

请在你们的民族性思想中加入最高的真理；请在它的社会形态中加入最高的正义，那时它可以毫无畏惧地站在其他民族旁边，因为这些民族的思想缺少真理的内容，这些民族的社会形态缺少正义。它将影响他们；它使他们在道德上服从，但是从来没有想吞噬他们，也没有剥夺他们独立的历史生活。真正的爱国主义者有权要求这样的影响，这样的服从；它有充足的理由使自己的国家追求这样的意义；它有理由竭尽全力地影响本民族对其他民族的这种历史统治，因为它可以促进人类的进步。进步不是无个性的过程。任何人都可以成为它的工具。在这个时代，任何民族都应该比其他民族更早地、更好地和更全面地成为进步的代表。真正的爱国主义者应

---

① 卡特科夫（1818—1887）：俄国政论家、批评家，1851—1855年和1863—1867年编辑《莫斯科新闻报》，从1856年起到去世为止始终是《俄国导报》的主编和发行人。——译者注

该希望这是他们的民族；希望他影响民族的这种历史意义。正是因为他更加了解和更加习惯自己民族的文化，他更容易掌握自己本民族的思维和行为，他在追求全人类的目标时，可以更快地成为爱国主义者。理性的爱国主义在于努力使自己的民族成为人类进步的最有影响力的活动家，同时尽最大可能地不失去自己民族的独特性。

为此，真正的爱国主义者从一开始就努力使自己的国家具备以上这些社会制度条件，没有这些条件不可能有社会的进步发展；他尽最大可能地在自己的同胞中扩大便利的卫生和物质设施；他将成为批判理解的宣传者，科学认识物质的宣传者，最大限度地包含正义要求的社会理论的宣传者；他将成为改革或革命运动的积极参加者，为了培养和捍卫个人信念，这些运动力图在他的国家的政治和经济制度中加入更多的可能性；他将成为自由思想、自由言论和社会契约的拥护者，因为它们用更加完善的法律和制度代替过时的法律和制度。然后他尽力充分地理解科学和正义的现代任务。最后，他竭尽全力地使自己的国家在现代民族中成为科学和文化的最高代表。在这些愿望之外，没有爱国主义，只有关于人类激情本能的愚蠢的空谈家、自私自利的政论家或者精打细算的剥削者对它的伪装。

与此同时，如果民族冲突不是为了统治者的偶然利益，或者不是为了相互吞噬的本能原则，那么在这里就出现了一个问题：即民族因素在进步中的意义。但是以上说明的情况使民族组织的稳定性和物质力量具有历史意义。民族问题在实践上引起国家问题。

第十二封信　契约和法律

契约是国家的基础还是国家在契约之前出现，这是许多人争论的问题。历史学派①在许多方面嘲笑理论家们，因为他们想象一下相互之间没有任何关系的野蛮人是什么样的，突然就想到：对于我们最好的是订立契约和在国家中生活；那我们就这样做吧。他们联系，然后辩论，如何成为最好的，如何解决，如何成为国家。显然，历史学派论证了，这种自觉订立的契约要求从契约中得出一切结果。无论这多么不明显，但是国家的特征是如此地清楚——它的成员的法定义务是维持它的制度，强制那些不想履行法定义务的人自愿履行。因此，在这里有真正的或虚假的契约，它与国家的所有成员相关。法律就是对这个契约的表达。这两个原则本身是如此重要，以至于常常受到虚幻的理想化，我认为最好从头研究它们，然后转向国家问题。

思想最简单的表现之一是对未来的关心。当个人开始思考自己

① 历史学派是西方民族学学派之一。亦称"批评学派"（Critical School）或"历史批评学派"。1843 年，罗雪尔的《历史方法的国民经济学讲义大纲》被称为"历史学派"的宣言。——译者注

美好未来的保障时，他将结束幼稚的阶段。如果允许在任何意义上运用社会发展与个人发展之间通常使用的但非常不准确的比较，那么可以说，当人与人之间确立契约原则时，社会的幼稚阶段将结束。人试图通过这个方式保护自己免遭突意外。由于人的意志变化无常，由于无法预见明天要做的事是最好的、最合适的还是最有益的，由于在需要的时刻必须诉诸力量或者信念，就产生或多或少自愿承担的义务。人自己限制自己的未来。看不见的强大的神通过惩罚人的未来保护契约。法律通过更加严厉的惩罚来保护契约。人内心的自尊，人信守诺言的名誉可以保护它。应该认为，这种方式实际上非常有效，因为对于大多数社会形态而言，思想家试图真实地或者虚假地运用契约原则。这个原则就像两个恋人的相互吸引，准确地说就是公民对待国家的态度；甚至是宗教生活，是崇拜耶和华，犹太人发现可以在犹太人的上帝和上帝选择的子民之间建立契约的形式。

实质上，契约仅仅是经济的原则，因为对服务的纯粹定量比较只有在数值领域是可能的，经济现象只有从社会现象中找到自身的价值标准。只有可以估价的东西才可以价值相等；在不可能建立平等的地方，契约永远是虚假的，因为没有正义。契约要求服务，给予他人平等的服务。因此在一切可以估价的地方，完全可以运用契约。商品与商品之间的交换，劳动与价值之间的交换是最简单的，但是退步现象已经伴随着进步表现表现出来。这些情况说明人对人的剥削，说明一个人的力量和资金的消耗有利于另一个人力量和资金的垄断。只有当两个人同样理解商品的价值、劳动和资本的作用时，只有当两个人同时需要交换时，只有当两个人同时坦诚相待时，契约才是公正的。但是这样的情况是很少的，即使有也未必需要正式的契约。必须把契约看作是反对欺骗的工具，反对压迫的工具。但是这样的工具在进步的意义上只有保护弱者反对强者时才需要，因为强者由于自身的力量可以不受欺骗和压迫。当法学家与不懂法律的人签订合同时，那么不是后者在合同中加入那些使订立契约的当事人担心的条款，那些法律不能预见的条款。当资本家—工厂主与无产阶级—劳动者达成条件时，那么从资本的方面来看存在着压迫。因此契约只有在它保护最弱的人免受最强的人任意改变时才成为进步的原则。比较聪明的、比较渊博的、比较富有的人与不太聪明的、不太渊博的、不太富有的人签订契约时，那么契约的道德责任应该全部落在前者的身上。因为后者不明白，也不能评价他们承受的条件，也没有机会逃避这些条件，每一种情况在消灭契约的公正时也破坏了它的道德力量。在社会看来，对于维持社会秩序、国家法律和神圣的习俗而言，履行契约是重要的，但根本不是正义的。

越来越多的契约超出进步发展的界限——也就是超出正义的条件，——尤其是当它需要达成协议的双方或者其中一方的任何服务时，但是这些服务是无法估价的，或者是任何价值都无法补偿的。第一种情况到处都有，经济要素不能涵盖契约活动的所有领域，甚至根本不能涉及这个活动。所有让步取决于人与人之间正常关系中的爱情、友情、信任和尊重，不是根据人与人之间的责任，因为人的尊严不能成为契约的对象。只有当契约适用于契约方的全部生活或者大部分生活时，第二种情况才会发生，任何理性的计算都不能预见到所有可能的情况。在这里，那个有责任提供无法补偿的服务的人，与那个承担这个责任的人一样，同样不喜欢。这个责任受到虚幻认识的影响：我今天希望什么，我明天也希望什么，我今天是什么样，我后面的一生也是什么样。这种对遥远未来的精打细算不会给经济情况带来不可克服的困难。服务的价值被改变，货币单位的价值也被改变，但是对于各种情况的个人而言，一个方面的损失通常与另一个方面的获益相等，在适当时候，提供那些具有巨大经济利益的服务，有时是对冒险的奖励。但是对于无法估价的服务，不是这样。这些无价的服务没有客观的标准，也不可能成为其他被代替的等价物，它们只能在自己的道德意义上依靠个人的内在信念。只有合乎信念的行为才是道德的；只有合乎信念的行为才是个人的发展因素；但是契约可以要求我的行为，当我签订契约时，我的行为与我的信念一致，当我的行为与信念不一致时，我也必须履行它。诚信要求履行契约；我履行它，但是我的行为是出卖灵魂的和假仁假义的。当没有爱情或者爱情已经没有时，当贪婪或者蔑视代替友情时，当权力成为可恶的桎梏，法律成为人为的不公正时，当对异乎寻常的力量或者神秘的仪式的信仰消失时，对爱情的伪装、对友情的牺牲、对权力和法律的尊重、对宗教仪式的履行等都是出卖灵魂和假仁假义。这些行为是出卖灵魂的，因为当我违背契约时，我通过它们获得逃避他人责备和自我责备的权力；它们是虚伪的，因为在所有这些契约中有许多隐含条件，我按照契约履行义务，也就是自愿履行，但是我违心地履行契约。可以说，我逃避这种虚伪，我迫不得已履行契约，但是我不是心甘情愿地履行它，而是在这种情况下不道德行为的责任就落在那个需要履行契约的人身上，而不是落在我身上。应该承认这是虚伪的。当然，当已经宣称他不能履行这个责任时，可以把那个要求履行非经济责任的人视为罪犯。他要求不道德的和有失体面的行为，因为他本身是不道德的和卑劣的。但是他人的犯罪行为丝毫不能减少我的犯罪行为，当我知道我犯罪时，毕竟已经犯罪了；当我知道时，我已经出卖了不能出卖的东西。那个把自己的道德责任推给他人的人实际上把自己看作机器：因为只有机器不用为自己的行为负责。但是把自己作为机器不仅是有失体面的，而且是通过违背信念的行为出卖自己。在这里犯罪行为已经包含在契约中。在未来，任何要求服务的契约本身是道德犯罪，因为服务的本质是诚信和不可代替。只有自我陶醉的人才会对遥远未来的友情或者爱情负责，才会对相应的行为负责，当他们现在的友情或者爱情的对象已经不值得爱时，他们自身可以改变；引起友情和爱情的行为如果没有真诚的情感，仅仅是由于责任，那就是不道德的。把服从国家无限权力的命令作为自己的责任，同样也是犯罪，因为你根本不知道这些命令是什么，因为你不能监督它们，也没有机会影响它们。

自然而然，用契约签订整个一生或者模糊的遥远的未来，同样是不道德的，这种不道德被多次放大，以至于继续重复做坏事，这比做一次坏事更加糟糕。做一次坏事可以是人的发展的推动力，因为人希望把做一次坏事的不道德行为改正成有益的活动。但是重复做坏事就是把恶变成习惯，减弱人的道德感，不仅使人降低到机器的程度，而且使他把机械的活动作为全部生活或者一部分生活的理想。这特别适用于以上列举的那两个方面。出卖一生的爱情是有损尊严的，虽然它被教会和法律尊崇。自愿支持不受限制的和不受监督的权力是不道德的和有害的。为不信教的人举行宗教仪式是衰落的表现。现实的奴役和道德的奴役及其各种形式都是贬低人的尊严的自然表现。社会用强制的契约支配个人的大部分生活，它在自身中加入更多的反动因素和自我灭亡因素，就更加认真地制定规则。

因此，契约是社会生活最重要的因素之一，是最简单和最有益的发现之一，如果契约被扩大到它的合理范围之外，那么它将成为可怕的恶。在社会生活的一些时期，它是唯一的救星。在社会生活的另一些时期，它是最痛苦的桎梏。

在个人的活动中也可以找到这样相似情况。青年应该经历这样的时期，也就是他养成考虑现在和未来的习惯，养成提高自己的语言和自己行为的习惯。但是这种习惯的养成不应该成为成年人的活动基础，因为它仅仅是这个活动的因素之一。那个小心谨慎的人成为懦夫，那个不果断的人失去合适的时机；有时候胆小比冒险对他的危害更大；最终在任何情况下，甚至在最必要的情况下，他完全失去坚定活动的能力。只有当小心谨慎和深思熟虑成为坚定的行为方式，是坚强和勇敢的思想因素之一时才成为生活成功的有力工具。

社会在早期就是这样达成契约的。基本的直觉、文化的习惯、祖辈的风俗或者直接的利益共同体把人临时联合起来。他们的联合对于所有人是合适的、习惯性的或者有益的；这一点他们知道；但是他们清楚地认识到他们的愿望和能力变化无常；这种认识使他们恐惧未来是否可以实现他们认为对自己合适或者有利的事情。他们签订他们必须履行的契约，实质上这是对他们最有利的。然后另一个时期到来。在社会上出现越来越强大的人和越来越弱小的人，也就是剥削者和被剥削者；后者忍受前者，但不信任他们。有时候没有后者的帮助，前者竭尽全力也不能达到自己的目标。他们通过自身的力量保障被剥削者的未来生活，从而获得这种帮助。当强者偶尔变弱，弱者偶尔变强时，在强者和弱者之间订立契约；因此，这个契约使社会制度比以前没有契约时更加公正。

这些契约的益处是如此显而易见的，以至于人逐渐发现社会生活方式的改进，它是契约的直接结果。契约被理想化。通过神秘的仪式加强契约，通过严格惩罚它的破坏者加强契约。在它的见证者和参与者中有一些无形的精神。地下的神和天上的神是誓言的守护者，这些无所不能的和无所不知的见证者们，这些惩罚人间和阴间的见证者们使契约具有客观的神圣性。诚信在其最简单和最广泛的意义上成为人的道德理想，这个内在评价要求个人比奥林匹斯神①更加坚定地履行契约。这个契约获得主观的神圣性。诚信的人的理想表现在诗人的各种形象中，表现在各个思想家的世界观中。它成为社会的习惯。契约的破坏者在朋友的微笑中，在朋友的冷漠暗示中，在说话人的含蓄暗示中看到对自己的责备。诚信从神话的虚幻世界和信念的主观世界转变成最神圣的社会关系的现实世界。

但是严厉的奥林匹斯神和誓言的守护者由于祭祀仪式产生慈悲心，基督教的神甫接受违反教规的人的忏悔，因为可以在未来惩罚他们。人的内心世界是隐蔽的，看来，只有那个最诚信的人暗自期待不光彩的行为。至于社会舆论，由于人际交往的礼仪不能完全阻止不诚实的行为，以至于那些破坏契约的人仍然可以舒适地生活；并且在大多数人看来，似乎功名利禄很难避免不诚实的行为，很难

---

① 奥林匹斯神源于希腊神话，是指以宙斯为中心的神，因他们都居住在希腊北部的奥林匹斯山上而得名。——译者注

完全区分愚蠢和欺骗，甚至大概不得不成为前者的一部分。因此，为了保护契约，还需要额外的力量，它与奥林匹斯神无关，与契约者的良心无关，与社会对违背誓言的人的态度无关。契约受到法律的保护，而法律本身成为国家一切力量保护的社会契约。

这两个因素与契约的道德原则格格不入，但是它们与契约相关。正如我们在下一封信中将看到，法律本身是虚假的契约，因为不是所有国民有义务履行这个契约，不是所有国民表达自愿赞同契约；即使提出这样的要求，大多数国民也不能评价接受契约的好处或者坏处。因此，我们根本没有运用诚信这个术语，我们完全处于其他行为领域。——另一方面，合法的契约永远越来越形式主义。它的强制性越来越少地取决于契约方的内在信念，越来越多地取决于各种法律，例如，提交公文的期限，见证者的数量和特征，签订契约的语言文字等。最合法的契约可能本质上是最不诚实的，正如最诚实的条件可能是不合法的。只有当立法具有以上两个基本要点时，法律才成为进步的因素和道德的力量。第一，任何要求坦诚服务的契约，任何限制人的自由的契约本身就是违法的。第二，只有当契约双方同样理解契约时，只有当契约双方都有不签订契约的可能性时，要求对服务做出评价的契约才是正义的。因此，为了立法具有道德性，应该禁止第一种绝对契约，而且在契约的条件下，应该保护契约双方宣布可以履行契约或者不能履行契约的机会。立法应该不仅保护已经签订的契约，而且在签订契约时在强者面前保护弱者，在更加聪明的和更加渊博的人面前保护不聪明的和不渊博的人，使后者有机会了解清楚那些后来可能使自己遭受损失的条件。只有当法律保护诚实契约的神圣性时，只有当法律成为不诚实的障碍时，法律才是道德的工具，才是进步的工具。

　　如果立法不是这样的，而是依靠虚假，那么大多数行为可能是契约的对象，契约双方同样理解契约的意义和力量，具有不签订契约的同等机会，那时对于弱者而言，契约成为强者手中的捕鼠器，而且仅仅发展社会的一个方面——欺骗和谨慎，也就是普遍相互不信任的后果。那时神和誓约的保护者转变成形而上学的上帝，也就是国家，法典代替了道德在国家中的位置。诚信在法律面前黯然失色，那些道德败坏的人认为他们履行了书面协议就是诚实的。社会舆论失去任何意义，因为公众意见在法律的辩护和审判面前实际上是微不足道的，因为形式完好在成为社会的习惯时，逐渐改变理解诚信和履行诚信这个义务的习惯。

　　自然，在这样的情况下，两种社会形态特别突出。因为契约实质上是把所有生活关系转变成商业关系，那么工业因素得到了合法性的全部益处，它推崇完全自由的契约。工业竞争成为社会关系的形式。家庭关系、社会生活和公共服务具有商业交易的特征；文学、科学和艺术具有手工业生产的特征。那些比他人具有更便利条件的个人，那些比他人更有机会评价契约的力量和及时签订契约的个人具有广泛的发展能力；社会财富不断增多；工厂技术获得极大的成功；它试图把科学和艺术转变成自我完善的简单工具。相反，没有便利条件的个人越来越没有能力发展，甚至停滞不前。不仅强有力的个人压制他们，而且不可抗拒的法律力量也压制他们。交易所和工厂越来越具有社会因素。

　　另一方面，因为法律靠国家力量维持，国家在生活和思想领域具有越来越重要的意义。在另一些情况下，在更好地监督法律的假象下，行政集中不断加强，行政网络分支不断设立。在另一些情况下，抽象国家的荣誉和诚信要求不断地牺牲毫无生机的财富和生机勃勃的个人。国家与上帝的理论，人的最高的理想与国家一致的理论，在思想的领域不断发展，思想家正是通过加强这个因素寻找社会进步，正如我们将看到的，它在社会的进步发展中经历完全不同的过程。

但是在这种情况下，工业原则和国家原则在社会中的加强引起一种现象。因为在比较有利的情况下，最强大的个人容易成为最幸福的少数人，那么最强大的人在一定程度上没有深刻体会到社会制度的不利，仅仅在思想的领域批判它，不仅与这些不利很快和解，而且大部分人在物质方面成为它的辩护士。一切不满如此深刻地席卷了行政机构和法典，以至于几乎没有批判现状或者批判的力度太弱。由此国家与最稳定的社会制度的理想相接近，如果更正确或更直观地说，应该称为停滞的理想。更加稳定地在社会中确定习惯和传统的文化因素。在商业利益和法律限制下，思想越来越难发生作用。它越来越成为传统观点和传统形式的正轨。社会生活的活力开始降低；它的人道开始减少；进步的可能性逐渐变小。

当然，与此同时，社会上客观地出现一些因素，它们是思维在自身的批判活动中的依靠对象。国家原则有时与经济原则相冲突；或者在经济问题的范围中，比较有远见的人发现社会面临的危险，这种危险既是由于压制大多数人的利益，又是由于停滞；科学需要工业，也需要国家，科学成为社会批判和进步的工具；或者，最终，思想在受压迫的大多数人中发挥作用，引起爆发，它首先唤醒社会开始新生活。最近100年有很多例子说明，在工业和国家因素在社会生活的影响不断加强的情况下，社会不满导致重大的改革运动，在缺少合法的改革道路的情况下，社会不满将导致革命的爆发。18世纪末，法国资产阶级已经具有足够的经济和知识力量，在旧制度不做出任何合法让步的情况下，依靠受国家压迫和剥削的人民群众，进行有利于自身的纯粹的政治变革。19世纪30年代，又一次依靠不满的群众，但是人民群众没有认识到自身与资产阶级的阶级对立，那时资产阶级似乎已经成为法制国家反对警察国家的代表，实质上只是巩固自身的合法统治和经济统治。现在社会学家的理论著作越来越充满阶级斗争的意识，激动的工人群众也越来越充满阶级斗争的意识；工人群众不断扩大自己的组织，它不可避免地促进资本主义的经济过程，也就是财富集中，工业、商业和交易不可避免的崩溃过程；欧洲和美洲的政府以及统治阶级利用一切力量，预先防止即将来临的灾难，它在经济变革的基础上席卷社会生活所有领域。在这里还有一种可能性，也就是统治阶级及时地合法地做出让步，这容易转向新的制度；但是这种可能性日益减少，而且更加尖锐的和血腥的灾难可能日益增加①。

但是在这里我不得不说解决社会问题的其他道路，那些在法律领域之外的道路。以前我特别关注的情况是：契约的道德原则向法

---

　　①　在我们祖国及其古老的政治形式中，争取法制国家的基本要求的斗争伴随着争取最好的经济秩序的新的世界斗争；在不受监督的权力民主化的影响，在未来面临的社会灾难的影响，稳定的和广泛的社会主义因素的组织以及法制国家的拥护者们对它们的支持可以促使社会灾难的减少，他们应该明白，现在法制国家在劳动与资本的斗争中没有劳动的胜利是不可能建立的。但是这个重新组织的力量能否胜利？因为这18年来一些力量在争取俄国最好未来的斗争中已经损失惨重。俄国自由主义者是否将发挥这样的作用？他们的原则，他们迫切的利益允许他们承担这样的作用。俄国参与世界经济和政治变革的方式取决于这一点，对于所有参与现代文明的一切民族而言，这个变革不可避免地到来。——译者注

律的形式原则的转变是反进步的现象。我在第九封信中已经说过，正如所有的伟大原则，法律本身可能是进步的工具，却也可能是反动的工具。从以前的内容中可以得出结论：无论对于法律，还是对于逐渐转变成法律和其他原则的契约，法律的真正理想化具有自身的来源。这些次要原则在补充和调节契约和法律的原则时，仅仅消灭在合法的形式主义的本质中存在的停滞倾向。

契约在签订时尊崇个人的信念，正如在履行时尊崇个人的诚信。法律尊重个人的信念，在这个意义上，它是好的，它保护诚实的契约，在另一个意义上，恶更多的是来源于对法律的对抗，而不是对法律的履行。在要求真诚行为的契约中，个人可能处于道德的犯罪中。谁做出这样的承诺，谁就会后悔，因为违背承诺或者出卖灵魂的两难境地对于他几乎是无法避免的。在反对个人信念的法律中，个人状况更容易合乎道德要求。许多国家通过法律向个人说明批判法律的方式和废除过时的法律的方式：这是合乎法律的方式。如果没有这样的方式，那么个人不得不加入反对他不认可的法律的队伍中，不得不加入反对不允许他批判的制度的队伍中；无论结果怎样，有信念的人永远对自己说：我根据我的信念行动；即使受到法律的惩罚：这是合乎道德的方式。当个人由于最高利益使自己的信念服从不为这个信念辩护的法律时，所谓的结果就是功利的；但是在这里有一个永远难以解决的问题：比违背信念的行为相比，"恶"是否更加不合乎道德？社会进步不是取决于保留任何文化形式，而是更多地取决于个人信念的明确和强大，因为个人构成社会。

第十三封信 "国家"

　　虽然在各项伟大的社会原则中，不能说有哪一项原则在被人们理想化的同时没有被滥用过，但就其被滥用和理想化的程度而言，未必有哪一项原则能与国家原则相比。当然，这是有它的逻辑原因。这项原则曾经是推翻封建专制、反抗天主教的神权旨意、反对统治者个人独裁欲望的极为有力的工具。新欧洲的进步政党在反对独裁的历次斗争中，毫不迟疑地把这个原则写在自己的旗帜上。在从中世纪向近代过渡的时期，国家原则派和法学家们同欧洲的君主结成联盟，帮助他们打败封建主和教权派。斗争是在残暴的势力之间展开的，但是为了国家原则，理想化的做法是美化路易十一、天主教徒斐迪南、伊万雷帝等君主的活动，使他们的活动赢得了明智的和谋求公共幸福的荣誉。到 17 世纪末，路易十四和斯图亚特王朝相对其他势力已经占了优势，这时进步的政党便提出"国家就是公共幸福"的口号来对抗"朕即国家"的口号，并且展开了维护法制反对暴政的斗争。不过这里产生了我曾经提到过的那种现象。"国家"这个词灵活性相当大，具有各种不同的含义。一些人把国家理解为加强政府的意思，另一些人则认为国家是对政府的限制，让社会尽可能广泛地参与政治事务。一些人强调要扩大国家的规模及其对外的影响；另一些人则认为通过实行高明的行政管理、全国整齐划一的法律和整齐划一的生活方式而形成的国家各个部分的机械联系高于一切；还有一些人则一再证明，只有明确意识到的共同利益联合在一起的各个生机勃勃的、完全独立的中心之间的那种有机联系才是国家。这样有必要进行辩论的倒不是拥护国家或者是反对国家，而是要弄清楚真正的国家到底是什么。关于国家是主要的社会原则这一点，似乎是无可争辩的。除了僵死的封建主义和教权主义以外，所有的人在这方面都是一致的，而国家原则对中世纪原则所取得的胜利，对个人专横所赢得的胜利，人们是记忆犹新的。这样保守分子和进步分子，无政府主义者和共和主义者，秩序派和革命派，实践家和哲学家便走到一起来了，他们都承认国家是一种在权力上不能与其他权力相提并论的最高原则，它是一种最高的权力，它容许某些限制，但这与其说是出于承认其他权力，不如说是出于王道。大约到了 20 世纪 30 年代，对国家的神化已达到了顶峰，德国唯心主义最后的一个伟大代表黑格尔同时也是一个最公开地阐明这种神化的思想家。

然而历史在前进，阐明国家的真正含义的评论界已经尽了自己的责任。政治经济学家在社会生活中发现了一些新的原则，这些原则是同政治格格不入的，但是比政治更加深刻地决定公众的幸福或苦难，而交易所对政治事务的影响则把政治经济学家的理论主张引导到实践中来。唯心主义者忽略的民族原则宣布自己有权监督外交家们关于领土边界的决定，它的声明往往相当有效，以致连国家原则也不得不服从这一新的（实际上是很陈旧的）原则。结果发现，原来严重地威胁当代社会制度的与其说是政治变革，不如说是社会变革；各个政党交融混杂，它们的作用在各个经济阶级的对抗面前黯然失色。况且在国家理论家中，单单一个保守党就给它帮倒忙了，这个党证明了国家实际上并不是理智和深思熟虑的产物，而是社会生活中的自然的文明现象。当然，他们想借此赋予国家以额外的稳定性，但在实际上却破坏了它的唯心主义意义：人正在竭力领悟和改造一切必然的纯粹自然的东西。因此就出现了这样一个问题：是否应当把国家的自然现象也改造成为高级的产物，以便使人类理智的分量超过国家的自然现象的分量？

这一切使人在我们这个时代不能不以加倍的批判态度来对待不久前还是崇高至上的原则，揭示出对它的虚假的理想化，并代之以真正的理想化，即弄清国家的最简单形式的自然基础，指出这个原则通过什么途径才能为进步过程所接受，怎样才能适应个性发展，以及怎样才能使真理和正义具体化为社会形式的条件。

只要人们还抱着经济的、道德的和思想的宗旨（每个人可以自由地改变或甚至放弃这些宗旨，而不必担心任何强制）生活在一起，人们就始终处于不受一切法律和政治约束的社会联系之中。人们一经加入一项为缔约各方都必须遵守的契约时，他们的社会就会进入一个新的生活阶段。如果监督履行契约的强制力量属于没有参加契约的人们，社会就只受法律的约束。当在这个社会里出现责成社会成员履行契约的权力时，社会就会成为政治社会。而当社会把只有参加契约的成员才必须遵守的契约变成那些从来没有对契约表示过赞同的人必须遵守的契约时，或者变成仅仅由于害怕反对契约会对个人不利而才表示赞同的人也必须遵守的契约时，政治社会就会成为国家。学术团体、合法商业协作社和秘密政治组织就是三种形式的最初例证。

由此可见，国家与使一些人服从于另一些人的暴力一样历史悠久。由于社会上总是有很多的人因为智力、知识和能力方面的原因，需要其他更聪明、更有知识和更有能力的人来为他们选择生活条件，所以国家制度就在氏族以前的最初的人类集团和氏族的人类集团中，在最初的流动部落中扎下了根，而且至今仍完全不以被称之为社会的政治机关为限。凡是在一个人无异议地服从不是由他自己选择的生活条件的地方，他就得服从国家原则。

上述情况可以清楚地解释我在第十二封信的开头提到的关于国家的两种截然不同的观点。当然，国家的强制性原则完全是自然形成的产物，这可以追溯到远古的年代，甚至我们往古代追溯得越远，这一原则就被应用得越广泛。起初，它表现为一些人对另一些人的肉体统治，继而过渡到经济依附，最后通过理想化的途径变成道德力量。

但是，在国家发展的最初阶段就出现了契约的因素，它使国家区别于一些人对另一些人的简单服从。一个家庭的成年人和强大有力的家长左右着年幼的孩子和软弱的妇女，这不是根据强制性的国家原则，而是根据个人所占的优势。同样，先知能控制住信徒，是因为有个人的影响。当家庭中成年的成员可以不服从家长，但能帮助家长控制其他人的时候，当教派中的先知不仅有执行其命令的随从，而且还有助手的时候，在家庭和教派中就出现了国家的因素。一般地说，当一群人为了理解正确的或者理解不正确的自身利益而自愿支持由个人、机关、选举产生的委员会作出的某些决定所产生的义务，而这种义务也扩展到其他自愿不参加这个联盟的人的时候，国家便产生了。因此，契约的原则在这里便同强制性的原则结合在一起了，其特点是缔约的人比较少，而强制性扩大的人则比较多。

当然，契约原则的扩大从本质上改变了契约。契约的全部道德和法律的意义，正如我们所看到的，就在于一个诚实的人有义务履行他经过深思熟虑而接受的条款。但是在这里，实际上缔约的是一些人，而契约拟定却扩大到其他一些人。契约是由一个人代表其他一些人缔结的，而这些人对所缔结的契约一无所知，但是却负有履行契约的义务，这就违反了最起码的正义的要求，因而也是与进步的概念背道而驰的。一个法学家怎样看待一项大家都清楚地知道是由几个人起草、批准和变成由成百上千乃至几百万人必须遵守的契约（可是谁也没有授权这几个人去签订这样的契约）？一代人订立的契约要求后代人必须遵守，要求后代人在没有用暴力推翻或者没有用鲜血摧毁这些契约时必须遵守上一代人订立的契约，这样的要求是否是正义的？当然，在这一类契约里是没有正义的，它们的前提只有一个，就是要有一个强有力的组织或者从契约中得益的相当大多数人的人，这些人靠自己的组织或自己的多数而用暴力强迫一切对它们不满的人服从国家契约。要么退出国家，要么履行国家契约——这就是一个国家的每个臣民面临的抉择。

如果不满这项契约的人数不多，那么这种抉择只能使他们痛切地感受到，他们不得不在他们所憎恨的法律的桎梏下受罪，或者去体验牺牲最起码的舒适生活的乐趣，体验因为不执行或反对这些法律而去坐牢、流放和被判处思想的乐趣。最后，不满的人还可以侨居国外。只要这批不满的人是一盘散沙，他们就将永远遭受压制。这种压制的时间延续得越长，同时法律秩序越混乱，这种环境就越使生活于其中的人感到沮丧，使他们丧失清楚的理解力、刚毅的性格、信仰和为信仰而斗争的能力以及社会团结的意识。

但是，随着不满的人形成日益壮大的社会力量和组织起来，他们已经变得不可忽视，连国家制度本身也受到了威胁。这种威胁有两类。如果不满的人分布在全国各地，或密集在主要的中心，那么国家就会面临通过改革或革命来改变其根本法的危险。如果不满分子集中在国家的某一部分地区，那么国家就会面临崩溃的危险。在这两种情况下，国家的联系都是不巩固的，之所以不巩固，是因为国家的法律是一种虚拟的而不是实际的契约，因为国家有一大批这样的人，他们必须服从国家契约，但是从来没有向他们征求过关于契约的意见，他们也从来没有对契约表示过同意，他们服从契约仅仅是出于无能为力，出于毅力不足或意识不到自己的权利和自己的力量。

随着参加国家契约的人数的增加，国家契约变得越来越巩固。因为，第一，其中不妥之处很快被人发现，可以更合乎实际地进行讨论，并且通过改良而不必通过革命就能很容易地予以消除；第二，有更多的人承认国家的法律是自己必须履行的契约；它的反对者则越来越感到自己的无能为力而宁愿服从它。显然，理想的国家制度是这样一种社会，在这个社会里所有的成员都把法律看成是全体自觉接受的相互间的契约，这个契约的改变要征得缔约人的一致同意，它只对那些同意这个契约的人才有强制性，这是因为他们既然赞成这个契约，他们就得为违约而受罚。

　　但是读者会立即发现，从国家原则的实质本身得出的理想正在竭力否定该原则本身。国家不同于其他社会形式的地方正在于国家的契约是由少数人通过并被他们作为大多数人必须遵守的契约而保持下来的。国家联系的两个来源——强制的自然因素或契约的人为因素——相互冲突起来，因为后者为了正义而力求减少强制性。由此而来的必然结果，就是政治进步应当表现为缩小社会生活中的国家原则。实际情况正是如此。

　　政治进步表现为两种趋向。第一，为了建立自己的专门机构，国家因素正在从当前的社会要求所造成的各种社会形式中分离出来。第二，强迫多数人服从国家契约的人越来越少，而国家的虚拟契约却变得更实在了，国家的联系在巩固，但是与此同时，它却直接接近社会的联系。这两种趋向可以叫作进步的趋向，因为前者是指国家的理论真实，后者是指把正义纳入国家形式。然而这两种趋向在其实现过程中都要使人类生活中的国家因素减少到最低限度。

　　当夫权、父权和家长权在比较文明的社会里几乎失去了全部强制力时，当经济义务由于得不到履行而交由与此无关的人审理时，当司法同教会和行政分离时，——法律的强制就由人的那部分活动来承担了。有许多人可能活了一辈子都几乎没有感觉到国家因素的压力。各种不同的社会形式的作用在思想家的理论中起了变化。家庭的理想变成了相爱的人的自由结合，变成了长辈对晚辈的理性教育。主宰一切的和偏执的教会理想，被个人信仰自由的要求和信徒们为了信仰的实际任务而自由联合的要求所代替了。经济联合的理想变成了对自由的、团结一致的社会的憧憬，在这个社会里没有社会的寄生虫；竞争已经消失而被代之以普遍的合作，人人为公共幸福和共同发展而劳动，同时，劳动变得丰富多彩，并把体力劳动和脑力劳动的因素结合在一起，它不仅不再是沉重的负担和使智力衰亡的因素，而且本身就包含着快乐和发展的因素；在这个社会里任何人都可以按照他个人的需要从团结一致的社会中得到他生存和全面发展所需要的一切，力所能及地为社会工作，因为任何人都意识到社会的发展同时也就是自己的发展。

这样一来，起初扩展到家庭，扩展到奴隶主同奴隶、地主同农奴、私有者同无产者的经济联系以及扩展到各种法律形式——财产继承的、教会的、官僚的等法律形式的强制因素，也就逐渐在这些方面失去效力。诚然，文明的习惯还在支撑家庭中的专横霸道；资本仍在统治无产者；终身制的选定法官和独立陪审员为了个人的利益，有时还在听从政府当局的指示；这些"社会良心"的代表人物往往不过是阶层和阶级利益的代表而已。在有些情况下，我们在这里面临的仅仅是个人滥用权力的行为，这一情况在那种只有最有修养的寥寥无几的少数人受到思想原则的指导，而大多数人却是在个人或集团的利益影响下进行活动的社会里是难以避免的。另外，我们看到了阶级斗争的结果，由于阶级斗争越来越带有自觉性，所以斗争就越来越尖锐；这里的祸害只有随着斗争本身的停止才有可能消除，祸害的出现已经不取决于个别场合的强制因素，而只取决当前社会中一个阶级迫使另一个阶级处于不利地位的这种状况。为了那些在某种程度上已经得到承认和正在通过自然的途径力求得到圆满地实现的理想，现在和将来都要进行反对一切形式的强制因素的斗争。这些理想的一部分在当前的制度下是为了个人的自由竞争而得以实现的，完全不以这项原则的其他结果为转移。理想的另一部分一定要在普遍合作代替这种竞争的时候才会得到实现，许多思想家希望到那时消除社会上的全部强制因素。

但是，社会形式的理想对强制因素的容忍程度越低，它对自由的要求就越强烈，它就越应受到保护，以防个人偶然滥用权力的行为。即使认为在所有这些领域里进行合乎道德和理智活动的人不容许自己去实行强制，那也应该记住在第十封信中所指出的，即合乎道德的、理智的活动仅仅是人类活动的种类之一；除此之外，人还会在肉欲、陈规旧习或感情冲动的影响下，不由自主地进行活动。可以指望，人类的进步将会减少用于这类活动的行动；但是只要这类活动还在，只要人的智力和道德的发展得还不充分，就需要保护弱者免受强者的损害。这种保护不可避免地带有强制的性质，因而也就包含有国家的因素。当然，即使在这里这种因素也在力求使自己减少到最低限度，然而它毕竟还存在着，一直到进步把人的爱好和习惯大大改变为止。为了消除个人和行政当局的专横，社会力求把国家机关完全变成没有个性的法律的执行机构，并把国家的作用限制在监督不实行强制、保护弱者不受强者强制的方面。人作为一个有家室的人，作为一个有宗教信仰的人，作为一个经济企业的参加者，都要竭力限制他所服从的那个国家制度，这种限制只能通过不受任何国家利益左右的法律形式，不受法官所解释的和运用的那个普遍的法律形式来进行。

在这里，最初要求把国家职能同其他方面分开的社会政治原则的进步过程逐渐结束。社会一切领域服从政权的虚假的理想化正在被自由联合的原则所破坏。国家的真正理想化要求它主持正义：保护弱者维护公正的契约，阻止不诚实的行为，把国家在这方面的职能减少到最低限度，并使它在将来随着人们本身的进步而自然而然地不断缩小。在这方面进步的障碍与其说是事物本身，不如说是旧的社会习惯。进步的障碍在很大程度上是由于很多人被迫服从国家契约，而且这些人的数量居高不下。

第二种政治趋向遇到了无比巨大的障碍；然而它是和第一个趋向紧密地联系在一起的。社会理想在先前的一切发展同国家的保护作用一样，都是依靠这样一个假定，即法律符合社会的切身需要。但这是这项伟大原则的虚假的理想化的表现之一。正如我们所看到的，法律本身并不包含有随着社会的发展而发展的因素，但是它更倾向于使社会戴上文明形式的枷锁并使社会停滞不前。只有在其他的补充原则中，即在利他主义的激情中，在被正确理解的个人和集团的利益中，以及在道德的信念中才包含有发展立法的可能性。法律是可以由人们来发展的，但它自己不能发展，正义要求法律在其产生、存在和废除的过程中越来越失去强制性的因素。这是通过扩大社会参加立法来实现的。随着立法向社会和社会自由选举出来的代表的过渡，法律本身也在提供修改法律的手段。使社会道德完全败坏的政府形式（其权力仅仅受到习俗的约束）正在变为等级警察国家（在这种国家里一部分居民根据法律对事业的进程施加影响）的种种形式；然后就要负担法治国家（在这种国家里只有阶级斗争的经济条件才为群众限制这种影响）的各种任务。国家联盟越来越接近于社会联盟。国家越来越带有缔结自由契约和自由修改这一契约的人们的联盟的性质。国家契约的强制性正在减少，并且力求继续减少。正如我已经说过的那样，国家的理想正在变成关于这样一种联盟的观念，在这种联盟里，只有那些条件和有可能讨论契约，可以自由地讨论和承认契约，也可以为了拒绝承担契约的一切后果而同样自由地拒绝履行契约的人，才服从契约。

但是，这种理想是否有可能实现呢？社会上朝着这一方向发展的一般进步运动是否有可能存在？在这条道路上难道就不存在不可克服的自然或历史的障碍？当我们把各个文明民族的现状同前面提出的那些理想相比较的时候，当我们发现那些理想距离它们的实现是多么遥远的时候，自然而然地就会产生这些问题。

知识和坚强的性格是使个人能在不侵犯别人自由的情况下捍卫和享受自己的自由所不可或缺的条件；但是传播知识和发展性格在人类中间是如此地无足轻重，以致除了要多数人必须服从少数人所规定的条文以外，不能期望从当前的制度中得到任何别的东西。国家还处处使我们感到它是由一大批从降生时起就服从现行法典的人组成的，如果他们声明不赞同从未征得他们同意过的政治形式，他们就会被宣布为罪犯或变节分子。在这一大批人中间，有极少数人已经达到了这样的发展程度，以至于能够详细地指出，在那些使大批人都受到限制的形式中，究竟什么东西是最要不得的，为了在不削弱国家联系的条件下用改良的办法来改善社会的状况，究竟用什么来代替这些东西为好。在这些政治知识分子中，只有极少数人可能做到通过立法来实现自己的观点，或者试图去做到这一点。然而这些少数人的工作已经在历史上有所反映。已经进入这样的历史而又继续保持着像我国那种不受任何限制的权力的古老形式的国家是越来越少了。在最先进的国家里，按照契约原则建立的政府是通过由有选举权的群众选举他们信任的代表的方法组成的，并且尽可能地增加选民的人数。参加修订契约的权利越来越扩大：贵族允许平

173

民政治上的平等；第三等级同贵族和僧侣都混合在一起；议会改革法案放宽了资格；成年男子的选举权总的来说已经成为法定的权利；出现了妇女政治权利的维护者。但是不管选举权如何广泛，不管美利坚合众国的政治制度同亚洲国家的蒙古汗国或俄罗斯帝国的制度之间的差别是如何大，在这两种极端的制度中，正如所有的中间形式一样，仍有一个共同的特点，很多人都要服从他们从没有讨论过的或宣布自己对之不表示赞同的法律契约或阶级统治。国家在任何地方对于本国领土上的大部分居民来说都是一种强制性的义务。

这最后一句话正是体现了国家契约对个人的约束。一个人出生在某个地方。这个地方是某一个国家领土的一部分，因为时间多少已经久远的一些事件，把人们居住的整个土地都划分成了政治领土。一个人只要出生在这里，他就要服从这里的法律，虽然这些法律他并没有参与讨论，没有接受，而在大多数情况下也永远不可能参与讨论。然而这些法律却压制他，阻碍他的发展，反对他的真诚的信仰，并认为他是对法律不满的人。抛弃祖国是一个痛苦的决定，这个决定有时甚至是无法接受的，无论如何也是很难接受的。违背信念的服从是对人的尊严的损害。出路只有一个——这就是同一切可能的约束及其对人的可悲后果进行斗争，加入改良政党或革命政党的行列。我已经谈到了当前正在形成的一些政党必然要走的道路问题。不过现在我们应当注意另一种情况，即国内进行斗争的各政党的存在给国家机体造成的威胁，以及这一斗争常常给整个社会生活带来的混乱。由于在国土上存在着不满的人，因此国家不得不拿出无可比拟的力量去维护法律，以免遭到他们的破坏，保持自己在社会上的影响。这就使社会力量脱离生产活动和社会生活其他领域的活动，而转向（正如我们所看到的那样）按照进步的要求本应减少到最低限度的活动。这就加剧了社会的反对情绪，加深了社会成员之间的相互不信任，因而成为健康的社会合作的障碍。在这里，保守派的会议能使一个担任司法职务的很有能力的优秀法律家落选，因为他对最好的管理形式持另一种看法；在那里，自由派的编辑部不会购买一个自称是保守派的人的小说；在那里，一个植物学家教授被撤换的原因在于他对经济问题的认识在政府官员看来是危险的观点；在那里，一个狂妄的人被判处死刑，他的朋友也可能受到牵连甚至被枪毙。一个国家的领土越来越辽阔，由于存在各种不满的原因，不满的人可能就会越来越多；对他们进行监视也就越来越困难；需要花费更多的力量完成那种本来应该仅仅属于保卫者的任务，也就是说，花费在社会非生产方面的费用也就越来越大。加强这类措施又常常会加重人民的不满情绪，而社会制度的稳定性也就变得越来越令人怀疑。社会制度被越来越深的不信任和各种麻烦所破坏，这些麻烦通常是由一些无关紧要的事情引起的。即使事情尚未发展到暴动的地步，社会机体的一切正常活动也会出现反常的情况，社会道德日益败坏，社会团结也化为乌有。

在那些领土辽阔的国家，如果法律只是引起个人不满，而不是引起一些地区不满，如果法律在一些地区基本上是人们资源认可的契约，但在另一些地区却引起了人们的敌视，那么国家就会处于无比巨大的危险中。在全部历史进程中，很少根据人们的明确需要划分政治领土的边界。但是，即使政治领土的边界是根据时代的需要明确确定的，也不能保证各部分领土之间的合理联系是永远稳固的和合理的。居民在某个时代的需要还不等于他们在一切时代的需要，各种不同的利益为那些原先没有理由独立的地区奠定了获得独立的基础，社会在发展中也会这样来稳固社会成员之间的联系。分离主义会把模糊不清的动机当作非常明智的论据。但它却始终是削弱社会的因素。这里的"削弱"绝不应当被理解为是一个控制着10万平方英里的国家中心正面临着领土缩小两万平方英里，收入减少几百万法郎的危险。美洲殖民地的分离并没有削弱英国，就像印度和澳大利亚的独立大概也不会特别削弱英国一样。分离主义之所以削弱社会，是因为它是社会内部纠纷和不信任的因素；它引起一部分公民对共同事业的冷淡；并使另一部分公民花费（大部分是非生产性的花费）巨大的财力和人力来维护国家的统一，而这些财力和人力正是社会发展所需要的。如果分离的尝试归于失败，那么在胜利者和失败者的记忆里疑虑和敌对情绪仍会长期存在下去。即使分离实现了，也仍然需要时间来使遗留的敌对情绪平静下来，使以前不自主的盟友以及昨天的仇敌变为和睦的邻邦，变成全人类事业的同志和有明确目标的自愿的盟友关系。第一次法国革命的动荡及其所提出的广泛的政治理想终于消除了布列塔尼和法国南部对占优势的巴黎的恶感。约翰牛①和乔纳森老弟②对18世纪战争

---

① 约翰牛是英国的拟人化形象，源于1727年由苏格兰作家约翰·阿布斯诺特所出版讽刺小说《约翰牛的生平》，主人公约翰牛是一个头戴高帽、足蹬长靴、手持雨伞的矮胖绅士，为人愚笨而且粗暴冷酷、桀骜不驯、欺凌弱小。这个形象原来为了讽刺辉格党内阁在西班牙王位继承战争中的政策所作，随着小说的风靡一时，逐渐成为英国人自嘲的形象。——译者注

② 乔纳森老弟：美国人的绰号。——译者注

的记忆还没有消失，尽管他们之间现在相互亲近。里士满①周围墓地上的树叶还要多次变青，多次枯黄，一直到美国佬和土著的后裔完全感到自己又重新成为一个国家的公民时为止。所以，对于一些国家来说，在它们中间产生分离主义的倾向要比分离本身更加危险。在经济条件的差别、政权中心和落后地区政治作用的差别、人们的政治活动和政党的政治活动范围的差别随时都会引起不满的国家里，防止这种倾向便成为进步的目的。暴力可以掩盖和暂时推迟危险的发生，但对国家来说，这种危险会随着国内采取的暴力措施的增加而增加。第一，公民之间互相激怒的情绪正在增长，这也就是分离主义的最大的祸害；第二，暴力措施正在损害人的尊严，使习惯于这些措施的社会得不到任何发展。但是，社会上激怒情绪的加剧和公民尊严受到损害，是一种大大削弱国家和使国家在对邻国的关系上处于不利地位的现象，而国家同分离主义的斗争所能着眼的却仅仅是从外部来巩固国家。

事实上，如果我们细心地观察各个历史阶段，那么就可以发现，国家的大小及其各部分之间的牢固的联系，仅仅从对外关系的观点来看才是特别重要的。在小国与在大国一样，也会有社会经济的繁荣，科学和艺术的发展，个人权利的扩大和人们相互之间比较公正的关系。即使我们设想世界是由各个专制的村社组成的，我们也没有理由认为上述各方面的进步的程度会降低，因为广泛的经济的、学术的和诸如此类的事业是可以通过各村社之间专门为了一定

---

① 里士满：美国弗吉尼亚州首府。在美国内战期间，里士满是当时美国南方邦联的首都。——译者注

的目的而结成的联盟来实现的。

　　然而对外关系却完全是另一回事。一个有着稳定政权组织的国家，即使在同物质力量优于自己的国家联盟发生冲突的情况下，只要文明程度的差别不太大的话（就像波斯人和希腊人斗争中的情况那样），在战争中和在外交上会占据很大的优势。在保守准备斗争的秘密和努力追求外交目的方面，一个国家比几个专制国家的联盟要更加有利。且不必说，几个国家的联盟可能是不稳固的和虚假的，而在这种情况下，小国可能很容易被大国压制，可能成为大国掠夺的牺牲品，或者可能处于不得不追随大国的地位，这样一来，所谓的专制国家就仅仅是一个名义而已。不管怎么说，国家的对外关系将完全从另一个角度来提出小国和大国的问题。国家越小，它的各部分之间的联系就越薄弱，它的地理条件使它受到邻国掠夺的可能性就越大，它的独立所受到的威胁也就越大；因此这个国家的社会内部发展就越不巩固；它就不得不把更多的力量耗费在非生产性的、应付可能遇到的外来掠夺上，这笔庞大的费用也就沉重地落在该国国民的身上。显而易见，在这种情况下，虚假的理想化把国家的任何扩大都看作是实力的增强，而把国家的任何缩小都看作是实力的衰落。当然，有时国家的分裂会使国家削弱，但只有这一部分领土是国家机体的真正的有机组成部分，并且被邻国掠夺的情况下才是如此的，新成立的德意志帝国贪婪地掠夺了法国的阿尔萨斯和洛林，就是这样的例子。当然，对于遭受掠夺的国家来说，这种掠夺所造成的后果是沉重的，但还不能单从这个国家实际上被削弱这一点来看，更主要的还在于这个国家将在长时期内把渴望收复失地和报仇雪恨作为国家和社会关注的头等大事。然而掠夺的事实对于进行这种掠夺的国家所造成的影响则更为可悲。瓜分波兰的事实就证明了这一点，这几次瓜分对欧洲列强所造成的道德败坏的影响至今都还没有结束。现在阿尔萨斯和洛林及其顽强的分离主义倾向就证明了这一点。那些分离主义倾向根深蒂固的地区，常常会由于它们的脱离而使国家实力得到加强，而不是使国家走向衰落。然而，由于这部分领土的分离主义倾向在这一地区究竟有多深很难确定，由于在这方面发生错误是自然的事，以及由于往往会发生分离主义倾向符合一个居民阶级的利益而违背另一个阶级的利益的情况，因此，在出现问题的情况下，任何国家同本国一些地区的分离主义进行斗争和社会不得不在这一斗争中耗费巨大的力量，但是却毫无效果，这是完全可以理解的。只要其他想要进行掠夺的强国还存在着，任何一个社会都不会自甘软弱。但是各国相互之间的关系在很大程度上仍然保持着原始的掠夺性质。所有这一切都导致无法避免的后果。由于历史大国的存在是一个历史事实，因此对这个事实必须加以考虑，而当世界地图仍将只代表几个大国时，为了保证自己的独立发展，所有的社会很自然地都将力求联合成为强大的国家机体；而当一个国家已经联合起来时，它就会很自然地竭尽全力地捍卫自己的完整。

这样一来，我们就面临二者取其一的抉择。国家越小，在对外斗争中就越软弱，它丧失独立的外来危险也就越大；它只有在这方面使自己变得更加强大起来时才能捍卫自己的独立。但是与此同时，它的各个地区的利益差别、国家各中心地区和其他地区的政治影响的差别在增长，政治不满也在增长，因而被分离主义削弱的国家在遭受巨大的内部危险。

国家制度的进步当然在于致力解决这种抉择，即逐渐消除这种抉择所显示出来的两个不利的方面。这只有在国家尽可能少地限制国内的人的自由和使各个小的居民中心能有尽可能广泛的政治生活的情况下保持自己对外的作用时，才能在理论上做到这一点。

美利坚合众国已经作了尝试——这是迄今为止在历史上最广泛的一次尝试——这就是把一个相当强大的国家统一体联合起来，这个统一体能扩大到所需要的任何规模，拥有尽可能充分独立的主要中心。但是美利坚合众国在这方面是由一些极大的单位组成的联邦，这些单位不允许居民普遍参与州的政治生活的那些最重要的职能，因此不能保证州的全体居民都认为自己是真正赞同国家契约即州的宪法的。在理论上和实践上同样清楚的是，联邦的中央宪法还包含着许许多多的成分，这些成分后来可能转移到地方中心，而整个联邦并不失去它作为一个国家对其他国家采取行动的可能性。在1871年巴黎公社运动时期提出了政治联邦制的纲领，各个小的中心的自治比重很大，但是斗争的条件没有允许这个纲领发展到即使能称之为政治实验的程度。

由此可见，前面提到的抉择在任何地方都未能得到解决，但是只要把国家生活的两个方面即内部方面和外部方面更严格地分开，就能得到解决。如果建立更完善的联邦制形式，这一点也许是可以实现的，条件是要按照美利坚合众国的计划稳定地确定共同的领土，或者要有为了一定的目标而组成的临时的自由联邦，这在社会主义者所追求的未来制度下是比较有可能的。在第一种情况下，国家生活的外部方面——即国家在世界国家体系中作为单独的力量——仍然属于拥有统一领土的中央政权，它可能有扩大这一领土的自然愿望，但是当代历史使国家之间的关系的掠夺性变得越来越小，使国家之间的冲突变得越来越没有可能的时候，这种职能就会变得越来越不重要。国家生活的内部方面——即对于个别地区和个人在一定程度上具有限制和可能引起强烈不满的方面，——一定会越来越全面地转移到最小的中心去，因为这些中心容许几乎所有的成年人真正参加政治活动。各种各样的地方需要和地方文化一定会反映在当地的制度差别上，同时，受一个地方政治制度条件限制的公民可以转到在政治上享有同样充分权利的但更适合他本人生活理想的另一个地方去。在这种情况下，辽阔的领土不仅不会使一个公民受到限制，反而会使他感到更加方便，因为由于领土辽阔的关系，一个公民越来越有可能找到符合本人愿望的地方中心；同时，他仍保持这样的认识，以及他的生活的政治条件虽然为其他条件所代替，但是他依然忠于自己共同的祖国。在这种情况下，中央政权只能负责维护那些对整个领土通行的法律，构成这些法律的不是历史上形成的文化条件，也不是地方的要求或一时心血来潮的结果，而是有关全人类真理和全人类正义的不变的科学结论，也就是前几封信中指出的那些进步的条件及其直接的共同结果。这些法律的科学性和全人类性会自然而然地产生这些法律适用于所有的人，而不以社会文化的多样性为转移。这些法律的约束力和强制性只能有这样的内涵，即必须保护整个社会的进步条件，使之不为个人的爱好所左右，但是随着社会的发展，这种约束力会从国家的法律越来越转变为个人的信念，因而也就越来越失去自己的强制性，也就是说，国家制度有别于其他政治联系的特点将越来越消失。

在这种情况下，人们对法律强制性的态度就会完全不同于一切历史时期提供给我们的东西。不太文明的人总是比较容易适应文明，不太用脑思考的人就较少感受到现行制度缺陷的痛苦。而最文明的人和思考得最多的人对法律的强制性也就感受最深。在刚刚分析过的那种社会制度下，善于思考的人将很少在国家制度方面遇到困难，因为远迁的可能性使他们能够在不抛弃政治祖国的情况下生活在他们所选择的文明环境中，而全国性法律的科学性则可以使他们不必致力于改变政治条件，而致力于谋求个人和社会发展的切身利益。这样一来，人类生活中的国家因素，正如上面已经说过的那样，就会随着社会的进步发展而力求减少到最低限度。国与国之间冲突的减少将会降低国家因素在对外关系中的作用，而个人觉悟的提高和各种社会形式的真理和正义的实现则会减少来自国家总中心的对内强制性。由于地方政治制度的多样性和它同地方文化的一致性，以及由于个人有选择最适宜的政治制度而不必离开祖国的充分可能性，因此那部分可能会转到局部的小中心的国家职能也就会失去自己的强制性。这样一来，地方中心就会尽力把自己变成自由的社会联盟，国家则会力求把自己的存在和统一建立在理性的约束力的基础上，而不是建立在历史形成的强制基础上。国家契约一方面会成为人们的自由契约，另一方面会成为科学的成果。国家的联系差不多会完全转变为自由社会的联系。但是连国家制度的这种形式，也只能被看作是向各中心和集团的更完善和更自由的联邦过渡的一种形式，现代社会主义在将来所要实现的就是这种联邦形式。

读者会说，但是这一切在任何地方都是没有的，当前的国家都在互相戒备，不断地加强自己的武装，并用法律和惩罚严格地维护自己的完整。国家契约对于从来没有被问过是否同意这项契约的臣民来说是必须遵守的，在这里服从也是靠对惩罚的恐惧来维持的。科学仍然停留在讲台或书本上，并没有变为法典。

当然，现在的国家就其目前存在的形式来看，本身就包含着远远超过明显地追求进步倾向的以往的历史痕迹。还有许多人拥护对国家机构的虚伪理想化。希望国家成为一种本身力求不断减少到最低限度的社会保护因素的真正理想，不但在任何地方都没有实现，而且认识到的人也寥寥无几。我们不能责备现在，因为它是过去的必然结果。但在现在里面有进步的可能性，而对国家来说只有进步这一条道路可走。一切懂得进步和愿意为进步服务的人，都应借助于改革或借助于革命而努力使现在的国家走上这条道路。如果这条道路不能实现，政治制度的进步就是不可想象的，而政治历史也将成为社会病态的历史。

为了政治进步而提出降低社会中的国家因素的要求，会不会使其他读者感到是直接的矛盾呢？他会不会感到，如果为了整个进步要求而削弱社会中的这种因素，那不就等于一个进步的政党自己解除自己对敌斗争的最好武器吗？

关于在社会进步过程中不断减少社会中的国家因素的想法绝不是什么新的思想。其实，费希特早在他 1813 年出版的著作①中就提出了这个思想，从那时起，这个思想曾不止一次地被阐述过。无政府主义理论家把消除国家因素作为自己学说的基础，甚至在同进步的强大敌人进行顽强斗争的时代也都否认国家存在的必要性，不过这是难于使人赞同的。削弱国家因素当然要靠减少以国家力量来

---

① 费希特（1762—1814）：德国作家、哲学家。1813 年出版了《国家论》和《论国家或论原始国家同理性王国的关系》两部著作。

保存弱者、保护思想自由等的必要性才行。只要还存在着受法律保护的资本垄断者，只要大多数人甚至连起码的发展资金都还没有，国家力量就是那些为争取进步或促使倒退而斗争的政党力图掌握的必要工具。在这种情况下，具有批判思维能力的人只能把它当作是进行这一斗争的工具，会尽一切努力来掌握必要的工具，并用它来促进进步，镇压反动党派；但在使用这一工具的时候，争取进步的战士必须记住，它有自己的特点，这些特点要求进步的活动家格外谨慎地对待它。在斗争中关心强化所使用的工具是完全自然的事，不过从国家政权的实质来看，国家政权的强化在某种具体场合只要稍稍超出正当防卫的限度，这种强化就可能为社会进步带来危害。国家政权的强化总是同加强社会生活中具有约束力的强制因素一致的，总是要压制个性发展和批评自由的。这既是国家手段为进步活动造成的主要困难。这就是那些在条件不具备的社会里颁布进步法令的著名改革家造成失败和带来危害的原因。在争取进步的斗争中，要在每个具体场合确定使用国家力量的程度是困难的，但是看来还不如这样假定，即这些力量只有消极地加以使用，也就是用于消除现有的文化形式造成的束缚社会自由发展的障碍时才是有益的。不过，这是一个争论很大的问题。只要国家联盟在争取进步或促使倒退的斗争中仍然发挥强有力的作用，具有批判思维能力的人就有权把它当作工具来保护弱者；伸张真理和正义，给人们提供发展德、智、体的手段，向大多数人提供走上进步道路所必需的最低限度的方便条件；为思想家提供阐述自己思想的手段，为社会提供评价其思想的可能性；使各种社会形式增加灵活性，这种灵活性会阻止它们僵化，使它们成为可以改变的形式，这种改变将有利于扩大对真理和正义的理解。这不仅对当代国家来说是正确的，而且对个人在文明环境中所遇到的一切社会形式（如像在第八封信中所说的那样）来说也都是正确的。但是，在国家因素的辅助下，为了科学地实现人类对其他社会形式的需要而进行工作时，进步的活动家应当记住，国家组织的形式本身不符合任何特殊的现实需要；因而在任何时候都不能成为进步活动的目的，在所有的情况下它只能是一种手段，因此必须随着其他指导性的目的不断变化。在生命的机能极端紊乱的情况下，可能有必要用效力最强的药物来治疗。随着病人情况的好转，药量不断减少。医生知道只有当他的患者拥有足够良好的卫生条件时，患者才会健康起来，而治疗手段也就完全不必要了。

难道人类社会不是把符合社会卫生规则的健康生活当作自己的目的，而是把永久性的政治治疗当作自己的目的？

第十四封信　国家的自然边界

在上一封信中我谈了社会的政治进步问题，得出了这种进步就在于减少社会生活中的国家因素的结论。我必须指出，当代的社会制度在这条进步的道路上走得还不远，强迫国家的一部分居民服从没有经过他们讨论的国家制度，是当代社会的共同规则。这种情况由于下列原因使人们受到更大的压抑：各个国家为了能在国家与国家之间的斗争中取得更大的胜利保障而不断扩大，随着各个国家的扩大，它们不断占领在人的经济和道德需要方面越来越不相同的地区。当然，个人是没有力量反对那个占领他们居住的地方并使他们承担臣民义务的国家的。但是，为了保障个人能够避免这类经常不断的偶然事件，思想家们曾提出过各种各样的指明国家扩大自然界限的原则。如果这些原则能够确定下来，那就可以为每一个国家科学地确定它的存在的合法性或非法性，它所进行的征服战争的正义性或非正义性，一句话，可以科学地确定一套把地球表面划分为领土的理想办法。这样一来，任何一个国家都会有扩大自己领土的明确目标，而在偏离这一目标时它就会去嘱咐后代进行艰苦的斗争，这种斗争毕竟将以国家在某个时候恢复自己原来的自然边界而告结束。这种想法也许会把许多流血冲突和人们的许多痛苦从人类的历史上消除掉，因为应当这样假定：掌握着人民命运的某些领导人也许会明白过来，为了实际上同时代的自然潮流背道而驰的事情去流血和耗费资金应该是多么荒诞无稽的。

但是迄今为止，在这方面或多或少合理的原则连一个也都还没有被提出来过；在大多数情况下，一个国家的自然边界无非是打算对某一小块地盘进行掠夺的一个幌子而已。如果仔细看一下历史上有名的形形色色的占领者的活动，那么他们为自己的国家所追求的边界实际上仍然是自然边界，但却完全是另一种意义上的自然边界。他们遵循的是一条向他的野蛮小兄弟们看齐的非常简单的原则：能拿就拿；在这种情况下，实力的自然边界也就决定了国家的自然边界。世界国家一向是这些获得者的理想。不论政府的形式，还是征服者的种族和他们的文明程度，在这里都毫无差别。塔梅尔兰、路易十四、马其顿国王亚历山大、拿破仑一世、罗马共和国、威尼斯的贵族政体、北美的民主制度全都一样。

如果我们大洋彼岸的朋友们使自己的政治纲领仅仅局限于新大陆，那也无非是一种暂时的耻辱，因为，第一，控制美洲大陆的计划已经足够庞大，可以使以后的几代人找到很多要做的事情。第二，一个包含整个美洲大陆的国家将不可避免地统治世界所有的国家；因此，它们的独立只不过是一种表面现象。第三，如果实现第一个纲领，那还有什么可以妨碍制定第二个更为广泛的纲领？

迄今为止在确定各国自然边界方面所提出的各项原则中，只有两项原则值得特别注意：这就是战略边界和民族边界。

如果各国之间的本质关系就是斗争的话，那么对每个国家来说，把它最能保证不受侵犯的界限，也就是它能以最少的费用来保卫自己的领土不受侵犯的界限作为自然的边界，这是完全可以理解的。但是，只有在国家准备进行防御并有足够的能力来进行防御，而且防御者的力量并不逊于进攻者的力量时，这种界限才是适宜的；换句话说，只有当国家的防御能力即使在没有战略边界的情况下也很强大时，这样的战略边界才是好的。如果一个国家不具备上述条件，那么战略边界在任何时候都无济于事。宽阔的江河和浩瀚的海洋，如同高山峻岭、万里长城以及不值一提的四角城堡一样，都很少能阻挡住智勇双全的统帅。对于一个在物质上和精神上都强大的国家来说，到处都是名副其实的战略边界；在政治上遭到削弱的时候，这种边界只能在地图上存在。

最近时期民族原则对历史事变进程的影响越来越大。我在第十一封信里曾谈到过人同这个原则的关系以及一个民族在什么样的条件下能成为进步的基础。但是在那里不便于对那种使问题复杂化的情况即民族冲突的情况进行分析。如果不注意国家原则，要分析这种情况是不可能的，因为民族冲突或者表现为国家之间冲突的形式，或者表现为一个国家内部为维护国家完整和争取分离的斗争的形式。虽然历史不止一次地证明，战争在各个不同的民族之间是经常发生的，就像在属于同一个民族的各个社会之间经常发生的一样，但是最近有许多人认为，在防止未来的战争和内讧方面，被用以确定国家的自然边界的民族原则是一种最可能的手段。在这一方面这个原则表现出双重倾向：第一个倾向是积极的倾向——使同一个民族的人们联合成为一个国家；第二个倾向是消极的倾向——使人们脱离由异族组成的国家整体。现在让我们来看一看，民族原则的两个方面能在多大程度上被认为是进步的。

第一个方面可以概括如下：使所有通过语言、传统和生活方式而由文化联系在一起的人们都来履行同一个国家契约，这是自然的和公正的。——完全可以理解，对于那些在政治、经济和精神要求方面很不相同的人，也可能存在文化上的联系。用同一种语言的两个集团的人，可以有完全不同的环境。生活方式不同的人可能有共同的工商业中心，而生活方式相同的人也可能有不同的工商业中心。对于一个民族的一部分人来说，保卫自己的生存和防止邻国掠夺的利益，可能要求更加集中的管理和给政权以最高的特权，而这个民族的另一部分人由于所处的地形特点而具有不受外来侵袭的保障，因此无须这样的集中，而可能力求把国家契约的强制性减少到最低限度。在用一项国家契约把这些形形色色的集团联合起来的过程中，究竟有什么可以被认为是进步的呢？

一个国家的一部分居民出于他们的特殊利益和需要而制订的政治条文，要由该领土的另一部分居民予以履行，而他们同前一部分居民只不过是由统一的语言和其他的一些文化特点联系在一起的，难道能说这是一种进步吗？无论是对个别人的真正需求的了解，或者是对他们之间最真实关系的了解，都不能从这种通过强制性的契约人为地把很少有共同之处的人们联合起来的做法中得到好处；在这种联合中很少能在社会形式中看到正义的精神。这种联合给国土上的居民带来的只有相互的敌视，即分离主义倾向的根源，正如已经说过的那样，这个根源要比国家解体本身更危险。它把国家变成一个越来越抽象的整体，而不是一个生机勃勃的组织，在一个国家联合时越来越把靠行政组织和武力支持的契约的强制性提到重要地位，而不是把利益的一致性和文化习惯以及思想方面的问题的一致性提到重要地位。因此，一个民族的各个社会联合为一个国家丝毫也不能保证促进社会的进步，一个民族分布得越广——因而，由这个民族所组成的国家领土越大，那么就越可能是：国家契约对居民的约束将会更加厉害并将成为社会进步的更大障碍。

但是仍然有理由认为，一个民族的国家联合与其说是促进社会的进步，不如说是阻碍社会的进步。我在前面几封信里谈过，通过对社会某一原则的理想化，靠这个原则培植了享受这种理想化好处的少数人，并且由于社会的稳固，少数人就负有把这些好处普及到多数人的责任。虽然这是道义上的责任，并且包括少数人本身的利益，但是正如历史上人们知道的那样，这样的任务是在极为有限的范围内实现的。相反，曾经享受过这种文明福利的少数人出于存心不良的利己主义，却想自己独占文明的大部分利益，而留给大多数人的只是文明的重担。国家组织通常成为并且也能够成为实现这种意图的最得力的工具。垄断文明的少数人企图靠国家组织来巩固自己的文明的利益，镇压任何想要改变社会正常秩序的尝试，而这种改变的目的就是要把个人之间的公正的关系带进社会。但是由社会的苦难所引起的这种尝试是由个人进行的。出现了旧法律和旧政体的反对者。改革家们进行了宣传。成立了现行制度的反对派政党，这些政党在某种程度上是朝气蓬勃的。正如我们已经看到的那样，这是社会进步发展的唯一道路。因此，社会进步要求使个人有可能试图对现行的社会制度持批判态度，宣传自己的思想，把志同道合的人团结在自己周围和建立能为争取更正确地理解和更公正地实现社会任务而斗争的政党。否则合法改革的要求就会转而准备进行革命。反对派会变成暴动者；在有利的条件下，他们会变成革命者。当然，这种争取社会进步的个人斗争所使用的主要武器是宣传或鼓动（包括口头的或文字的），所用的语言就是其制度受到个人批判的和人们为了自己的改革或革命的目的而必须对之施加影响的那个社会的语言。然而，同样不可避免的是：为了保护少数人独享文明的国家组织要特别打击的正是这些人。所以，如果所有使用这种语言的人都住在一个国家的领土范围内，那么个人就很难对该领土的居民施加影响；批评的思想变得薄弱了；改良政党和革命政党的建立遇到了很大的阻力；试图把社会推上更进步的道路的人大部分都在斗争中牺牲了，社会的进步缓慢下来了。相反，当几个独立的国家使用同一种语言时，那么它们之间不仅在政治势力范围内，而且一般也在思想领域内很快就产生了竞争。那些由于怀有批判意图而使自己在一个国家遭受和可能遭受迫害的人可以在另一个国家找到避难所。他们的思想在自由中得到了加强。两个国家的文化条件的共同性使语言和思想容易从一个国家传播到另一个国家，而不管存在什么样的障碍。进步的政党加强了，社会中实行进步改革的可能性变得更大了。

历史上有许多例子都证实了这一情况。希腊世界由于分成了一些独立的中心，因此这不仅在自由共和国时代，而且甚至在专制的狄亚多希[①]时代，都促进了希腊思想的发展。罗马国家的统一压制了批判思想的发展。欧洲的封建世界，尽管它的文明还处在野蛮状态，它的文化极端贫乏，但却为讽刺文学和论战文明奠定了基础，

---

① 狄亚多希是马其顿国王亚历山大大帝的各个将领。他们在亚历山大大帝死后为争夺政权彼此进行残酷的厮杀。——译者注

在宗教裁判所和草菅人命、无视人的自由的统治者独断专行的恐怖时代，这种文明的勇敢精神几乎是不可想象的。对旧法兰西的批判在波旁王朝之所以成为可能和有权威，只是因为路易十四或路易十五都无法阻止法国文学在他们的国家边界以外的讲法语的居民中间存在。如果德国的大学不是分散在那些像古代的狄亚多希一样尽管自己喜欢专制制度，而是在思想领域进行竞争的各个独立的城邦，德国的哲学思想未必就能得到如此光辉的发展和对自己的对象有如此独立的见解。甚至就古代的罗斯来说也可以发现，罗斯北部对罗斯南部的优势和后来莫斯科对罗斯的优势，在独立自主的民权丧失的情况下，是随着思想研究的削弱而向前发展的。在莫斯科罗斯，批判就只能通过斯切潘·拉辛①起义和分裂运动的形式才得以表现出来。

由这一切得出的结论是，各民族分散成一些独立的国家，要比讲某种语言的整个民族联合在一个国家的法律之下更能促进加入该民族的各个社会的进步。正因为如此，进步政党更加关心那些在本国政治边界之外但和自己国家是同一种语言的地区的独立，而不是关心把这些领土并入一个国家。当然，具有健全思维能力的法国进步党人在第二帝国时代本应看到，保持比利时和日内瓦独立要比它们加入拿破仑帝国要有利得多。在不存在这种独立领土的地方，进步政党则应尽量关心这些独立领土的形成，因为它们对于个人的自由批判、独立思想的传播和进步政党的强大是一种重要的辅助手段。总而言之，划分领土的民族原则不应该被认为是进步，一个谋

---

① 斯切潘·拉辛（约1630—1671）：俄国农民起义军领袖。——译者注

求国家自然边界的民族如果把这种谋求看成是一种进步，把所有讲这个民族的语言的人都并入自然边界之内，那是极其错误的。

民族原则的消极面具有更大的意义。语言和文化习惯的差别在多数情况下决定经济、政治和思想方面的差别程度，足以使国家的统一在这种条件下成为极其苦难的事。在各个不同的民族联合为一个国家时，把这些民族维系在一起的契约多半对一个民族有利而对另一个民族是一种约束，并引起它们之间的相互敌视。冲突的结局要么是最强大的民族吞并最弱小的民族，逐渐抹杀它的民族特点；要么是国家的统一越来越趋向变成几个独立国家组成的联邦。在这种情况下，最弱小的民族为了全力保全自己的生存，便力图组成一个特殊的国家，这是完全自然的事，因为否则它们就会受到灭亡的威胁。争取自身生存的斗争是完全合法的斗争，而渴望保持国家的独立在这种情况下也是完全自然的。同样，由于各个大国之间的斗争，就像我在上一封信中所说的那样，国家政权努力保持国家整体的统一也是自然的事。在这种情况下，两种自然倾向便发生了冲突，但是关于正义和进步的问题却同任何问题都没有不可分割的联系。正如社会党派的各种旗帜一样，无论是为了实现民族原则的分离主义也好，或者是力图保持国家统一的努力也好，在一种情况下可能是进步的现象，而在另一种情况下却可能是倒退的现象。问题的答案取决于各种情况的总和，而不是取决于其中某个个别的情况。

每个民族在其历史的某个时代能在多大程度上得到思想家的同情，要看它在自己的文明形式中谋求实现真理和正义的程度。当各个民族在国家统一或分离的问题上发生冲突时，凡是对思想领域的问题持批判态度和积极谋求真正实现更正义的事业的民族，都希望为了进步而赢得胜利。一个民族如果要求依靠数量上占优势的粗暴力量，依靠同科学格格不入的传统，依靠早已过时的历史时代，依靠那些在某个时期保护掠夺者权益的契约条文，那就会在各个民族的历史冲突过程中自己给自己签署判决书。历史与其他自然过程的区别正是在于历史的现象并不重复，过去的事情给它留下的只是回忆而已。如果为了过去可以改造现在，那么这样的改造就会无休无止，因为在半个世纪之后，然后一个世纪之后，两个世纪之后，等等，各式各样的冲突和希望，各式各样的英雄和恶棍。过去的已经过去了，它不可能成为现在的裁判。现在的裁判就是那个在现在的真理和正义的理想（即在现在的思想家头脑里存在的那种形式的理想）中尚未得到实现的未来。

思想家面对的是不能改变的自然规律，这是一切事物的基础，任何最美好的愿望、最符合真理和正义的愿望都不能违背这个规律。思想家面临的物质、思想和道德力量在现在的实际分配，是一种由过去的历史所决定的分配，为了新的理想也不能不承认它，因为它已经实现了。思想家面临的是历史在他周围和在他自身形成的真理和正义的理想。在这些理想中蕴含着未来的动力，这些动力的作用则受到不能改变的自然规律和历史规律的现有基础的限制。为了这些理想，也仅仅是为了这些理想，可以宣布现在的力量分配是正确的。其他任何权利在当前的历史法庭面前都不可能得到承认。一个民族想要在对自己不利的条件下通过争取生存的斗争来保存自己，就必须宣布自己是未来的美好要求的代表，而不是指靠不可挽回的过去。一个民族想要居于其他民族之上，就必须抛弃所有那些用陈腐的原则来禁锢各族人民生活的东西；必须在思想领域里尽可能严格地进行批判，在生活领域里尽可能更好地施行正义。不这样做，各民族的国家发展便没有牢固的基础。如果它们把过去的幽灵作为自己的旗帜，那么不管人们怎样英勇，不管弱者反抗强者的殊死斗争的大无畏精神总是怎样赢得旁观者的同情，它们的生存也将始终是不稳固的和空虚的。如果一个民族把自己束缚在毫无生命的僵死的原则中，那么无论广阔的领土或庞大的物质财富都不会使它在各民族中享有巩固的统治地位，因为它的思想将是没有意义的，它的最美好的愿望将是无法实现的，它将不得不在思想和道德方面听命于比它软弱得多的那些民族。只有在真理和正义之中才蕴含着各民族的力量。

因此，在为争取国家统一或分离的斗争中，一个完全放弃了过去的幽灵并给思想领域带来批判和生活领域带来正义的民族把哪些因素作为它的旗帜，这就是权力的代表。国家是一个抽象的概念，如果这个概念不包含实际内容，那么它就成为一个偶像，对它贡献和牺牲是毫无意义的和不道德的。只有正在发展中的个人才能赋予概念以实际内容。只要把真理和正义的要求注入国家的概念之中，人就把偏见的偶像变成最高社会理想的不可分割的成分，为了这个理想，任何牺牲都是合理的和正当的。虽然离理想还很远但在逐渐实现理想要求的地方，民族分离作为一个无法解决的问题正在逐渐消除。美利坚合众国的例子就证明了这一点，在那里已经是整个世界移民的第二代了，有的在第一代就成了美国人。在有史以来最好的一部宪法面前，在规定种族权利平等（这种权利平等是专门用来反对奴隶制的）的法令面前，南部诸州的分离主义者是无权显示自己的。另一方面，欧洲和南美的许多分离主义者却经常要求拥有自己理所当然的权利，那些因为其完整性受到分离主义者奋起反对的国家，绝不容许在思想领域中进行自由批判和在社会形式中实现正义。在这里，分离主义者在分离时所追求的国家理想越进步，权利就越倾向他们。而维护国家统一的人和分离主义者由于意见不同和过去的幽灵而争论不休，因而很少把现时代的理想列入自己的要求，那里不是为了进步、不是为了人的愿望而进行斗争；那里的思想家由于舍不得花费力气和流血而退缩不前。那里只有历史传奇剧的爱好者贪婪地注视着角斗士的流血斗争，注视着呼喊各种口号的过去时代的骑士的狂热的自我牺牲。荷马艺人将永远歌颂阿喀琉斯和赫克托耳，但是为争夺美丽的海伦而进行的斗争对亚里士多德能有什么意义呢？

当一个民族满怀真理和正义的要求、决心同过去决裂和为进步服务时，它就有权坚决从约束它的意愿的国家统一体中分离出去；或者如果它已经获得了国家的优势，它就有权采取最有力的措施来维护自己的政治组织（连同处于低级文明阶段的邻国一起）的稳固性以及物质力量。进步的民族有权从不进步的国家分离出来。进步的民族也有权镇压那些历史上同自己订立国家契约的不进步的民族的分离要求。但是这后一种抽象的权利任何时候都没有实际运用过，因为一个进步的民族不应当同一部分领土上的全体居民的分离主义进行斗争。而同这部分领土上的居民的某个阶级进行斗争则要另当别论。例如，美国北部诸州反对的不是南部诸州的全体居民，而是极力维护自己对多数人统治的少数人。因此，斗争只有在这样的情况才是正当的：捍卫国家统一的民族不仅在不断地改善大多数受压迫者的状况，而且比试图分离的民族能给他们真正带来更高的社会原则。美国的情况就是如此。

这里我们遇到一个已经研究过的问题：如果国家原则在其进步发展中应该降到最低限度，那么进步政党是否应当避开国际政治问题而完全转向社会活动的其他方面呢？由于已经说过，历史条件是可能进行任何活动的基础，因此就应当从这些条件中去寻求问题的答案。由于最进步的政党还只占人类的少数，并且由于最进步的民族面临邻国暴力掠夺的危险，所以它们必须准备斗争，必须捍卫进步，使进步具有更多的物质力量。这样一来，进步政党在一段时间里不仅有义务通过批判来捍卫自己的思想和通过说服来实现这些思想，而且还有义务利用现有的国家组织来同领导其他国家的敌对政党进行斗争。

当然，这仅仅是由于国家关系的掠夺和政治战争的危险所引起的暂时性义务。我们看到，政治进步在于把社会中的国家因素减少到最低限度，也就是在于消除政治契约对赞同该契约的人的任何强制性。由于这种进步会把分离主义倾向消灭在萌芽状态，因此各民族之间发生冲突的借口和一些民族以国家统一为名压制另一些民族的借口就会随之消失。与此同时，关于国家自然边界的问题也就将失去它的意义。经济、文化或科学的暂时利益应当使社会互相接近，并确定具有一定宗旨的联邦的临时版图。这个宗旨改变、扩大和缩小联邦的边界，这个边界始终是自然的边界。至于说到最高的统一，那么正如我们在上一封信中所谈到的那样，必须由全人类的科学巩固下来，而对于科学来说自然边界在任何地图上都是无法划分出来的。

可能应当追求的前途就是这样，读者可以同意，也可以不同意我的意见，不过对于过去的事，读者当然很清楚，事实并非如此。国家内部的强制性原则和国与国之间的掠夺关系占了优势。这种状况给少数在智力和毅力方面出类拔萃的人造成了最大的困难，这是很自然的事。因此很清楚，过去的先进人物的智慧和毅力通常最明显地表现在政治问题上。当强制力量掌握在那些与强制本身有利害关系的人的手里时，自然就会发生滥用强制力量的情况。而这种滥用则很可能导致出现反对派，成立政党，引起各种力量的斗争，正因为如此，历史的最引人注目的一面就是国家斗争的历史。制定国家契约的权利实际上属于谁？个人和社会在多大程度上影响国家契约的制定，反对它的不妥之处和要求对它进行修改呢？谁会毫无异议地遵守国家契约呢？争论这些问题的主要原因在于人们为了争夺王位、争夺高官显爵或大臣职位而进行的斗争，各个政党在报刊、议会等大庭广众的论战中进行的斗争；各个民族为争取独立或征服其他民族进行的斗争；各个国家为争取优势而进行的斗争；优秀人物为争取政治进步而进行的斗争等。

但这是历史的最显而易见的一面，是它的戏剧性的外表，是它的五光十色的服装。善于思考的历史学家的兴趣是要在这外表下面寻找更本质的东西。最富于戏剧性的时代有时只是证明把力量消耗在不太重要的问题上。最富有才干的人有时竟把自己的智慧和精力浪费在最微不足道的问题上。活动的胜利和成就还不能说明个人作为崇高的人的意义。历史的前景应当说明这些事实与人类进步的意义相一致。那些对扩大进步有着极为重要作用的因素，在它刚被察觉出来的时候可能是有意义的。而那种随着社会的进步就失去了自身意义的因素，是没有什么权利引起历史学家的注意的。

随着社会的进步发展，社会中的国家因素逐渐减少到最低限度；因而对于想要在人类历史中进行某种探索的人来说，政治历史是没有多大意思的。在各个国家每一次发生外部冲突时，就像在它们每一次发生内部动荡时一样，历史学家应当首先问一问自己：哪些非国家因素在这次冲突中、在这次动荡中起了作用？应当要求每个有影响的活动家总结一下：他在减少强制性的国家因素对社会的影响方面做了什么？他在多大程度上促进或阻止了非国家因素的进步？从这个意义上来说，国家的扩大和瓦解、广泛的征服措施、流血的战斗、外交计谋、行政命令正在获得新的意义，但已经完全不是从前历史学家的心目中所具有的那种意义了。这些现象本身并没有什么重要性，因为它是一种历史的气象过程。猛烈的飓风、地震、瘟疫，特别是美丽的北极光、孪生婴儿和畸形婴儿的不寻常的降生，都是与以上过程具有完全同样意义的事实。在这两种情况下，对于一个学者来说，事实的重要性不在于事实本身，而在于事实的结果或事实的原因。事实引起人们的注意和对它的精心研究，目的是为了找到身心的基本现象的新的普遍规律，或者为了在未来造成事实的有益分配或消除有害分配。是什么样的需要和思想造成这种或那种政治现象呢？这种或那种政治现象在多大程度上促使新的需要的出现和旧的需要的改变呢？它在多大程度上动摇或巩固原先的文化呢？它在多大程度上推动了思想的进一步发展呢？这是涉及每个政治现象的重大历史问题。接着而来的还有其他一些问题：在多大程度上可以根据这一现象来研究人的心理过程、人的思想的灵活性、人对个人发展和正义的企望？在多大程度上可以根据这一现象来研究社会文化对人的心理生活的影响？解决第一类问题就会指出政治事件本身的历史意义。解决第二类问题就会说明这些事件作为人的心理学和社会学的资料的重要性。在这两种情况下，自然科学高级部分的任务或文明历史的任务都将使政治历史具有重要的意义。

第十五封信　批判和信仰

在前面的信中，我研究了最主要的口号，也就是通常在社会政党旗帜上的口号，对于一切政党而言，它们实际上正确表达了以前的理论：任何一个口号本身不是进步的表达；因为由于各种情况，它或者代表反动，或者代表进步，它或者具有重要的意义，或者是空洞的辞藻。错误的唯心主义通常研究这些口号，用它们掩盖那些完全外在的、根本不高尚的本能，忘记了那些可以真正理想化的自然需求。因此，伟大的思想，历史的动力，只有在它们的具体意义上，只有在某些情况下作为某些个人的旗帜时，才是真正伟大的思想。只有对它们的具体历史内容的长期批判才可以使人相信旗帜上的口号是夸夸其谈的大话，个人不应该追求虚幻，也不应该成为精打细算的自私自利的阴谋家手中的工具。

在这些信中经常看到"批判"一词，读者有权问我：如果个人永远批判，而且只批判，那么批判是否消耗自身的行动力量？批评意味着不相信，意味着犹豫，意味着充分考虑是赞同还是反对。但是生活是否永远有闲暇？当有人在我们的眼前快要死去时，是否有时间思考，救他是有益还是有害？当政治风暴由于一个偶然的理由鼓动社会和群龙无首的大众时，可能冲到错误的道路上，可能把朋友视为敌人，把敌人视为朋友，或者由于犹豫不决失去自身的一切力量和自身的灵魂，那时难道明白真实情况的公民有权犹豫不决吗？有权错过机会吗？在办公室里美好的东西可能不适用于户外；对学者必要的东西可能对于社会活动家是有害的。

这是正确的；但是问题在于，批判是一生的事业，是人应该获得和掌握的习惯，由此才能称之为思想成熟的人。当人们看到一个危在旦夕的人时会心情不好，难道不去想也不去考虑是否应该抢救这个奄奄一息的人？与历史运动格格不入的人没有权利认为自己是社会活动家，因为人民的爆发在他的意料之外，他仍然犹豫不决和仔细斟酌：说什么？做什么？去哪里？真理在哪里？什么旗帜是这个时代的旗帜？激发人果断行动的时代是很少的，整个一生都在为它做准备。当个人面临非常可怕的个人情况或社会环境时，没有人会说：去做你自己应该做的事。因此每一个人都应该时刻准备着。人在培养自身的同时，解决各种各样的生活问题。人在了解各种各样的历史风暴的同时，培养自身加入需要他的斗争。他不是事情开始的时候需要批判，而是为了这件事需要批判。

这个呼唤批判的时刻到来了。社会已经从长久的冬蛰中愤怒地苏醒过来。反对党的旗帜到处飘扬。批判完成了自己的事业。人在总结自己的体力、智力和道德力量的资本时，把这个资本投入事业中。他的批判越严厉、越谨慎、越冷静、越广泛，他的信仰就越强大、越激烈。

确实，信仰，而且只有信仰可以移山倒海。在行动时它应该被人掌握，或者在必须发挥自己的一切力量时它是无能为力的。不是敌人对战斗的党有害，而是没有信仰的冷淡主义者对它最有害，因为他们在他们的队伍中，在他们的旗帜下，有时比最忠诚的领袖更大声地宣传他们的口号；当那个时刻到来时，必须行动时，对他们有害的是那些反对批评这些口号的人，当战斗开始时，对他们有害的是那些进行批评的人，犹豫不决的人，准备战斗的人。

最有力的语言通常可以赋予它们各种不同的意义，但是那些相互争论的人几乎是没有信仰的，正是由于误解，争论双方使用同一个词表达完全不用的对象。

完全没有必要把各种各样的宗教文化、神话、教义或者哲学世界观与"信仰"一词联系起来。人由于自己的信仰为神话和教义辩护、鼓吹，举行各种祭祀仪式，但是这只是信仰的表现之一。准确地说，也完全没有必要把"信仰"这一术语与超自然的认识联系起来。日常生活、自然和历史及其多样性为信仰提供了非常广泛的材料；那个怀疑一切的人可能最具有信仰，因为在对世界的观察中一切都是不同的。

信仰是心理学或者外在的活动，在其中有意识，但是没有批判。当我被认识控制时，我已经无法选择，而且它成为选择其他认识的基础，因为我相信这个认识。用其他人的话来说，当我行动时，我在思考如何完成它，而不是思考是否需要完成它，因为我相信它。当我提出目标和反对批判达到目标的方式时，我相信我的目标，而不是目标本身。

因此，信仰与批判相对立，但只是在有限的意义上。人不会批判他所相信的东西。但是丝毫不排除特殊情况，例如，今天信仰的对象可能是昨天批判的对象。相反，这样坚定的信仰是唯一合理的，唯一可靠的。当有这样或那样行动的理由时，行动就是对信仰的检查；但是如果我的信仰不是批判的结果，也就是说，它没有遇到反对的情况，那么谁能保证，在行动时鼓舞我行动的理由与这个信仰不一致时会不会动摇这个信仰呢？

只有批判可以建立坚定的信念。只有培养自身具有坚定信仰的人在这些信仰中可以为坚定的行为找到充足的信仰力量。因此，信仰与批判不是在本质上，而是在时间上对立：这是思想发展的两个不同方面。批判为行动做准备，而信仰激发行动。

形象是在艺术家的想象中形成的。艺术家对它进行严格的科学批判和美学批判。这种批判在艺术家的加工中具有越来越多的艺术形式。完整生动的形象呈现在艺术家面前。他选择画笔或者雕刻刀表达自己的理想，因为他相信它的生命力，相信它的美。否则他的活动是犹豫不决的，是缺乏灵感的。当绘画或者雕塑是客观的，艺术家才可以开始新的批判过程，因为他对自己的作品不满，可能会破坏作品。但是批判不参与艺术创作的过程，而生命力的信念参与这个过程。

学者认真确定和仔细研究事实。他们不由自主地在思想中形成一些假定的规律。他所知道的其他事实自然而然地出现在他的记忆中，证明、补充和加强已经发现的科学推论。他一遍又一遍地检查。批判完成了自己的事业。他相信已经发现的真理。他走上讲台向学生宣布新的科学发现。他总结经验，及时防止反对意见，提出一种推论，说明新的可能发现。这个时候他已经不再批判，也不再犹豫：他相信充分批判的力量，他宣告新的真理。在他没有相信时，他没有宣布它，那是因为批判的价值高于一切。

　　人在与他人越来越接近时，认识到他的优点和缺点；知道他的朋友喜欢什么，然后可以理性地对待各种不同的对象。在这个时候，必须依据朋友的意见这样或者那样行动。这是以前的批判过程产生的结果。人相信或者不相信自己的朋友。他在自己的信念的基础上决定和行动。

　　生活和社会历史对人提出这样的问题。人培养真理和正义的理想，一方面在这些理想的影响下不断发展，另一方面在日益积累的生活经验和批判的思想过程的影响下发展理想。人研究他周围的社会文化，研究他不断完善的思想活动，研究现代政党的各种口号的具体意义。他承认没有完美的过程，但是在历史上有最好的，也有最坏的。他知道没有完全的真理和正义，没有绝对的恶和谎言。但是他明白，在这些历史条件下，斗争只有与这些政党联合才可能成功，只有这些政党可以一个又一个地挑战胜利。当一个政党比另一个政党更好时，进步只有通过它的胜利才是可能的。它是最高的真理，是最高的正义。当然，善于思考的和真诚的人认识到它的缺点，尽力通过自己的影响减少和克服这些缺点，增加真理和正义的比重，这也是他的时代的最好的政党的目标。如果它是强大的，那么他可以表达自己的意见分歧，违背它的领袖，特别是举起自己的旗帜。但是冲突的历史时刻到来了。一切社会力量呼吁争取进步的斗争，或者呼吁维护反动势力的斗争。置身事外——意味着削弱最强的力量。他相信，这是最强的力量，为了信仰靠近它们。批判和分离的时期过去了。所有最优秀的人为了争取可能的进步联合起来。所有人会加入这个政党，因为它承诺最好的未来。人越是严格地批判地研究各种政党的缺点和优点，越是根据自己的批判坚信这个政党有最好的未来，就越是更加愿意为这个选举产生的政党奉献自身的力量，他与这个政党的敌人进行斗争，为这个政党的胜利欢呼雀跃，为这个政党的失败痛苦。思想的批判没有减弱，但是它的时代过去了，它将重新到来，一旦它到来将是有利的时机。

当不需要做出让步而是必须树立新的旗帜和向人类提出新问题时，激励个人行动的信仰将更加强大和更加全面。社会痛苦和批判思想发展了个人的信念。它是孤独的，几乎没有同情它的人。可能，历史风暴在不久前已经消灭了那些斗争的人，他们是为了个人认可的真理和正义而斗争。从各个方面压制古老的文化习俗和传统。敌对政党的思想具有强大的、聪明的和既定利益的代表。如何使个人不气馁？为什么他认识到了自己的无能为力，但是没有采取疯狂的措施？尽管阻碍重重，尽管大多数人漠不关心，尽管一部分人胆小，另一部分人可耻，尽管敌人嘲笑，那么是什么激励他投入斗争？这就是信仰。批判使人相信真理和正义就在这里。他相信，对于他显而易见的真理和正义对于他人也是显而易见的，他相信，激励他行动的思想将战胜他周围人的冷淡和敌对。失败没有使他气馁，因为他相信明天。他把古老的习俗与自己的个人思想相对立，因为历史告诉他最根深蒂固的社会习俗也将在真理面前崩塌，他相信真理是唯一的。他把用国家力量武装起来的法律与自己的个人信念相对立，因为法律和国家力量都不能使他所相信的真理和正义成为错误的和非正义的。他在敌人的打击或者局势的压制下牺牲，要求志同道合者像他一样斗争和牺牲，如果只相信他为之牺牲的东西。

对此根本不需要超自然的因素。五彩缤纷的神话、无法理解的教义、庄严的祭祀仪式丝毫没有使那些决定为信念生活和牺牲的人具有更强大的力量。确实，在人类历史上更多的是人为的虚幻的宗教和形而上学斗争和牺牲的传说，而不是人为的真正的信念斗争的传说。对虚幻的信仰是可能的，正如对进步思想的信仰。不善于思考和不善于批判的人只有在宗教信仰的过程中才能达到英雄主义，这个过程成为他们唯一的特征，在历史中使他们成为宗教信仰的英雄。善于思考和批判的人通过批判的方式培养信仰的英雄主义，这使他们在生活中进行许多艰苦的和不懈的斗争，使他们牺牲许多幸福，甚至生命，传记作家们虽然全面地介绍他们崇高的智力活动，但是有时没有足够重视甚至忽视了这种信仰的英雄主义。乔尔丹诺·布鲁诺①的火刑并不逊于圣劳伦斯、扬·胡斯②、斯宾诺莎、费尔巴哈的思想，施特劳斯家族③可以忍受贫穷，忍受古代和现代宗教的排斥。共和主义者坚定地死在君主主义者的子弹和刀剑下，正如君主主义者死在议会的断头台上。在所有党派的斗争中那些为了信仰时刻准备牺牲的人，那些为了我们公认的真理和正义时刻准备牺牲的人，既不留恋时间和舒适的生活，也不留恋亲人和生命。信仰甚至可以激励那些没有优点的人。信仰也可以激励那些反动的政治活动家，他们流血牺牲和竭尽全力地阻止他们不能阻止的历

①　乔尔丹诺·布鲁诺（1548—1600）：文艺复兴时期意大利思想家、自然科学家、哲学家和文学家。1600年2月被罗马宗教裁判所施行火刑。——译者注

②　扬·胡斯是14世纪的捷克宗教思想家、哲学家、改革家，曾任布拉格查理大学校长、布拉格伯利恒教堂神父，是捷克的骄傲。1415年因异端罪名被处死。由此激起捷克人民的极大义愤，引起了胡斯战争的爆发。著有《论教会》一书。——译者注

③　施特劳斯家族是19世纪奥地利维也纳著名的音乐世家，主要指约翰·施特劳斯父子，即父亲老约翰·施特劳斯（1804—1849）和他的三个儿子——小约翰·施特劳斯（1825—1899）、约瑟夫·施特劳斯（1827—1870）和爱德华·施特劳斯（1835—1916）。——译者注

史。信仰还可以激励思想的受难者和进步的英雄。

因此信仰是真理和谎言、进步和反动的发动机。没有信仰，进步是不可能的；没有信仰，任何自我牺牲的活动都是不可能的。但是它不是进步运动的充要条件。我们在哪里看到英雄主义和自我牺牲，我们在那里就无权断定存在进步的目标。只有以严格的批判为基础的信仰才可以促进进步；只有批判才可以确定生活的目标，也就是思想成熟的人可以相信的目标。

善于思考的人形成了对利益、真理和正义的认识。有信仰的人为他们相信对他们有用的和合适的东西而斗争；最优秀的人为他们的真理和正义而斗争。这些人的信仰越强大，斗争就越激烈。思想越软弱，批判就越不充分，对有用的、合适的、正确的和公正的认识就越全面，在人类毫无意义的斗争中就越容易失去力量。虚幻可能有无限的多样性，它们可能越多样，就越远离现实。我在第四封信中所说的进步的可怕代价主要就是源于虚幻的认识，没有经过充分批判的认识。人越是相信每一个人的利益与他人的利益相敌对，就越在反对剥削者的公开斗争中，在不怀好意和相互不信任的人的秘密斗争中耗费更大的精力。人越来越相信应该有神秘的宗教仪式、虚幻的教义和神话、划分等级和阶层的礼仪，他们就越消耗自己短暂的生命，几乎没有给自己留出真正发展和享受的时间。他们的真理有越多的谎言，他们的正义就越不道德，他们的思想就越糟糕，生活就越繁重。深刻的信仰，自我牺牲的英雄主义大部分白白地浪费，因为它们没有依据充分的批判。

随着虚幻在思想活动的影响下不断消失，随着虚幻越来越接近现实，可能减少斗争和力量的耗费，因为以最好的批判为基础的新信仰导致和解，而不是敌对。相信唯一的科学真理，在真理中区分虚幻的创造，在思想的领域消灭敌对。相信人格尊严的平等权利是唯一的正义，消灭民族、法律、阶层和经济的各种正义之间的冲突，消灭支持这些偶像的一切斗争。相信个人的发展和正义是唯一的责任，在努力传播真理和正义的过程中调解个人的所有目标，克服由于虚幻的义务所浪费的力量。相信每一个思想成熟的人的最高利益与最大多数人的利益是一致的，这个原则将导致在进步的道路上最低限度地消耗人类的力量。这些信仰的崇高影响恰恰是因为它们不是通过宗教思想形成的，它们没有任何超自然的因素，它们不需要神话和秘密。它们是依据严格的批判，依据在自然和历史中对现实的人的研究，它们只有当呼吁个人行动时才成为信仰。它们的主要信仰是人。它们的宗教仪式是生活。虽然它们不是宗教信仰，但是它们能够激励个人自我牺牲，激励个人牺牲各种幸福生活，甚至激励个人在圣台上牺牲自己的生命。

有些人反对这些信仰，甚至反对它们仅仅属于杰出的少数人。确实如此。人类的进步是非常少的，但是它的代价是巨大的。历史既不会在今天终结，也不会在明天终结，而且进步的未来仍然属于以批判为基础的信仰。

但是进步的未来是否是可能的？现实的历史进步在这里所赋予的意义上是否是可能的？

到目前为止，准确的预见在历史上仍然是不可能的。由于非常复杂，由于缺少不断增长的个人信念，气象学不可能预见欧洲在1872 年 9 月的天气情况，甚至对大陆在人口和植物数量变化等影响下的气候变化的预见也大部分是猜想。但是可以肯定进步在历史进程中的可能性，个人信仰在个人中的位置是最重要的因素，到目前为止也无法统计，但是可以预见。可能在非常遥远的未来，科学将达到那些成就，以至于可以预见星体在几十亿年前的变化或者机体形式在几万年前的变化；那时或者稍早一些，大概将有充分的可能性预见历史的现实趋势，因此，必须检查进步理论及其实现的可能条件。现在这样的任务——是幻想。说到进步，没有人认为它能解决问题：事情是如何真正进行的？历史的自然规律是什么？进步理论是道德发展的自然规律在社会学中的运用，是它们如何在历史发展中表现出来。进步理论对已经完成的历史事件做出道德评价，如果批判思维的人想成为进步活动家，那么进步理论对他的发展指出道德目标。个人的道德发展只有通过一种方式是可能的。个人活动的道德进步只有在一个方向是可能的。进步是否可以实现它的最终任务——这是未知的，正如巴克尔①不知道他是否终结自己的"历史"，康德不知道他是否终结自己的"实证哲学教程"。一个人在活动开始时死了，另一个人不仅结束自己的活动，而且一直活到实证宗教的阶段。对于开始活动的思想家而言，这是可能的，偶然的，不具有丝毫的意义。他开始活动，似乎这个活动已经结束，似乎作者从来没有脱离这个活动。准确地说，批判的个人对进步理论的态度就是这样的。个人在道德上不断发展；他把自己的道德要求运用在现有的文化形式中，运用在人类财富的分配中；他对自己说：只有这条道路可以实现这些要求；这就是今天可以宣传的思想；这就是今天必须与之斗争的敌人；这就是明天必须准备的斗

---

① 巴克尔（1821—1861）：英国著名的实证主义史家，以其 1857—1861 年间所著《英国文明史》而闻名于世。——译者注

争；这就是今天和明天都不能实现但是最终可以实现的目标。一旦
确定道路，个人应该在这条道路上前进。我尽力逐一说明这条道
路，这就是全部。自然规律是否存在，自然规律是否导致道德进步
的规律——这没有涉及个人，因为他现在毕竟还不知道。一切与他
的意志无关，一切对于他只是武器、环境、客观认识的对象，但是
一切不应该影响他的道德目标。他丝毫没有希望实现信仰时，奥林
匹斯神会帮助他达到目标，或者他丝毫也没有担心，他们嫉妒他的
独立活动；他丝毫没有发现，有意识的奥林匹斯神是决定论，或者
无意识的奥林匹斯神是宿命论。培养信仰，实现信仰——这就是需
要知道的一切。进步不是必要的和连续的运动。从进步是最终目标
来看，评价历史运动是必要的。从这个观点来看，真正的历史是进
步的和退步的阶段。批判思维的个人应该清楚地认识到这一点，使
自己的活动以促进进步和缩小退步为方向，应该在自己的信念中，
在自己的信仰中寻找方法。

第十六封信　进步的理论和实践[*]

1. 进步问题的双重性

我们将研究以前关于进步的现实认识，这一认识培养了人类的进步思想，必须把它与其周围的幻想相区分。

随着时代的发展，当历史任务在思想家面前成为人类研究最复杂和最重要的对象之一时，思想家不再从理论上解释进步概念，也不再分解这一概念所包含的过程。随着时代的发展，当人们不再相信父辈们遗留的社会秩序是不可侵犯时，从这一刻起在他们当中开始形成个人，在当前的社会形态和条件下，个人的思想不再局限于个人利益，而是把发现和实现更好的社会生活形式作为自身的任务，直到世界上不再有争取进步的斗争。

大多数思想家和实践家都错了。在解释理论概念时出现无法明

---

　　* 1870 年初次出版单行本《历史信札》，也就是 1868—1869 年在《星期周报》上发表的十五封信。1881 年，《进步的理论和实践》一文首次发表在合法杂志上。我现在把该文放在 60 年代末的书信中，因为它是从几个不同的角度论述同一个问题，可以向读者说明我在什么方向上改变《历史信札》的整体结构，即使我是在 80 年代，而不是在 60 年代。一些重复是不可避免的，但是重复的地方不多，我认为不需要删除。因为读者不会找到与之前文章相矛盾的地方，但是我的观点可能比之前的文章更加清晰和明确。——作者注

说的、有时完全无意识的维护自己的个人利益和思想家及其朋友的利益的愿望，出现对墨守成规的认识的传统崇拜。甚至在思想家完全真诚和完全希望批判地对待问题的情况下，他的进步概念常常由于在社会事实中缺少观察和经验而备受折磨。在实践中为争取进步而斗争的人的错误是更多的，也是更令人伤感的。一些人非常愤怒地反对他周围的现有的社会制度的缺点，没有时间思考可能改善这一制度的条件，他们没有考虑自己的力量，也没考虑反对者的力量就加入了斗争，他们牺牲自己，毁灭进步的狂热对他们的触动，在历史中仅仅保留英雄的光环，虽然它使一些人盲目，使另一些人害怕，成为历史进步条件的新幻觉，在未来引起新的灾难。另一些人试图抓住所有的复杂条件，害怕自己的活动引起更多的痛苦，犹豫不决地对待以前的传说，怀疑不确定的未来，他们阻止自己和自己的朋友通过适当的方式争取进步的斗争，他们使自己的追随者失去热情，他们战胜不真诚和不理解的人，回避强劲的对手，当他们发现，他们推动的历史风暴完全不接受他们为之斗争的方向，他们准备为之牺牲自己的生命和自己的幸福时沮丧地垂下了双手。

这些理论和实践的错误后果是令人伤心的。实际上，为进步斗争的人经常成为社会灾难的源泉，甚至直接成为反动的活动家，阻碍人类社会走向更好的未来。实际上，大量关于最好的最合适的社会制度的著作给新的一代留下了困惑：这个"最好的和最合适的"制度的真正意义是什么？这一代的父辈们在什么样的社会制度中？实际上，争取进步的斗争所带来的结果与进步本身完全不同。实际上，"最好的和最合适的"对于子孙而言有时候是上一代大多数"进步的"人没有思考的道路，是这一代最真诚地争取最好的社会制度的人所厌恶的和所反对的道路。原始时期的智者坚信对社会的唯一拯救是保留古代的珍贵习俗；但是他们的后代认为这种保留是社会最大的恶，他们在社会形式的重建中，在人的日益增长的理性需求的影响下，建立唯一合理的历史过程。民族内部之间的独立和对立成为古代世界的理想，在争取理想的斗争中人类这一时期的优秀代表牺牲了自己，也毁灭了他人；但是几个世纪过去了，在这些民族中间发展了信仰，民族独立的这个理想一直是人类进步的最有害的原则，所有发达的和不断发展的人类在经济、政治、精神和道德上的团结是进步唯一可能的目标。宗教信仰在漫长的历史时期对于最优秀的人而言是社会生活的基础，是文学、艺术和哲学的精神体系，但是它们对于这个时期人类思想的最高表现而言仅仅是装饰或者支柱。但是另一个时代到来了，在世俗文明的时代，理论活动和实践活动的人与其说可以从思想和生活领域消灭宗教因素，不如说人获得的唯一真理是在宗教领域之外，唯一与人的尊严相一致的道德是根据人的自然需求，人的逻辑批判和理性的信念。17 和 18 世纪伟大的国家所追求的政治目标实际上对于 19 世纪的人而言仅仅是现实经济的幻影。在没有解决国家财富合理分配的问题之前，在不断成长的或者不断骚动的无产阶级日益壮大之前，富有的国家后来提出的经济目标实际上在我们的时代是模糊的和片面的目标。最终，最近几个世纪孤独的经验科学脱离了生活，脱离了迫切重要的问题，在平静的冷淡主义中完成自己对无机和有机世界的占领，对于我们时代的先进的人而言实际上只是科学思维的基本训练，是比较发达的人类应该经历的智力经验；人类把现代知识的最高成就——社会科学作为自身的任务，社会科学不仅不要求学者与生活及其重要问题隔绝，而且一切社会科学都在生活中，如果生活本身在这些全部重要的问题上不仅对自己的信徒提出任务：理解我！——而且提出更多的要求：理解我就要实现我！真正实现我的要求——不然你就是没有理解我！

如果理解进步概念的历史和争取进步斗争的历史是人类迷惑、自欺幻想和血腥错误的历史，那么必须更加迫切地消灭这些迷惑、幻想和预先防止这些错误。如果我们的先辈提出的社会生活和社会发展的目标对于他们的后代而言常常是不充分的，那么这一代人可以安于既定的提法、既定的生活和发展的任务。他们应该重新问自己：我们在以前所有的成果和错误思想的基础上如何理解进步的理论任务？我们在我们的先辈们所取得的一切胜利和他们所遭受的一切失败的基础上如何按照我们理解的进步形式更加合理地为进步而进行斗争？我们错误地理解进步；这是非常可能的；但是我们认真研究我们先辈们的错误，尽力把我们的错误降到最低。可能，我们会失败；当然，这是可能的；甚至在这种情况下我们将尽最大的努力获得胜利，或者在失败的时候向我们的先辈们说明可能胜利的条件。

最重要的是记住，进步的任务不可避免地是双重的——理论的和实践的；没有争取进步的斗争，没有尽可能准确地理解进步的任务，不仅不能掌握进步的含义，而且会用我们所有的力量和所有的手段阻止争取进步的斗争。没有批判地理解什么是最好的，就急忙投入争取最好的斗争时，我们就有可能重复以前时代的大量错误，就有可能为反动或者停滞的胜利而斗争，但是我们觉得我们是在为进步而斗争：历史上有太多这样的例子。我们只满足于理论解释，拒绝争取进步的现实斗争；我们要么不明白这一过程的实质，要么有意识地反对我们所认为的最好的。在对进步的理解中有一个重要的认识因素，它从来没有出现过，也从来没有不知不觉地出现；在个人力量之外理解和实现最好的仅仅是重复以前的，仅仅是墨守成规和习惯占据主导地位，仅仅形成停滞；只有个人的思想活动可以重新对社会世界观加以批判，这些世界观本身是由固定的传说自然形成的；有信仰的个人具有持续不断的力量，哪怕这个力量很小，但是这个力量可以使争取进步的战士形成有组织的社会力量，能够在与其他社会趋势的斗争中捍卫自己旗帜的社会力量，能够战胜这些趋势的社会力量，能够为了以后的进步战胜停滞和冷淡主义的社会力量。如果是这样，如果历史进步是通过对任何本质过程的理解而获得的，那么他应该明白，如果我们丝毫不参加持续不断的斗争，那么不仅削弱我们的拥护者，而且直接加入墨守成规或停滞的拥护者的队伍中，因为人与人之间的斗争是由于对真正进步的不同理解，是由于任何反对停滞或墨守成规的进步观，因为无论是在社会学还是在机械学，一切物质的自然惯性只有当存在与这个惯性相对立的力量时，才允许运动完成或者改变当前运动的特征。在社会生活中，这些在没有社会运动的地方创造社会运动的力量，这些在社会运动缓慢的地方加速社会运动的力量，这些在人类革新的时代赋予社会运动其他文明特征的力量，实质上不是别的，也不可能是别的，正是实现这个时代的要求和以前一切时代的思想成果的个人思想和个人能力。任何没有用自己的全部力量实现进步的人，按照他对进步的理解，实际上是反对进步。

因此，参加争取进步的斗争是个人的道德责任，这些人已经认识到进步概念的意义。但是如何参加斗争？如何根据我们对进步的理解合理地实现进步？——进步活动家的道德责任在他的研究中得到充分阐述。首先，如果他的信念是真诚的，他应该为了自己的信念向其他人解释他所理解的进步观；他应该尽力得到这种进步观的拥护者。但是如果他孤掌难鸣，那么一切分散的个人是没有任何力量的，无论他们的信念多么强大和真诚；因为只有集体的力量才具有历史意义。因此争取进步的战士有责任加强与志同道合者的联系，有责任加入有组织的集体，因为组成集体的个人有明确的行动方向。与此同时产生另一个道德责任：争取进步的战士形成进步必然性的认识，形成必须改变社会制度或者社会思想的认识；他由于某些有利的情况形成这个认识，也就是允许他批判地和理性地对待他生活和发展的环境；他不应该用幻想欺骗自己，他形成这个认识后，应该立即脱离他周围的环境；他的各种生活和思维习惯都与这个环境相关，所有这些习惯都与社会制度或者社会思想的各种缺点一起产生，他试图在自己的进步观中消灭这些缺点。因此，他在自己身上发现那些进步活动家反对的因素。为了在各种各样的社会表现中战胜它们，他不得不与它们斗争，与自己斗争，重新培养和重新改造自己的生活和思维习惯。为了争取社会进步的斗争，进步观在思想领域的传播者、集体组织的成员、社会力量的组织者以及争取进步的战士在一定程度上在自己的个人思想和自己的个人生活中应该成为实践的榜样，进步在某些方面影响个人的思想和生活。

进步的理想成为个人信念的不可分割的因素，因此确立与这个进步理想一致的个人生活计划是非常必要的，实现这个计划的决心是如此坚决，无论情况是否允许，无论环境是否允许，无论个人在旧的墨守成规和旧的习俗中受到多少压制，无论个人缺点和个人爱好是否允许，这些缺点和爱好都是在重新改造进步的基础上形成的，在担心自己的理解和信念变化的情况下，人为进步服务，人有责任为争取进步而斗争。

因此，必须清楚地掌握有组织的社会力量的活动计划，没有它不可能实现未来的进步。必须清楚地明白在实现进步的过程中将遇到的阻碍以及对实现进步有利的条件；必须清楚地明白反对者的力量和手段以及不得不利用的手段；必须清楚地明白社会上哪些人在即将来临的争取进步的斗争是真正的和可能的朋友。与此同时，为了实现已经制定的计划，为了消灭进步的障碍，为了镇压进步的敌人，为了利用一切必要的手段，无论这些手段是什么，只要它们不与我们追求的进步理想相矛盾，为了进步的最终胜利，为了在这之后形成有组织的社会力量，必须以最合适的方式坚定地利用有组织的集体力量。

因此，为了我的进步信念成为那个我呼吁的人的信念，合理的严谨的论证体系是必要的。对于只认可批判思想的少数人而言，我应该有逻辑的论据。对于那些不太需要概括而需要具体的实证论据的人而言，我应该有直接的重要的事实。对于感性的人而言我应该有感性方面的论据。最终，对于绝大多数仅仅为了个人的切身利益而行动的人而言，我应该在所有人可以感觉到的、可以达到的和密切相关的利益中有最广泛的真实依据。只有这个进步拥有大量的可靠的拥护者，因为这个进步是依据科学的方法，想象的情感和个人利益的计算。

这就是进步的实践条件，只有实践才可以实现进步。

但是所有这些条件本身要求内在的理论。为了在各种不同的社会领域传播思想，为了组织社会力量争取进步的活动和进步的胜利，为了在与人的进步理想一致的方向中合理地改造个人，必须明白许多理论。必须明白那个产生和培养进步活动的环境，必须明白那个形成进步环境和培养批判思想的历史过程，这个思想批判地对待这个环境，建立重新改造这个环境的任务。无论历史运动由于其复杂性和多变性看起来多么混乱和无序，把进步理解为社会制度的自然过程应该成为一切的基础，但是在某些条件下根据某些规律的进步受到某些力量的影响。

因此，进步的内在实践就是它作为自然过程的理论，它作为现实的历史现象的理论，进步的内在实践就是在社会制度和社会环境中运用这一理论，因为社会环境引起进步活动家的实践活动。

2. 学说的争论

当前时代进步观的结果是什么？现代社会生活与进步任务的关系是什么？

我们认真地研究在我们面前的这些完全矛盾的、看起来不一致的进步观，我们在这些观点中找到一个共同点：我们所经历的时期是任何稳定的社会联系瓦解的悲惨景象，是阶级敌对和个人斗争越来越残酷的景象。这个斗争的结果几乎是所有人反对所有人，治疗大家公认的社会疾病的方法又是截然不同的。

我们认为那些公开诉诸宗教因素解释现实的社会症结和历史事件的人是预言家，他们的学说是与现代科学格格不入的思想体系。

我们对这些解释社会过程的人过于满意，他们现在仍然这样，或者他们认为他们是以现实为基础的。

首先悲观主义者在我们面前对我们说：所谓的历史进步是人类的灾难不断扩大的必然趋势。所有的道路都导致这个结果。如果我们更好地理解一切本质，那么就明白它是灾难的源泉，随着我们理解的深入就会越来越相信它们不可避免地扩大。

与此同时，我们听到乐观主义者平静地安慰道：进步是不可避免的，人类生存和人类生活在各个方面的提高和改善是不可避免的。所有灾难、所有纷争都是想象的和暂时的。个人的错误和痛苦，以及对进步的那些偏离和反动只是古老的"时间长河"上的涟漪；它随风而动，虽然风的方向时刻在变，但是任何风不能阻止这条长河的总方向。人类思想的力量不断增强，发现一个又一个真理，阐明以前未知的进步道路。有些阶级通常被说成是现代文明的分支，他们的财富日益增长。与此同时，人类各种乐器也在不断增加，与时代融合成一幅和谐的景象。

历史上一些所谓的自然主义者完全保留这两种直接对立的世界观。他们说，进步是各种各样的幻想之一，在人类生活过程的各种事件的更替中，这些幻想一个接一个地哄骗人类。任何理想，所有最好的、最高的理想，个人或者社会的理想——都是幻想或者新的幻想。只有机械—化学的现象过程在自己的各种各样的重复阶段中是真实的，它们在宇宙中形成有机的生命过程和意识过程。有机生命从哪里开始，争取生存的斗争就从哪里开始，只有当生命停止，斗争才结束。意识在哪里形成，真、善、美、道德责任和社会关系的幻想就在哪里发展，清醒的但又可悲的真理有时透过幻想的迷雾看到了幻想。一些单独个体的幸福和另一些单独个体的痛苦都是偶然的，在普遍的过程中几乎没有任何意义，就像沸腾的液体表面上的气泡。在自然中既没有改善，也没有恶化，既没有降低，也没有升高；只有现象的更替，它们具有同样的意义，任何道德评价对它们都不适用。争取生存的斗争，当前力量之间的斗争是历史过程的唯一现实，所有在这个过程的表面思想和理想仅仅是自我欺骗，它虽然也是意识的过程，但是隐藏正在完善的现实过程的片面性并且继续这种片面性。

历史的现实主义者反对各种空想主义者，完全改变了提出问题的方式。他们说，我们不可能了解物质的本质，对物质的关心也是徒劳的。假设，我们追求理论和实践真理的整个精神世界不是别的，正是虚幻的世界，也就是千篇一律的争夺生存的斗争，我们终究不能揭开物质的实质，终究在现实生活中提出自己的目标，寻找达到目标的方式。无论我们的痛苦和快乐对于"整体"是多么微乎其微，我们仍然会痛苦和快乐。我们寻找真理或者寻找我们认为的真理。我们因为不公正而愤怒，或者因为对于我们的不公正而愤怒。因此，什么是"最好"的问题，什么是进步的问题对于我们永远具有重要意义，无论物质的本质是什么。我们对精神世界提出这个问题，因为精神世界构成我们的科学、我们的道德和我们的哲学。从这个观点来看，悲观主义者或者乐观主义者的观点对于我们是一样的。一切历史上不可避免的都是在我们的力量和我们的活动之外。可能，邪恶和痛苦在整体上难以遏制地增长。可能，它们也难以遏制地减少。但是，我们这个时代的人更加痛苦，他们的痛苦是以前历史时代过程的结果，而且他们像我们一样参与发展过程。在我们面前的是人类可能的未来，也是我们不得不参与建设的未来。我们处于过去和未来之间，我们有我们的观点和信念，我们有科学的批判和行动的决心，无论我们的精神和道德品质是什么。因此我们必然对自己说：这里有邪恶和谎言；这里有真理和幸福。这是进步的现象，这是过去退步的事实，因为前者对于我们是不断接近幸福和真理，后者对于我们是不断远离幸福和真理。在不久的未来，我们不得不参与未来的建设，这就是最高真理和幸福的表现；为了人类减轻痛苦，我们不得不进行斗争。他们说，他将不可避免地面临新的痛苦。可能，我们可以用我们的活动反对他们的痛苦，我们知道这些痛苦，我们理解这些痛苦，我们使未来一代可以深入思考反对恶的方式，因为我们现在对于"恶"还没有明确的概念。——对另一些人说，人类的痛苦是不重要的。这是可能的；但是只有他自己能感受到他的真正痛苦，我们有责任在过去寻找对它们的解释，在未来寻找对它们的治愈。进步对于我们是历史向"最好的"方向发展的可能趋势，在这个充满知识的时代我们如何理解进步。对于我们，争取进步的斗争必然影响这个可能的方向，无论我们如何理解，这个可能的方向完全可以被对立方向代替，因此，争取进步的斗争需要影响所有那些这样理解它的人，而不是别的人。悲观主义和乐观主义及其普遍想法完全是在进步理论之外，我们的实践需要这样的理论。

在这个现实的基础上我们有各种不同的意见，应该从确立进步的真正理论的角度进行讨论。

在这里我们将消灭我们时代那些少数的神秘主义代表，他们在宗教的更替中寻找人类的进步，他们把现代的恶看作缺少宗教信仰，在建立新的教义和新的宗教仪式中寻找拯救人类。如果在历史形而上学中保留宗教因素，那么诉诸宗教理解它的现实进步和治愈社会症结未必是最好的方式。

但是对现代社会状况的现实解释是多种多样的，对它的困难的可能结果的现实解释也是多种多样的，在这里我只限于几个主要的学说。

现在极少数思想家在思想的世界中认识罪恶之源，他们为了治愈社会的恶，试图在成熟发达的人中建立更加正确的世界观，在社会各个阶级中普及合理的教育。对于充分阐述进步的这些思想家而言，思想可以推动世界。对于他们，科学的发展和世界观的解释就是全部进步，因此根据他们的观点，这个因素决定所有其他方面。对于他们，争取进步的斗争就是自我发展，就是宣传科学和理性哲学，因为无论如何他们都认为，清楚地解释这个主要领域就可以消灭人类生存的其他领域的恶。

大多数人都是在生活利益的领域。

一些人说：进步就是在社会制度中加入权利原则，就是建立法治国家，这个国家消灭任何领域的暴力和不平等，保护弱者和抑制强者，实现自由和平等，以集体力量消灭争取生存的极端斗争和争取利润、权力的极端竞争；这个法治国家本身服从它为自己的臣民建立的自由和平等原则，与自己的所有同志，与其他法治国家一起构成政治单位的平等联邦。对于这些法治崇拜者，进步在过去是向法制国家推进，这种进步逐渐通过和平改革和血腥革命的方式实现，应该通过这种方式，通过这些手段走向未来。所有其他现象都在这个发展阶段找出根据，在它之外就是有害的虚幻的世界。争取进步的战士应该团结在法治国家的旗帜下，团结在政治自由和政治平等的原则下。成熟发达的人应该把自己的一切力量献给争取这些最高的社会原则的斗争。

但是另一些人反对，法治关系和全部政治生活是更加重要的社会过程——经济发展过程的外在表现。国家的进步在于它的丰富性，也就是由它的外部意义和它的文化的内在发展所决定的丰富性。君主制和共和制等政治形式的差别，各种自由宪法之间的差别消失在世界的生产过程和世界的交易流通中，消失在所有国家、所有人民和所有社会阶级之间的经济利益的不可破坏的联系中。文明是财富的产物，人类的进步在于逐渐发展人类的工业，扩大人与人之间的经济联系，为了自身的经济利益更加密切地结合所有人类组织。财富给予独立和力量，产生人的尊严，成为确立自由和平等的条件。为了达到唯一现实的经济目标，国家的进步可以造成各种各样的牺牲，可以无视各种各样的痛苦，因为牺牲和痛苦是暂时的，当所有密切的经济利益具有团结和和谐的认识时，牺牲和痛苦可以得到百倍地回报。人类争取进步的斗争在于对财富和竞争的自然追求，最聪明和最灵活的人在富有的同时向人类说明最好的财富过程和最正确的进步道路。个人把自己的所有力量献给这场斗争，消灭所有使人脱离理性道路的情感幻想和道德幻想，从经济利益的角度评价一切，确立市场价格，个人以最好的方式培养自己的个性，发展自己的能力，成为理性的争取进步的战士，迅速地确立个人利益在人类发展过程中的和谐和一致。

最近有些作家比较坦率，在这种情况下提出非常奇怪的新学说。他们认为自由和平等的思想是幻想，甚至经济利益一致的希望也是幻想。他们在法治国家的概念中找到内在的矛盾。他们说，进步可以通过少数人统治多数人和少数人领导多数人的方式实现。国家是统治，而不是权利。它可以建立法治关系，可以在自己的臣民当中建立一定的自由和平等，但是国家本身对于他们是纯粹的统治。但是政治统治不可能没有经济统治，因此占有国家权力的政治上的统治阶级也是经济上的统治阶级，也是把他人财产集中到自己手中的阶级。财产的经济垄断是国家权力存在的必要条件，没有国家权力就不可能有文明，也不可能有进步。进步就是国家统治更加稳固，国家统治存在的条件，也就是经济和政治的不平等更加普遍；进步还是统治阶级为了稳固自身的统治更加人道地对待被统治阶级，给他们提供更加人道的生活。在这些条件下，争取进步的斗争归根结底是促使所有权和政治权力从其他阶级不可避免地集中到一个阶级的过程，归根结底是世界主宰者的道德宣传使被统治阶级保留一部分人的尊严和幸福。

社会主义思想家和活动家虽然反对以前的社会学说，但是吸收每个学派的一部分原则，然后对它们进行完全不同的组合，得出完全不同的结论。这个学派的拥护者说，人类的进步在于使社会制度具有自由和平等，使社会生活具有权利和真理，但是国家不能使社会具有这些原则，因为国家在本质上是统治；国家是不平等，国家是限制自由。在一个阶级对另一个阶级的统治不断加强和稳固的情况下，对于被统治阶级而言，不仅没有更加人道的生活，而且他们所遭受的物质、精神和道德屈辱不断加剧。法治国家是未完成的理想。因为国家作为一个阶级对另一个阶级的统治，毫无疑问具有统治因素，但是它在自身的力量和历史意义上努力以进步的名义把这个因素降到最低。由于社会发展不足，国家作为外部力量，可能很长时期是必要的；但是随着社会不断发展，它逐步把自己的职能让位给其他社会因素，它在历史中的作用不可避免地下降。现在它已经认识到自己完全依赖在社会发展形式中占主导地位的经济力量。因此，社会真理、自由和平等的社会实现不是应该首先在个人和组织之间确立的最好的法律关系中寻找，而是应该在确立更加正确的经济制度中寻找。如果后者是正确的，那么不正确的政治形式不可能长久地确立。

但是现在的经济制度是不正确的。对于大多数人，它不可避免地引起不平等和限制自由。它不可避免地建立一个阶级对于另一个阶级的统治。它引起经济竞争，使个人之间的敌对因素、组织之间和组织内部的斗争因素不断稳固和合法化。它压制大多数人的个性发展，仅允许少数人发展，但是使他们沉浸于所有人反对所有人的战争中，从而歪曲他们的发展。进步只有通过这些方式才是可能的：根本改变不正确的经济制度，允许每个人全面发展的原则，允许在生活中尽可能地实现自由和平等的原则，允许在社会生活中用真理的原则代替其他原则。在以前进步仅仅是一些思想的发展，也就是向人们清楚解释物质之间的真正关系、个人发展的真正需求和正确的社会制度的真正要求；进步仅仅是加强社会关系的一些因素，也就是加强个人之间和组织之间的关系的因素，并且扩大这个关系直到善于思考的人加入其中。换句话说，进步就是通过不断培养批判思维加强对真理的认识，进步就是不断实现人与人之间团结的社会生活，最终这个团结扩大到所有善于思考的人，从他们的合作到普遍的发展。这个团结应该被确立，当然不是在争取财富的竞争和争取生存的斗争中，而是在所有体力和智力劳动者的共同利益的基础上，在允许所有人和每个人具有个人发展的方式和生产劳动的方式的基础上；在消灭任何物质的或精神的垄断的基础上，在为了共同利益的集体劳动的基础上。在这种情况下，不仅对现有社会关系的墨守成规，而且那些占统治地位的少数个人和组织的利益都是与进步敌对的因素，因为少数人将失去自己的统治以及终止一些人与另一些人的竞争，前者是为了获得勉强生存的权力，后者是为了最高的利润和最大化地占有奢侈品。当前许多思想趋向是与进步相敌对的：与进步敌对的是不承认经济利益在社会体系中对其他利益的统治，不承认经济利益的团结是人与人之间团结的唯一基础；与进步敌对的是把进步的主要工具看作是个人利益之间的竞争，而不是他们之间的团结；与进步敌对的是把一个阶级对另一个阶级的统治作为进步的必要条件；最终，与进步敌对的是把进步或者退步看作形而上学的力量而不是个人力量发挥作用的必然的历史过程。在社会主义学说中，争取进步的战士呼吁把人与人之间的现实关系培养成一切具有思维和劳动能力的个人组织之间团结的新型关系，呼吁向每个人清楚解释当前那些促进改革的因素，那些阻碍改革的因素；呼吁培养能够利用一切促进变革因素的集体力量，呼吁培养能够消灭或者破坏在这条道路上阻碍变革的集体力量；呼吁根据个人思想力量的信念，根据个人在争取进步的斗争中反对敌人的力量，根据个人建立社会制度的力量培养自己和志同道合者，当然，这是一个尽可能巩固个人和组织之间团结的社会制度。

以上就说到这。上述学说最清楚和最明确地表达了各种进步思潮，与此同时，还有一些意义不大的学说，特别是用于以上我指出的各种过渡和中间阶段。但是对于这封信的目的不是列举这些调和主义的学说，而是必须说明它们在进步观上的根本差别。每一种观点都有自己的拥护者，自己的历史，自己产生和存在的原因。每一种观点在过去和现在都有充分的论据。因此问题是：在阐述各种进步学说的区别时如何考虑那些赞同或者反对某种有争议的学说的论据？如何有意识地停留在某种进步实践中，而它正是某种进步理论的必然后果？——我在这里只是提出必须要解决的问题，提出我认为对合理解决问题最有利的顺序。提出它们——是不可避免的，因为这不是个人任意提出的问题，而是历史发展的必然结果。无论如何解决这些问题——都是必要的，因为以上已经说过，一个不想寻找进步道路和不想在这条道路上尽力成为战士的人就是反对进步的人。

3. 提出问题的顺序

进步在人类历史上过去是什么？现在是什么？

为了回答这个问题我们用三份资料。第一，我们可以观察社会，它以什么形式存在，它有哪些优点和缺点，它有哪些共同的和敌对的因素，它有哪些合理的和病态的过程。第二，我们有从过去到现在的历史过程，我们至少可以在历史批判的基础上准确地恢复这一过程的真正方向。第三，我们有不太完善的但是在某些情况下非常重要的学术著作，主要是社会学以及与其密切相关的心理学和生理学方面的著作，在这些著作中通过以上描述的资料和历史批判要求的资料，通过引导和推论的方法，通过那些与我们在其他科学领域得出结论的方法相比不太准确的方法，研究和分析社会制度及其在各个不同的历史阶段中的各种不同因素，说明它们之间的依存关系。

因此，我们刚才提出的问题有三种解决方法。

我们周围的社会是与我们联系最密切的社会，是我们最熟知的社会。看来，最简单的是直接从它开始：难怪教育我们在研究中必须永远从已知到未知。因此，我们收集详细的资料，统计数据，比较不同的表格，我们努力解决问题：在我们的社会中什么是进步的源泉，什么是进步或者退步的因素？为了人类的发展任务应该促进什么应该阻止什么？什么是不可避免的必然性？我们不能盲目反对这种必然性，就像不能反对万有引力定律，什么是个人信念和个人能力创造的结果，因为它能够通过阐释信念和其他方向的能力得到改变。

但是难道对现代社会的这种观察可以允许我们解决这些问题？我们看到的只是漫长的不文明的结果，但是我们不得不通过其他方式揭示这个过程。

这是一系列痛苦；这是罪犯和自杀者的名单；这是血腥战争、血腥革命的预算；这是劳动者收入的计算，但是这个收入不可能满足他的必要花费。所有这一切——是无可争议的恶，我们以激情和同情的名义消灭这一切。很好，但是如何做呢？

与以前的情况完全不同：越来越强大的技术使各大洲彼此之间相通，给日常生活带来前所未有的便利；科学的大量成果使观察者疲惫不堪，科学通过充分的解释使没有知识的人明白智力发达的人的思想；在争夺利润的普遍斗争中进行慈善活动；在相互残杀的血腥场面中出现英雄主义和自我牺牲；在各个生命体之间必然有长期的争取生存的斗争，虽然这个斗争无法获胜，但是在生命体之间在为了生存竞争的同时也有团结的壮举。我们不由自主地为这些现代成就自豪；我们想不断扩大成就，并且深刻总结现代成就。我们说，这就是进步的因素，发展它们必须依靠其他因素。如果是这样，但是如何做呢？

如果罪犯和自杀者的数量如此少地影响社会变化，就像每年的雨季和雹灾的平均量？如果我们一直反对的"恶"被另一些更坏的"恶"代替？我们在辉煌的景象中看到人类幸福和发展的因素，如果这些辉煌的景象与令我们生气的社会灾难景象相关，那么随着我们喜欢的美景的增加，这些令人生气的灾难大概也不可避免地达到最高程度？因此血腥的战争和血腥的革命，准确地说，无论是科学和技术的成就，长期饥饿的劳动者，还是这些劳动者的团结，都不是根据随便的命令，而是作为历史过程的结果，成为某些发生作用和完成过程的力量，在这个历史过程的进一步发展中，一些可能被消灭，另一些可能被扩大，一些可能采取行动完成过程。

在这种情况下，我们对现代社会的观察向我们说明进步的实践，当我们明白我们周围的现象，也就是自然的或者历史的范畴时；当我们知道，哪些现象取决于自然原因，哪些现象取决于其他经常重复的现象（例如食物的需求），哪些现象取决于在很多代人中发生作用的过程（例如国家的气候和地缘条件）；哪些现象与共存和逻辑依存的条件有着牢不可破的关系，哪些现象是过去历史的结果，哪些现象在某些条件和某些社会力量的影响下产生，哪些现象在另一些条件和其他力量的影响下消失或改变。在我们还没有明白社会制度是以前全部历史的结果时，即使认真观察现代社会制度也不可能获得进步的理论，在历史中发挥作用的是历史力量：一些力量是长期由自然过程决定的，另一些力量是由历史本身形成的，是一次形成的，能够投入斗争的，有时候所向无敌的，并且具有自然赋予的基本的历史动机。

为了理解现代性是历史的结果，不得不研究以上提出的第二种资料——历史材料。我们不得不研究它：什么是在文化条件下不断重复的现象？什么仅与文明的某些形式相关？哪些社会现象在所有因素必然存在的情况下可以永远被观察？哪些因素在各种各样的组合中？哪些历史力量的产生与个人信念和个人能力无关，这个信念和这个能力在哪些历史力量中成为不可分割的因素？哪些动机成为历史的真正基础，也就是任何争取进步的战士不得不考虑的基础？当这些动机开始连锁反应时，它们在哪些组合下成为进步的现实基础？哪些力量虽然是重要的，但是对于进步活动家仅仅是临时的辅助力量，因为它们既没有持续性，也没有永恒性。

毋庸置疑，历史提供了这些问题的答案，但是必须具备两个条件：一是它的材料充分广泛，二是充分提出它的任务。

准确的历史批判要求涵盖比较长期的材料。它是社会景象，有些模糊的景象，与较新的时代相比，与有些危险的时代相比，历史学家在看到这些景象时更加倾向恢复古代时期。然后是半历史时期和前历史时期，对这个时期只能依靠想象，哪怕是在部分上，而且非常容易加入研究者的个人思维和生活习惯。在这样的方式下，任何历史形态都有在这个时代产生的理由，也有在另一个时代暗淡和衰退的理由，有时候历史学家把历史形态描绘成不变的、长期的和自然的社会制度。古希腊人把奴隶制作为任何社会都不能没有的机构。大部分现代法学家认为当前的家庭、所有制、司法和审判形式都是不能改变的。现代政治学家几乎在任何时代寻找国家的因素，也就是独立的和占统治地位的因素，不允许当前制度的经济力量决定内部和外部的政治，不允许未来的任何社会因素把国家的作用降到最低。

历史任务不断扩大，但是并不是所有的研究者都提出同样的任务。如果在传记历史的时代，那么没有一本完整的著作充分详细地研究经济力量在人类生活的所有阶段的作用。在现有的历史著作中，特别是在学术著作中，哲学世界观的发展与政治事件的进程远远没有达到令人满意的融合。尤其是要考虑到在这个社会的当前时代各种组织的共存，一些少数人的组织处于完全不同的精神和道德发展阶段，以各种方式参加思想活动，与此同时还有大多数人的组织，他们也处于完全不同的发展阶段，还要考虑到这些相关组织之间的相互影响，每一个组织完全不同的发展进程，以及这个时期共同的历史生活的形成因素。当然，对于所有历史时期而言，这些任务在现在还没有得到适当的解决；当然，绝不能要求这个领域的现代作家完全令人满意地研究这些难题，只有严格研究历史材料才能解决它们，但是一部分材料到目前为止完全被忽视，一部分材料研究地非常不充分，甚至还是未知的；但是对于任何达到现代思想水平的历史著作而言是非常必要的，为了研究者可以发现问题的所有方面；为了研究者能够看到与历史生活的各个方面相关的事实，能够理解它们的意义，无论这对于他是否可能。但是我们时代有多少历史学家了解经济领域，可以适当地评价这个事实的经济意义？许多人是否可以独立地理解学术著作的作用？当然，我不是指对这些学术著作与文化总体状况之间关系的考察。许多人是否能够习惯各种社会群体的同时发展，重新想象既定事件对每个群体的各种影响？遗憾的是，不得不否定地回答所有这些问题。但是不清楚地理解生产、交换和财富分配的经济过程，历史学家就永远不能成为人民群众的历史学家，因为群众主要从属于经济保障的条件。但是不准确认识思想的科学内涵，历史学家是否可以理解这一时期思想发展的真正特征。把自己的研究仅仅局限于一些社会群体，或者从不提出这些群体可能或真正的相互影响的问题，是否有可能形成关于某个时期社会进步的准确认识？

因此，正如以上所说，这些问题都来自于研究进步理论的历史材料，回答它们要求研究资料的人明白社会学的任务及其相互依存关系；为了阐明这些事实材料，研究者应当准确认识它们之间的相对关系和本质关系，这些关系一部分植根于人的自然需求的根本规律，另一部分植根于暂时的历史需求的规律，因为历史需求是由事件的进程形成，而事件不仅取决于普遍的社会生活，而且取决于某些文化形式的社会生活。历史材料只有在生理学、心理学和社会学的规律中得到充分解释，这些规律是非常重要的历史因素，它们由历史形成，由历史摧毁，与此同时还有一些长期重复的因素。习惯容易加工的食物在一定程度上改变了人类营养的生理和病理条件，正如意识核心器官的神经活动过程是在各种社会生活形式的影响下发生变化。直接与生理条件相关的心理过程，与在社会关系和社会需求的直接影响下产生的心理过程相比，是完全微不足道的。目前关于社会学未必有真理，未必重复真理，社会生活的所有功能随着历史发生量变和质变，历史根据人的各种社会需求的变化、产生和消失建立这些功能的所有机构。因此，历史材料为心理学和社会学规律的结论服务，一旦这些规律被确立，它们又为分类和解释今后的历史材料服务。我们甚至没有着手研究历史材料与进步理论的关系，如果我们没有把已经确立的人的需求理论作为结果，没有把明确认识社会形式在人的生活中的作用作为结果，没有把明确认识个人在社会变化进程中与社会的关系作为结果，没有把明确认识主要的社会力量作为结果，根据一些学说，社会力量必然创造人类的进步，但是根据另一些学说，社会力量在一些情况下促进进步，在另一些情况阻碍进步；最终我们没有把历史的主要过程作为结果，因为这些过程是评价最重要的、不太重要的或者次要的历史事实的依据。更加广泛的和更加深入的研究历史事实可以改变结果，这就是心理学和社会学的成果，它们首先引起对历史的重新理解；而且不得不在社会学及其相近的心理学和生理学的材料的基础上评价和分类历史材料，因为这些领域在现在的认识中是最有可能的。

因此，以上提出的进步理论包括三个问题，按顺序分别是：

在生理学、心理学和社会学的现代材料的基础上，人类社会的进步是什么？

在充分研究历史材料的基础上，历史进步的各个阶段是什么？

我们观察其他国家的社会制度，观察社会各个群体的思想活动，研究现代制度产生的历史过程，研究历史上主要的进步现象，在此基础上思考我们这个时代的社会进步是什么？

进步实践对于成熟发达的个人是必要的，进步实践取决于如何回答进步理论提出的问题。

4. 进步理论的内容

以上提出的三个普遍问题首先包括哪些个别研究？我们努力分析其普遍特征。

为了回答进步是什么的问题，不得不首先明确进步的因素，不得不首先在各种"发展"过程中寻找我们最好的追求。

在这里我们有两个过程，从第一种进步观来看，不得不承认这两个过程，但是它们之间有如此大的区别，以至于实际上是相互矛盾的，在现实的历史中是相互冲突的。

我们面对的是个人思想、技术发明、科学成就、哲学体系、艺术创造和道德英雄主义的发展。在我们面前是社会团结及其主要动机："我为人人，人人为我"，"为了生活和发展所有的一切都是必要的；每个人把全部力量用于社会利益、社会幸福和社会发展"。

个人意识的增长、个人在思想领域的发展，毫无疑问对我们而言是进步现象。那些保障个人思想在人类最快发展的条件就是进步的条件。

另一方面，社会关系的稳定是社会合理存在的必要条件，是社会个体成员幸福的必要条件。因此，一切增强这个关系的因素对于我们都是有益的进步的因素；一切削弱这个关系的现象，一切在社会中引起敌对的现象，一切在社会中建立不平等的现象对于我们都是退步的、病态的。社会理想对于我们是这样的社会：个人在自身的利益和信念上相互平等和相互团结的社会，个人在相同的文化条件下生活的社会，个人尽可能地消灭一切敌对因素的社会，个人消灭社会成员之间任何生存斗争的社会。

但是这两种关于进步的认识在历史中一直是相互冲突的。

原始社会在一定程度上符合社会平等的理想，任何思想活动和任何个人发展在原始社会都受到占据主导地位的墨守成规的生活的压制，社会平等在这样的生活中仅仅意味着所有人都同样没有更高的需求，所有人都同样没有机会获得更好的生活。难道人类这种原始的半神秘的状态是合理的和最好的吗？

少数人的思想成果越重要，这些少数人就越吞噬大多数人的生活，就越使大多数人服从他们的统治，就越剥夺个人参与少数人精神生活的任何可能性，这样的社会符合个人思想最高发展的理想，但是个人思想的伟大胜利是以奴役多数人为代价的，是以无数的痛苦为代价的。社会环境就是在这样的条件下促使少数人发展最强大的思想意识，难道社会环境在没有任何附加条件的情况下就可以称为进步的环境吗？

我们知道，原始人没有进步的理想，他们完全服从习俗，就像蚁穴或者蜂房完全服从本能。在可能的条件下，只有当意识增长和新的最高需求增长时，社会才是进步的；只有当个体之间的平等成为每个人更大发展的基础时，只有当社会制度和日常生活在不断扩大的思想影响下被重新改造时，只有当社会关系和社会稳定的基础不是继承下来的习俗而是所有人的信念时，社会才是进步的。

我们知道，个人思想的发展不是满足进步要求的过程，因为它以大多数人的奴役和痛苦为代价。这是片面的现象，少数人的思想成果毫无疑问成为社会的标志，但是对少数人的培养是由他人的痛苦来承担的，因此当少数人在现有的条件下有机会发展自身时，当少数人对培养他们的条件满意时，这个少数人在道德上是不成熟的。只有当这个发展以比较成熟的个人和不太成熟的组织之间的团结为方向时，只有在这个方向的意义上重新改造社会关系时，只有在减少不平等和个人思想的真正进步发展时才可以实现。个人的真正发展只有在成熟的个人组织中，在社会因素的相互影响中才可以实现，因为在那里个人发展程度的差别尽可能达到最低限度，而且这个最低限度是不断降低的趋势。在合理的社会形式中，个人的发展不是依靠他人的发展，而是所有人在发展的道路上主动合作。

但是这个理想是不可能的吗？是不是必须在两种社会之间做出选择？第一种社会是稳定的、团结的，但是否认个人思想发展的条件；第二种社会具有发达的思想，但是处于个人和组织之间持续不断的纷争和永无止境的斗争中，处于不断重复的内部和外部的灾难中。是不是必须在有思想的少数人和缺少思想发展之间做出选择？因为少数人以大多数人的奴役和痛苦为条件发展自身的思想。是否可以建立与社会成员的信念相关并且与这些信念一致的社会制度，是否可以建立为了共同发展个人合作的制度？个人利益是否永远使个人之间处于相互对立中？他们在使个人成为社会的剥削者或者社会的受难者时，是否永远把个人与社会制度相对立？个人需求是否与社会任务一致？个人利益是否可以成为社会形式的坚固力量，是否可以成为个人思想活动的动机？

在这个理解进步的发展阶段中，不得不把个人利益和社会利益相比较，不得不看看它们是如何一致的。

历史的事实说明，在稳定的社会联系和强大的思想活动之间没有不可调和的矛盾，不仅在个人利益与社会利益的对立中，在社会对个人的剥削中，而且在成熟发达的个人和社会之间的一致中，个人思想都是卓有成效的，个人是属于社会的，个人呼吁热爱本民族，热爱同胞，热爱人本身，个人加强他们之间团结的意图，加强自己与他们团结的意图，个人呼吁为了共同利益牺牲自我，甚至为了共同利益不惜牺牲个人幸福，个人感情和个人生命。发展社会进步文明的思想活动在历史上伴随着反对社会习俗的思想斗争。在争取生存的利益斗争中，在争取幸福的斗争中，在争取垄断享受的斗争中，我们看到与这个斗争相对立的自觉服务社会事业的崇高行为和全部生命献给人与人之间团结的力量。

个人不仅同情地看待他生活的社会关系，不仅服从占据统治地位的习俗，而且他的个人利益不仅在于为了自己的目标利用社会环境，虽然这些目标与大多数社会成员的目标相对立。个人在一定的发展阶段将承认他的利益与大多数人的利益是相同的；他将承认社会关系更加稳定对他是有利的；因此，他的思想活动将以加强社会关系和加强社会团结为方向。不断发展的个人思想的力量在那时将与越来越团结的社会的力量一致。以上两种因素的共同的进步发展将是可能的，在这种情况下，这两个过程的现象相互促进，成为真正的进步现象。

深入研究一下推动个人活动的动机。这是——习俗的权力、利益的力量、迷恋的激情和信念的道德威力。习俗和墨守成规的统治是与健全的思想活动绝对相矛盾的，绝对被认为是退步的现象。进步的思想通常根据正在发展的理想重新改造传统的习俗。它在对现有的材料进行改造和分类时，成为更加具有批判性的思想。它在自己的领域内成为更加广泛的、更加合乎逻辑的和更加和谐的世界观，成为更加严整的思想和更加包罗万象的哲学。

　　激情是没有规律的和极不稳定的，因此激情如此少地作为独立的行为动机，以至于占统治地位的习俗被公认为社会生活的进步推动者。只有当激情使本身就进步的利益和信念具有更多的能量时，它才是进步的；在其他情况下它可能容易成为停滞和退步的工具，也可能成为进步的工具。

　　现在是利益和信念。当它们在同一个人的心中相互矛盾时，我们可以有幻想家、英雄和孤独的智者，但是在每一种情况下我们有特殊的事实，有不能成为社会力量和历史影响的基础的事实。当少数人的信念或者利益与大多数人的信念或者利益相矛盾时，在社会中就没有团结，也没有稳定的关系。社会在面临灾难时，任何辉煌的文明，任何外部文化或者个人思想的巨大成就都不能遮掩社会机体的伤口。社会制度注定灭亡或者根本改变。

　　只有当少数高度发达的人认识到为了社会制度的稳定他们的利益与大多数人的利益是一致的，并且他们的认识成为他们的信念时，进步才是可能的；只有当高度发达的个人为了自身利益使社会成为更加团结的整体，并且他们的意图成为他们的道德信念时，进步才是可能的；只有当个人加入有组织的社会力量并且使这一力量的所有方面的利益一致时，进步才是可能的；只有当个人在成为这一力量时更加清楚地认识社会利益的一致性，并且在这个过程中重新改造他们的道德信念时，进步才是可能的。然后明确地确立进步的任务。一方面进步是社会意识的增长，它促进和加强社会团结；另一方面进步是社会团结的加强和扩大，它依靠不断发展的社会意识。不断发展的个人作为进步的工具，没有个人的活动就不可能有进步，个人在自身思想的发展过程中建立社会团结的规律，社会学的规律，并且把这些规律用于他周围的现代生活，个人在自身能力的发展过程中找到实践活动的道路，并且根据自己的信念理想和自己的认识条件重建他周围的现代生活。

如果思想的利益和社会生活的利益，个人的利益和社会的利益是一致的，如果在这条道路上有真正的进步观和真正的进步实践，那么必须更加仔细地研究和划分个人需求的范畴，他在社会生活中寻找满足这些需求，为了满足这些需求社会建立各种职能机构，这些需求还构成历史发展的基本方案。这些需求是基本的、主要的，是思想和生活的发展过程形成的，是这个发展本身决定的，是历史的过渡阶段引起的，是暂时的，甚至是病态的。那些病态的需求使历史进程具有病态的趋势；消灭它们是争取进步的斗争形式之一。确立正确的需求层次，主要的和暂时的需求，清楚解释它们之间的相互依存关系和合理关系是批判的思维活动的主要领域之一，批判的思维活动正是为正确的进步实践做准备。无论人是否认识到他的需求，无论这些需求是低层次还是高层次，根据他的个人发展，尽可能地完全满足他的合理需求是历史正确发展的目标。

历史的基本过程就表现为人的基本需求和合理需求之间的相互关系。

纯粹物质的需求以及与最基本的生活过程相关的需求就是基本需求。暂时的需求是由历史形成的，是更加复杂的。人通常抬高它们，但是在它们的后面隐藏着用最好的方式满足所有那些基本需求的意图；其他的意图随着时间的流逝大部分成为病态的毒瘤。基本需求最初在形式上是无意识的，建立习俗，而且在单方面满足一种需求的意图中，在社会生活中产生了大量纯粹病态的、阻碍个人和社会在其他方面发展的毒瘤，思想在争取进步的过程中不得不与它们斗争。在最后的发展阶段，这些需求表现在宗教信仰、哲学世界观和艺术形象中，这些需求作为神秘的或者形而上学的思想，作为艺术或者道德的理想，以禁欲主义的形式或者最高的智慧形式及其自身的基本形式加入斗争。但是这个斗争又是病态的现象。基本需求应该得到满足，人的思想的正确活动应该以最全面和最好地满足它们为方向。

与此同时，思想活动本身创造新的需求，与思想的发展密不可分且又合理的需求，以及在人的发展中形成的需求，也就是历史进步创造的需求。它们既是加速进步的力量，也是正确满足人的主要需求的最强大的工具。批判思维要求揭示习俗和暂时需求的病态特征，从他们的文化习俗、宗教、形而上学、艺术体系和形象中揭示主要需求的现实内容。科学提出关于人的合理需求的层次的明确任务。哲学思维要求个人解决这一任务的各种尝试具有统一性，要求合乎逻辑地重建思维体系，直到这个体系掌握所有科学成就，并且尽可能最低限度地降低自身内容的假设性。艺术创造要求在严整的和热烈的形式中更加清楚地解释人的主要需求和历史需求。道德活动要求创造在生活和行动中实现这一认识的英雄和受难者，要求在社会的重建中添砖加瓦，只有在这样的社会中才可能满足人的基本需求和消除人的病态需求，通常是牺牲自己的个人幸福来巩固。

但是在争取进步的复杂斗争中毕竟还有历史的基本过程，还有以最好的方式满足人的主要的基本需求。

在更加深入的研究中，这些基本需求归根结底是：对吃、穿、住和劳动工具等的需求，也就是所谓的经济需求和安全需求。前者创造经济制度及各种不同的职能和机构；后者创造政治关系，外部的和内部的关系。人的全部基本需求不是这两个范畴，也不是与加强或者减弱社会团结有直接关系的需求，因此在这里根本没有研究它们。其他相关的所有需求都是在历史中形成的，都是在历史过程的影响下形成的，因此无论是临时的需求，还是病态的需求，或者是以上所说的需求，都是社会合理发展的产物，都是加速社会进步的工具。

因此，在复杂多样的历史和现代的社会现象的景象中，不得不首先在各种习俗的简单形式中，在对人的活动的宗教、科学、哲学、艺术和道德产物的华丽掩盖下，研究个人和社会的经济利益，研究个人和社会安全的利益，因为这些利益应该首先被满足，因为不满足它们社会就没有稳定性，也没有团结，个人也不能在道德上发展。

但是在这些基本需求之间必须确立思想上的依存关系，因为它决定对进步条件的真正理解。为什么政治或经济利益在社会任务和社会发展中占优势？——是否可以通过国家的正确重建达到经济利益，或者在政治冲突和争取权力的斗争中仅仅认识到经济任务？——是否需要问问古代最有智慧的梭伦，或者问问神秘的乌有之乡的征服者，他们可以通过法律建立合适的经济制度？——是否必须在上议院和下议院，在打着"自由、平等和博爱"旗帜的国民议会，在联邦共和国的华盛顿会议，在伊凡雷帝、阿列克谢或者叶卡捷琳娜的伟大立法的缙绅会议中寻找，它们可以解决一切社会问题？是否必须鼓动普遍投票和组织街垒站，像巴黎、维也纳、柏林、罗马那样，在达到政治进步的同时达到经济进步？——或者，可能，人类在这条道路上仍然充满幻想；智慧的"梭伦们"仅仅使现实的经济统治具有法律形式。从来就没有乌有之乡，即使有，在统治他们的经济力量面前也是毫无力量的，到目前为止还没有找到打破这些力量的方法。那些永远在手中掌握经济统治权的社会组织是否制定了宪法、法典和宪章？在个人的英雄主义和自我牺牲中，一切政治革命如果不改变社会的财富分配，是否必然失败？经济重建是否是多余的？重新分配财富的计划是依据生产形式和交换形式的真正改变，这些计划否可以实现？战斗的党不仅满足经济的要求，而且符合这个时代的经济生活的真正条件，它们的那些要求是否是真正现实的和真正激进的？

在研究经济要求和政治要求在历史中的相互关系时，解决问题的科学方法总是倾向经济对政治的主导，借助历史材料可以非常详细地分析事实的真正趋势，不得不说，政治斗争及其不同阶段都是以经济斗争为基础；解决某个方面的政治问题取决于经济力量；这些经济力量每次建立对自己有利的政治形式，然后在相应的宗教信仰和哲学世界观中寻找理论的理想化，在相应的艺术形式中寻找美的理想化，在维护他们原则的英雄荣誉中寻找道德的理想化。

这些政治力量，这些抽象的思想和具体的理想都是由经济力量创造的，但是它们在确立后，在成为文化制度的因素后，变成了独立的社会力量，忘记或者否认自己的来源，与创造它们的那些经济力量一起加入争夺统治权的斗争，使新的经济需求形式，新的经济力量登上历史舞台。封建所有制在一定程度上被它为了保护自己所建立的国家行政体系破坏，被它自己提出的防止国家中央机关滥用权力的契约思想破坏。现代军国主义保护交易所和工厂主的财产，使它们不受饥饿的无产阶级侵犯，不止一次地成为拿破仑三世、俾斯麦以及他们的仿效者手中的武器，虽然与这些统治者的经济利益根本不一致。平等的理想成为当前社会斗争的双刃剑，资产阶级以它的名义加强自己对以前的封建所有者的统治，而激动不安的无产阶级在这个理想中强调经济平等的因素。

因此，经济力量的斗争日益复杂，因为这个斗争的产物参与到政治形式和理想任务中，这些产物以其在历史存在中的独立权的名义要求自身的统治。但是，无论这个斗争的形式多么复杂多样，它的过程本质上并不复杂。

这个时代的生产和交换条件，在与现有的政治形式的结合中，在与既定的文化习俗的结合中，不可避免地确立这个社会的财富分配，劳动和闲暇的分配以及劳动机会的分配。形成占主导地位的少数人，他们在自己的手中集中主要财富，垄断主要的社会影响力和政治权力，几乎不可避免地垄断创造思想活动的闲暇以及思想活动本身。他们尽力加强自身对习俗、法律、信仰、哲学、科学认识和艺术创造的统治。被统治的大多数人的状况越来越糟糕。思想和生活的习惯越来越使少数统治者脱离大多数被统治者。从少数人的辉煌的外在文化形式和强大的思想成就来看，他们的历史与大多数创造少数人文明的劳动者的社会生活完全格格不入。但是二者的共存产生一些病态的现象。大多数必须服从的被剥削者歪曲少数人的思想活动。大多数人在物质和精神领域都无法得到满足，这越来越激怒他们，使他们成为统治阶级的敌人，使他们成为当前一切社会秩序的敌人。阶级斗争日益尖锐。社会团结是虚假的，社会存在面临危险。

在古代世界到处存在的这种社会纷争重新上演时，灾难迅速地、果断地降临在孤立的民族中。一个比较贫穷的狡猾的邻居来了，他的意图是用最简单的方法占有这个社会少数人积攒的财富。大多数人对即将来临的危险漠不关心。少数人破产或者死亡。全部辉煌的文明消失了，几千年后考古学家非常惊讶地在纸莎草和黏土砖上看到了前所未闻的思想成就；他们哀悼这个被灾难毁掉的"被遗忘的"文明，却忘记了哀悼成千上万的人的命运，他们与文明共存，用自己的血汗创造了文明，却从来没有享受过文明，在文明存在的时代里痛苦地生存着，冷漠地看着它瓦解。

还有另一个结果。思想活动和政治形式的建立导致有利于少数统治者的社会生活，新的社会组织或者利用机会，或者利用生产和交换技术以及政治生活技术的必然发展，为自己争取经济独立和社会影响。在绝对的少数统治者和绝对的多数被统治者之间产生一些中间阶层，一些阶层既有统治的一面又有被统治的一面，自然试图加强统治一面，弱化被统治的一面。思想活动有时几乎全部属于这些中间阶层。技术和交换领域的进步不断加强一部分阶层。文学、科学、哲学、艺术的创造成为另一部分阶层的领地。在思想的舞台上创造各种理想、各种世界观，它们之间相互冲突。各种力量参与争夺社会统治的斗争。一部分力量能够把自己的利益与绝对服从和受苦的大众的利益——真正地或者虚假地结合起来，从而成为占优势的力量，因为它成功地使"社会意识的增长"朝着有利于加强社会团结的方向，无论这个增长是真还是假。这个占优势的力量要么瓦解自己敌人的社会机构，在分崩离析的废墟上发展（如教会组织是罗马帝国瓦解的基础上发展起来的），要么引起的革命，使被统治阶级达到绝对的经济和法律的统治，建立新的社会形式，在斗争中帮助他们的人通常处于从属的位置，正如在以前的制度中。新的历史时期开始了，它在本质上由新的社会阶层的经济统治决定，这个阶层建立与此相适应的新的政治形式，为了理想化创造新的思想产物，同时为新的中间阶层奠定基础，他们有可能成长为新的社会力量。

但是在这种不断重复的过程中它出现的根基经常发生变化，因为现象本身从来不能重复。经济上新的统治阶级根本不能成为自己的先辈，因为他们依靠其他的生产和交换形式；在他们周围有其他社会力量的联合，他们还要考虑其他思想的理想产物，其他的社会习惯，因为它面临着其他灾难。

与此相应的是，争取进步的战士在每个时代还有其他任务：一是传播自己的进步观的机会，二是为了争取进步的斗争组织社会力量的方法，三是培养自己和自己周围的人具有新的思想和生活习惯，也就是与新的进步观一致的习惯。这些任务永远是正确合理的，并且具有相同的本质。这个本质在于：根据现有的生产和交换条件，利用社会组织的当前惯例和法律形式，考虑各种科学成果、各种哲学体系、各种艺术形式、各种道德理想的情况下，改变社会力量的分配形式，改变主要的财富分配形式；在最大限度地加强和扩大社会团结，最大限度地发展社会意识的条件下完成这些改变；最终，通过与已经完成的变革完全一致的政治形式，通过最大限度地为这个变化辩护的科学、哲学、艺术的理想产物，通过实现与人的合理需求完全一致的道德理想，巩固已经完成的变化。

这就是人类社会的进步，只有承认这一点，我们才能正确地提出以下问题：历史进步的真正阶段是什么？

在这里首先必须指出文明的历史任务，在这些任务的基础上理解历史过程的整体阶段。我在第一封信里已经指出了这些任务，但是现在从不同的角度论述。

文明的历史可以说明，文化最初是如何从自然需求中产生的；它如何以习惯和传统的形式在自然需求中增加人为的需求；增长知识，阐释正义，发展哲学和实现理想，在这个基础上思想如何发展；一种文化被另一种文化代替，一系列文化如何通过这种方式产生；它们的形式如何使思想活动不受束缚；这样产生的文明如何通过个人的批判斗争而发展，如何由于没有充分理解正义的要求而削弱和毁灭自身，或者如何由于没有充分发展批判思想而陷入停滞，或者如何成为外部历史灾难的牺牲品；批判思维活动不断加强的时期如何加速和复兴人类的进步运动；它们如何被群众深信的传说占主导的时期代替，如何被还不发达的先进的少数人代替；在看起来最不利的形式下，在最不合适的口号下，批评思想如何重新继续发展；政党如何壮大和冲突；如何改变他们旗帜上的伟大原则的意义；批评如何带领人类向前；错误的文明如何逐渐被真正的文明代替；真理的领域如何扩大；如何阐释正义，如何在个人的生活和社会形式中实现正义；如何在他们面前动摇最古老的传说，最根深蒂固的习惯如何消失，最强大的力量为何看起来最虚弱；个人、民族和国家的名字如何载入史册，进步或者反动如何成为工具；现在如何在人类中培养进步活动的理想，这个理想反对我们时代一切错误的文明和它周围一切公开反动的意图，反对旧时代的各种文化习俗和传说，反对大多数人的冷淡主义。

　　还可以这样表达文明的历史任务：个人的批判思想在文明中试图加入更多的真理和正义时，如何重新改造社会文化？

　　根据以前的基础，可以通过以下形式解决历史进步的实际过程的问题。研究者不得不首先研究人类从习俗世界向独立民族的转变。由于各民族之间物质和精神产品的交换不断加深，由于各民族之间经济和智力的依存关系不断加深，在研究者面前产生万能的人的智慧的思想，万能的法治国家的思想和万能的宗教友爱的思想。但是正是因为这些万能的原则与人的基本需求没有根本关系，因此人不能成功地建立人类的团结，而新的欧洲文明的特征是世俗文明，在所有语言和所有流派宣传的万能的科学真理存在的情况下，在对所有人万能的、唯一的宗教信条被保留但是越来越衰弱的情况下，在万能的世界主义的工业不断发展的情况下，新的欧洲文明重新回到独立国家互相矛盾的思想，而世界主义的工业把全部文明的人类或者半文明的人类都包括在自己的生产、交换、货币流通、信贷、交易投机和不可避免的危机的体系中。自然而然，在这里建立的社会理想是矛盾的，不稳定的。在君主专制政体的国家里两个世纪以来从来没有社会团结的理想。它几乎被民主国家的理想代替，与此同时，它在要求经济原则具有首要意义时，反对瓦解政治理想的政治经济学。但是政治经济学，作为资产阶级经济和政治统治的同盟者和辩护士，作为法治国家的科学内容，很快遇到新的任务，资产阶级对于解决这些任务是无能为力的。资本主义经济在必然引起无产阶级不断增长、日益退化和骚动不安的同时，它及其所要求的政治形式，它在与中世纪的封建主义和新的专制主义的斗争中所产生的理想产物既没有给资产阶级提供任何机会消灭无产阶级的存在，也没有给他提供任何机会阻止无产阶级壮大成社会力量。打着以前制定的民主理想的旗号，经济重建的要求在社会上以各种形式重新出现。最初乌托邦主义者向世界描绘新的景象：人类生活的新组织，资本、人才和劳动之间的和谐，劳动的普遍合作和发展的世界。但是社会力量的斗争从来不能和平地结束。为现代文明作出贡献的劳动者的阵营与利用这一文明的阵营之间的鸿沟越来越深，随着现代思想的发展，在无可争议的最聪明的商人和在市场出卖自己的体力和脑力的无产阶级之间不可能没有大量的中间阶层。在反对资本主义制度的众多暴动者当中慢慢出现了汲取以前一切思想成果的战士，这些思想在发展中必然提出更加尖锐和更加明确的任务。它把社会学任务作为唯一的科学，作为科学的最高成就。它提出普遍的进化规律，宣布一切社会现象和形式都是暂时的现象和形式，都是"历史的范畴"。它指出资本和劳动之间不可调和的对立，资本主义的发展不可避免地产生出无产阶级，资本主义即将面临不可避免的灾难。通过普遍的竞争，通过整个世界对沙皇手中积累的无数财富的交易投机，劳动者团结的理想与资产阶级的进步理想相对立。政治无政府主义是依据相互交换服务的原则，全能国家是保护投机商人的神圣财产，二者的理想是相互对立的。呼吁所有国家和民族的长期挨饿的阶级"联合起来"，为战胜旧势力而建立新的社会力量的想法在这个号召中实现了，这个力量使旧世界的所有统治阶级害怕，从第一次尝试组织这个力量到现在已经整整 8 年了[①]。虽然第一次尝试不可避免地组织地不够充分，但是在他们的打击下

---

① 这里是指第一国际，也就是从 1864 年成立到 1872 年第一国际中央委员会总委员会在海牙代表大会后从欧洲搬到美国。——译者注

它没有瓦解。国家之间喧嚣的政治竞争、外交官的阴谋诡计、世俗思想反对教权主义的文化斗争的临时硝烟，从来不能在认真的研究者面前遮掩现代纷争的经济原则和经济任务，正是那些经济原则给我们时代的大多数人带来痛苦，正是那些坚决要求解决的经济任务决定其他一切任务的解决。

正是在理解进步的普遍内容和进步的阶段的基础上产生第三个问题，它是在以上提出的问题中最迫切的问题，因为它与实践最接近：在我们的时代可能的社会进步是什么？

如果目前的制度不正确，如果在制度中存在无法调和的纷争，如果以前的历史破坏宗教、民族和家庭的团结，破坏国家的关系，如果一切旧理想暗淡无光，失去活力，如果现象的社会学关系的普遍规律使我们相信，不能满足经济需求是任何社会疾病的原因，经济重建是治愈任何社会的最必要的第一步，——这个对我们时代必要的重建是什么？在现有的生产和交换条件下，是否直接说明如何改变分配？科学、文学、哲学和生活是否在任何真诚的人面前非常清楚地提出那些可以在实践中实现的真理，那些可以在更广泛的范围内实现的理想？是否已经完全毫无疑义地确定，竞争在哪个方向上必然不允许思考利益的一致，不允许建立个人和组织之间的团结，团结在哪些方面不仅是可能的，而且在最不利的条件，在最悲惨的情况下可以实现？是否可以在以前思想发展的基础上明确地确定社会意识进步发展的最近阶段？

如果我们可以解决经济重建必要性的问题，如果我们掌握了恢复和加强在现在社会被破坏的团结的明确计划，如果我们掌握了社会意识发展的明确计划，那么哪些政治形式最符合生产、交换、分配等新的经济形式，最符合个人的全面发展以及社会集体发展的普遍合作的要求，哪些政治形式最能保障这个进步过程？哪些认识论体系，哪些哲学世界观，哪些艺术形式最能在思想领域巩固新的秩序？在我们时代争取进步的战士为了他的生活合乎他争取进步的决心，应该如何生活？

我们仅仅提出问题，但是我们面对的读者，他们没有扔掉以前那些使他们的思想无法平静，使他们的生活无法墨守成规的书信，他们深入思考这些书信提出的任务，并且已经知道这些问题的明确答案。这些答案不是从书中读到的，不是信以为真的，而是应该从生活中获得的；它们应该成为生命信念的基础。

当一部分答案被找到时，那么它们在重新组合后成为以上提出的这个问题的答案：在我们时代可能的社会进步是什么？它对于社会而言是什么？这个社会欲成为现代人类的最优秀的代表。它对于个人而言是什么？这个人不是渴望平静的墨守成规的生活，不是渴望感官的肉欲的快乐，而是渴望自己意识的思想生命的快乐，而是渴望与人类思想发展相一致的生命的快乐，而是渴望发展人类最广泛未来的历史生命的快乐。

在这个阶段进步理论与它的实践相融合。不理解进步，就不能参与它的事业，这个事业本身清楚说明对它的认识。这个认识要求内在的破坏和大量的生命牺牲，因此是不容易的。这个事业经常破坏人与亲人之间的关系，破坏个人的不切实际的信仰，有时迫使个人脱离家庭、祖国，甚至脱离使人温存和平静的一切，但是与此同时缩小他的进步目标；有时迫使个人远离他被拉进的社会停滞的泥潭，因此这样的事业也是不容易的。一个承担伟大但又危险的任务的人将成为争取自己和他人发展的战士，但是他给自己和自己周围的人带来牺牲。这些牺牲正是历史要求的。应该解决发展的任务。应该争取最好的历史未来。每一个认识到发展要求的人面临着一个严峻的问题：当你成为自觉的和公认的进步活动家时，你是否准备做出任何牺牲和遭受任何痛苦，或者你认识到自己偏离发展道路时，你将成为你周围的可怕的恶的消极看客，那么你何时能感觉到发展的要求？选择吧。①

---

① 由于俄国的书报检查制度，杂志被迫在刊登这篇文章时删掉了结尾。遗憾的是，手稿也已经丢失。10 年后很难准确地想起那时写这个结尾的思维过程。因此，如果在什么地方还保留着 1881 年的手稿，那它与现在这篇文章还是有一些区别的。——作者注

第十七封信　作者的目标

在读这些信时，读者可能会问自己，为什么这些信是"历史的"，它们的哪些内容是历史的？我研究的不是个人，不是时代，不是事件，而是一些普遍的原则，它们在读者看来有些抽象，甚至有时与读者对历史叙述的兴趣格格不入。但是请读者更加认真地看待问题。我努力使这些在不同的信里阐述的思想相互接近，有些思想我可能没有充分阐释，但是我希望这些思想可以唤醒读者。那么是否可以原谅我？

我们在历史中寻找什么？难道是对事件的各种叙述？一些少数人敢于明确地回答，那些正在寻找答案的人也是完全正确的，即使他们抱怨这些信过于抽象。我对历史提出更加严格的要求，在历史中寻找个人和社会争取人类利益的斗争，寻找各种意见的冲突，寻找人的各种理想的发展；或者寻找普遍的自然规律，它包括历史事件的所有趋势——过去、现在和未来。第一种观点使历史兴趣与自然科学兴趣相互孤立；第二种观点把历史归结为研究自然的普遍原则。但是对于严格研究而言，这两种观点本质上不是相互分离的，因为对任何对象的认识不仅是由对它的理想认识决定的，而且是由

253

对它的可能认识决定的。因此关于在历史中寻找什么的问题转变成另一个问题：根据永恒不变的心理规律，人如何看待历史？在历史中什么不可避免地逃避科学评价，什么是历史理论的虚幻现象？人一旦确定了科学研究的基础，他就可以自信地把它运用在他想知道的历史问题中。

但是我努力发展理论，虽然对于人而言，不可避免地把自己的道德信念、自己的道德理想带入历史事件的评价中。在个人的斗争中，对于个人最重要的是他的那些本性，也就是道德人格的因素：智慧、机智、能力、信念力量、思想信念等，它们对于研究者是重要的，有意或者无意地加强或者削弱它们所产生的影响。

在团体和党派的斗争中，对于研究者最重要的仍然是加强或者削弱道德思想，也就是那些对他而言使他成为最坏的或者最好的，最真实的或者最虚假的思想。人在普遍的世界观中理解过去和将来的整个历史过程时，就不能根据自己的思想规律在历史中寻找除了自己的道德理想的进步过程之外的任何其他东西。因此，人在理解历史时，人试图使历史具有重要的思想意义时，不可避免地用自己的发展标准看待个人、事件、思想和社会变革。如果他的发展是狭窄的和微小的，那么历史对于人仅仅是一系列毫无生命的事实，这些事实对于他也是毫无意义的。如果他的发展是片面的，那么历史的真正研究也不能阻止他片面地认识历史事件。如果他有畸形的脱离实际的信仰，那么他不可避免地歪曲历史，无论如何对历史不会有客观的认识。在任何情况下，在充分的真实的认识中，个人的发展阶段、个人的道德高度决定对历史的认识。个人的历史意义是由某些个人引起的，是由某些事件引起的，归根结底是他们参与人类的进步发展的普遍意义。在整体上寻找历史规律提出了自然科学的普遍意义的问题，这个意义不是别的，就是在历史的进步过程中实现我们的道德理想的意义。

如果是这样，那么我们在历史中只能寻找各种各样的进步阶段，理解历史意味着清楚理解在历史环境中实现我们的道德理想的方法。我们的理想是主观的，但是我们越是批判地审视理想，它就越有可能成为我们时代的最高的道德力量。我们把这个理想运用到历史的客观事实中，这不影响历史事实的客观正确性，因为它们的正确性取决于我们的认识和我们的批评；主观理想使它们具有前景，不是用任何其他方法，而是在道德理想中建立这个前景。有人反对我，说有一个更加正确的方法：这就是根据事件的内在联系和时代本身的道德理想确立事件的前景。但是内在联系是什么？这个时代的道德理想是什么？

我们从了解这个时代的各种事实中建立对我们最可能的联系，在这个基础上，我们认识个人的最真实的心理现象，群体的最普遍的社会现象。这对于我们是"内在的联系"。认识到经济问题对社会影响的历史学家与只认识到政治权谋对社会影响的历史学家不同，前者寻找事件的内在联系。认识到个人的信念、爱好的力量的作家与习惯算计和阴谋的作家不同，前者按另一种方式建立事件的联系。

这就是"时代的道德理想"！为什么我们从这些事件而不是从其他与其相关的事件中总结它的特征？为什么我们主要从这个作家而不是从他的同时代人中获得见证？因为这些事件更有价值，更合乎逻辑；因为这个作者比他的同时代人更聪明、更合乎逻辑、更诚实、更坦白。但是我们是否可以对最有意义的个人的最有意义的事件阐明我们的道德理想？应该在"内在联系"中阐述历史事件，应该根据"时代的道德理想"评价历史事件，这是完全正确的，但是这个内在联系和这个道德理想只能通过在我们身上培养公正的真理理想和历史的正义理想才可以建立，时代和合乎逻辑的理想之间的联系是其他批判的标准，是批判历史进步的标准，也是我们的道德理想在整体上的标准。因此，与其他时代相比，我们赋予一个时代更加重要的意义，与其他事件相比，我们更加认真地研究一些事件的内在联系。我重复一下：历史的道德理想是唯一能够在整体和部分上赋予历史前景的真理。

因此，在我们时代认识历史——意味着认识道德理想，因为它培养我们时代最优秀的思想家，意味着认识实现道德理想的历史条件，因为历史过程不是抽象的过程，而是具体的过程。它与任何其他过程一样，可以利用某种工具，可以在可能和不可能的环境中进行，可以强调自然的必然规律。认识历史还需要经常关注人类理想的外部条件。物理学、生理学和心理学的过程是必然的，它们既不可能偏离，也不可能跳跃。在我们时代也很难历史地消灭这些过程及其影响，正如从来不能消灭其他必然性一样。光明的真理，崇高的正义在自身的表现和传播中隶属于这些限制条件。最有才华的和最精力充沛的个人只能从自然的必然条件和历史的当前条件中为自己的思想和活动汲取材料。历史意义是清楚明确的，它对每个时代首先提出的问题是：在这个时代什么对于进步运动是可能的？活动家如何理解它们所处的条件？他们是否为了自己的目标利用这个时代的一切条件？

但是清楚地认识现代理想——意味着消灭它的一切虚幻，也就是附加在它身上的传说、错误的思想传统、以前时代的有害习惯。在我们时代的所有旗帜上都写着真理和正义，但是政党之间的分歧在于真理是什么，正义是什么。如果读者不明白这一点，那么历史对于他仅仅是联结各种事件的模糊过程，仅仅是好人之间的微小纠纷，仅仅是不理智的人之间的虚幻纷争，仅仅是精明的阴谋家盲目斗争的工具。许多夸夸其谈的大话从各个方面传来。许多美好的旗帜树立在各个队伍中。各个政党的代表都花费了大量的精力。他们的口号看起来如此相近，但是为什么争论不休？为什么昨天最优秀的人拿着的旗帜今天在最肮脏的人手中？为什么自己美好的思想遇到如此严重的冲突？为什么不仅这个社会的剥削者，而且最诚实的人也反对这个思想？只有当我们更加认真地研究真理发展和加强的过程，政党形成和冲突的过程，推动人类的伟大口号的内在意义和历史意义的变化过程，重新改造文化的思想过程时，这些任务才可以解决；只有当我们为了必要的历史资料，为了政党的伟大口号和真理、正义、进步的永恒要求，为了批判和信仰研究个人情况时，这些任务才可以解决。以前的信简要说明了这些对象，在充分解释各种历史进步的因素和各种决定历史进步的因素的条件下，尽可能地消灭以前和现在的历史研究所遭受的那些误解。

除此之外，历史没有终结。它就在我们周围，就在正在成长的每一代人和还没出生的每一代人的周围。现在不能脱离过去，但是如果过去与现在已经完全不相关，如果一个伟大的过程不能在整体上包括历史，那么过去就失去了任何鲜活的和现实的意义。以前的活动家死了。社会文化被改变了。新的具体问题代替以前的问题。

以前的口号改变了意义。但是个人在全人类中的作用在现在与几千年以前是一样的。在各种文化形式中，在新时代的复杂问题中，在胜利者和失败者的各种口号中隐藏着全部这些任务。没有真理和正义就从来没有进步。没有个人的能力就从来没有任何正义。没有对自己旗帜的信仰，没有与反对者的斗争，任何一个进步的党就不会获胜。文化形式在自身的发展中要求思想的活动，这与几千年前一样。伟大的口号丝毫不能阻止失去自身意义或者改变自身意义的危险。不能为了可能的进步改变社会条件。进步的代价不能是忽略个人的发展。这一切对于我们的先辈是存在的，对于我们是存在的，对于我们的后代也将是存在的。区别仅仅在于，我们比先辈们更好地理解这一点，我们的后代可能比我们更好地理解这一点。

因此，以前的历史书信包括解决任何历史时代的任务的尝试，包括清楚阐释现代任务的尝试。它们不仅向读者提出以前的问题，而且提出现在的问题。作者清楚认识到，这些信是不充分的，不完善的。此外，这样的论述在我们时代非常不合适。这些信看起来是沉重的、抽象的、无趣的，与时代问题格格不入的。其他作者在其他情况下可以写得更好，更出色。但是我希望在我们的社会，哪怕在年轻的读者中可以找到这样一些人，他们不害怕认真思考以前的但是一直保留到现在的问题。对于这些读者，我的著作还没有完成，可能在内容上还稍有逊色。这些读者将明白，与作者在这些信中涉及的永恒的历史问题相比，时代问题具有真正的和重要的意义。这些读者将明白，他们作为个人应该完成对现代文化的思想批判活动；他们应该用自己的思想、生命和行动补偿进步长期以来积累的巨大代价；他们应该使自己的信念与社会上的谎言和不公正相对立；为了加快进步的过程，他们应该形成正在成长的力量。如果这些信可以找到这样一些读者，那么作者的事业就完成了。